KB146444

숙명여자대학교 교양교육연구소 총서 02

아카데미토론 배틀: 숙명토론대회

이 단행본은 2019년 대한민국 교육부와 한국연구재단의 인문사회연구소지원사업에 의한 연구임(NRF-2019S1A5C2A04083150).

숙명여자대학교
교양교육연구소
총서 02

아카데미토론 배틀:
숙명토론대회

숙명여자대학교 교양교육연구소 엮음

김지윤, 서정혁, 신희선, 황영미 지음

역락

토론은 우리 사회에 민주주의 의식과 문화를 뿌리 내리게 하는 중요한 의사소통방식이다. 숙명여자대학교는 2002년부터 대학 교양기초교육의 새로운 방향을 선도하여 논리적 분석력과 상황에 맞는 표현 능력을 갖춘 차세대 여성 리더를 육성한다는 취지 아래 〈발표와 토론〉교과를 개설하여 운영해 왔다. 동시에 학생들의 비판적 합리성과 토론역량을 함양하기 위해 비교과 프로그램으로 '숙명토론대회'를 개최해 왔다. 숙명토론대회는 시의성이 있는 논제에 대한 분석과 논증에 기초한 비판적 사고와 의사소통능력을 키워주기 위한 활동이었다. 토론 과정을 통해 논리적 분석력뿐만 아니라 자신과 반대되는 견해를 존중하고 합리적으로 대안을 모색하는 협력적 태도와 의사결정 능력을 배양할 수 있도록 하였다.

2016년 이후 〈비판적 사고와 토론〉으로 교과목 명이 바뀌었으나 말하기 교육의 목적은 계속 이어져 왔다. 숙명토론대회는 코로나19 바이러스로 비대면 상황이 오기 전인 2019년까지 매년 개최되어 18회까지 진행된 긴 역사를 갖게 되었다. 숙명여자대학교 창학 100주년을 기념해 2006년에는 전국여대생토론대회를 개최한 바 있다. 지난 18회 동안 숙명토론대회는 숙명여자대학교 학생들의 토론 능력 함양과 자신감 향상은 물론 다수의 언론인을 배출하는데 기여하였다. 숙명토론대회 외에도 현 기초교양학부의 전신인 의사소통능력개발센터에서는 서울시 교육청 및 경기도 교육청의 중등교사연수 프로그램 중 토론교육연수를 통해 중고등학교 토론교육에도 실질적으로 이바지해 왔다.

국내 대학에서 명실상부 '토론교육의 메카'로서 숙명여대가 자리 잡게 된 배경에는 토론수업과 이러한 숙명토론대회의 영향이 적지 않다. 사회의 현안과 관련된 정책논제 및 가치논제를 주제로 펼쳐진 숙명토론대회에 참가하며 많은 학생들이 공동체의 가치에 대해 열린 마음으로 소통할 수 있는 소중한 계기를 경험할 수 있었다. 숙명토론대회 방식은 아카데미 토론형식에 준해 계속해서 진화해 왔다. 칼 포퍼식 아카데미 토론방식을 변형하여 갑, 을, 병 세 명의 토론자가 골고루 발언할 수 있도록 최종발언을 추가하며 발전하였다. 1회부터 3회까지는 아카데미 토론방식이 아닌 사회자가 있는 토론으로 진행됐으며, 4회부터 9회까지는 사회자는 없는 아카데미 토론 찬반 대립 방식으로 운영하였다. 10회부터 2019년까지 진행되었던 18회 대회까지는 보다 심도 있는 토론을 위해 자유토론을 포함한 방식으로 아카데미 토론 모형을 구성하였다. 숙명토론대회는 참가 학생만이 아니라 토론 진행을 도와주는 도우미와 대회에 참관한 청중들 모두에게 의미 있는 학습의 장이었다. 수상학생들은 해외 탐방의 기회를 가졌고, 토론대회 이후에 리더십 그룹 '청(聽)'으로 활동하였다. 청중들에게 토론평가서를 작성하여 제출하도록 하고 우수토론평가서를 시상함으로써 함께 만들어가는 축제의 장이 되도록 하였다.

이 책은 아카데미 토론대회인 숙명토론대회의 구체적인 사례를 중심으로 만들어졌다. Ⅰ부에서는 대학 토론 수업에서의 비판적 사고 역량과 소프트 스킬을 기르는 토론 교육과 아카데미 토론의 특징에 대한 내용을 다루었다. Ⅱ부에서는 숙명토론대회 진행과정과 토론모형에 대한 내용을 담았다. Ⅲ부에서는 숙명토론대회 결승전 사례를 다루었다. 숙명여자대학교 기초교양학부 홈페이지와 유튜브에 업로드 된 숙명토론대회 동영상 중에서 현재도 유의미한 논의가 될 수 있는 대회를 선정하여 내용을 분석하였다.

2017년에 출범한 숙명여자대학교 교양교육연구소는 2019년 교육부와 한국연구재단의 인문사회연구소지원 사업에 "WISE-GED³[cube] 교양교육 구축과 확산"이라는 과제가 선정되어 교양필수 교과와 비교과 교육의 혁신을 위한 다양한 사업을 전개하고 있다. 그 일환으로 2월에『코로나 시대의 말과 글』(역락, 2021)을 총서 1권으로 발간하였고, 이어서『아카데미토론 배틀-숙명토론대회』(역락, 2021)을 총서 2권으로 발간하고자 한다. 본 연구소의 토론 분과 김지윤 연구교수가 여러 가지 수고를 도맡아 하였고, 운영위원 서정혁 교수와 연구소 간사이며 운영위원인 신희선 교수와 필자가 기획부터 출판에 이르기까지 모든 과정을 함께 논의하는 가운데 이 책이 탄생하게 되었다.

이 책은 아카데미 토론 형식을 바탕으로 한 숙명토론대회를 중심으로 토론의 사례를 보여주며 학생들이 교육현장에서 실제 토론능력을 키우는 데 기여할 수 있도록 하였다. 숙명토론대회의 영상이 인터넷에 업로드되어 있지만, 토론 내용에 대한 정치한 분석을 통해 이해를 돕도록 구성되어 있어 토론을 가르치는 교수자 및 토론대회를 준비하는 학생들에게 도움이 될 것으로 기대된다. 숙명토론대회와 결승전 영상 평가서로 토론대회 사례분석을 위한 기본 자료에 도움이 되어 준 학생들에게 감사한 마음을 전한다.

　모쪼록 『아카데미토론 배틀-숙명토론대회』라는 제목으로 출간되는 이 책이 중등교육 및 대학의 토론 교육에서 교육자나 학생들에게 실질적인 도움이 되기를 기대한다. 어려운 출판 여건 속에서도 숙명여자대학교 교양교육연구소 총서를 꾸준히 출간해 주는 역락출판사 이대현 대표님과 이태곤 편집이사님 및 직원 분께 심심한 감사의 인사를 올린다.

2021.8

숙명여자대학교 교양교육연구소장

황영미

제 3 부 숙명토론대회 결승전 사례

제1부

토론 역량을 기르는 아카데미 토론

* 이 책의 내용은 공동 저자들의 아래 논문들을 바탕으로 수정 보완하여 다시 쓰고, 추가로 새로 작성한 부분을 합쳐 완성한 것임을 밝힌다.

김지윤, 「다매체시대 효율적 토론 수업 연구-대면 수업과 비대면 수업 모델 비교와 그 의미」, 『사고와 표현』 31(2), 한국사고와표현학회, 2020.

신희선, 「대학 교양교육에서 교내토론대회 운영사례 및 발전방향에 대한 고찰 -학생 설문조사 내용분석을 바탕으로」, 『사고와 표현』 8(2), 한국사고와표현학회, 2015.

신희선, 「의사소통교육으로서의 '토론대회' 사례 연구- 숙명여대 교육경험을 중심으로」, 『국어교육연구』 50, 국어교육학회, 2012.

황영미, 「공학도를 위한 비판적 사고 교육 연구-영화 활용 교육을 중심으로」, 『공학교육연구』 21(4), 한국공학교육학회, 2018.

황영미, 「공학도를 위한 '비판적 사고와 토론' 수업 모델 연구-영화 〈엑스 마키나〉를 활용하여」, 『공학교육연구』 23(3), 한국공학교육학회, 2020.

1. 토론과 비판적 사고, 미래사회 역량

인터넷과 디지털이 지배하는 작금의 시대는 딥 페이크 기술과 가짜 뉴스의 확산으로 몸살을 앓고 있다. 무수히 많은 정보 중에서 각자 자신에게 유리한 것만 취하는 확증편향으로 인해 사회적 갈등이 심각하다. 확증 편향에 빠지면 자신의 기존 생각이나 믿음과 일치하는 정보는 받아들이고 일치하지 않는 정보는 무시한다. 이러한 일들이 반복되다 보면 편향적 정보의 누적으로 인해 사고의 왜곡이 발생한다. 한 개인이 수용하기 어려울 정도로 과잉된 매체에서 넘쳐나는 정보로 인해 비판적으로 해석하고 논리적으로 따져 묻는 능력이 더욱 중요해지고 있다. 다양한 지식과 정보가 넘치는 데이터 폭발의 시대라는 점에서 거짓된 정보나 왜곡된 주장에 휩쓸리지 않도록 비판적으로 사고할 수 있는 역량을 키워야 한다. 비판적 사고에 기반한 토론 교육이 앞으로 더욱 필요하고 중요한 이유다.

토론은 사안을 다양한 각도에서 살필 수 있도록 한다. 토론의 핵심인 비판(criticism)은 그리스어 'krino'에서 나왔다. 이는 본래 '나누다'(separate), '구분하다'(distinguish), '결정하다'(decide), '선택하다'(choose)라는 의미를 갖고 있다. 이 어원처럼 비판적 사고는 다양한 정보를 구분하고, 선택하고, 결정하는 데 도움을 주는 사고이다. 한 마디로 '비판의 가치를 중시하고 비판의 과정과 행위를 체화하고 실천하는 사고'[1]라고 할 수 있다. 이러한 비판적 사고는 토론을 통해 향상시킬 수 있는 중요한 능력이자 토론과정에서 가장 필요한 역량이다.

비판적 사고와 토론은 미래 인재를 판단할 수 있는 중요한 역량이다. "비판적 사고는 그 어떤 직종에서도 요구되므로 대학 졸업생들이 보유해야 하는 핵심 능력이며, 학습 과정에서 학생들은 비판적 사고를 활용하여 다양한 평가를 내리고, 학습 과정을 발달시켜야 한다"[2]는 따이어(Thyer)의 주장처럼 대학 교육의 핵심이 되고 있다. 〈표1〉은 비판적 사고를 분석하기 위해 활용한 따이어의 "비판적 사고 과정의 단계(Steps of critical thinking process)"다. 이 표는 비판적 사고를 분석하는 방법의 좋은 예를 보여주고 있다. 나아가 '토론에 필요한 능력은 어떻게 점검해볼 수 있을까? 라는 질문에 대한 적절한 답이기도 하다. 이처럼 비판적 사고는 관찰, 분석, 평가, 의문, 문맥화, 반성의 과정을 통해 형성되는 것이다.

---

1   숙명여자대학교 기초교양학부, 『비판적 사고와 토론』, 역락, 2018.

2   Thyer, E, *Development of the Critical Thinking Teaching Resource*, 2015.
    (http://teachassist.deakin.edu.au/wp-content/uploads/2015/06/GLO4-critical-thinking.pdf.

비판적 사고 단계	설 명
관찰	- 어떤 정보가 습득 가능한지 판단 - 다양한 출처를 통한 정보 수집 - 현재 존재하는 정보 확인 - 다른 시각/시점 탐구 - 공통점과 반박(모순) 파악
분석	- 정보를 주된 테마 또는 주장으로 정리
평가	- 각각 정보의 가치 구별 - 중요한 정보로 우선 순위 파악 - 의견과 사실 구별
의문	- 가능한 대안들 고려 - 새로운 가설 구상
문맥화	- 다음과 같은 기준을 바탕으로 정보 문맥화: 　　　역사적 고려 　　　윤리적 고려 　　　정치적 고려 　　　문화적 고려 　　　환경적 고려 　　　특정 상황
반성	- 결론에 대해 질문과 실험 - 가능 결과에 대한 반성

　이와 관련해 매시(Macy A.)와 테리(Terry N.)[3]가 제시한 비판적 사고 채점 기준도 살펴볼 필요가 있다. 〈표2〉는 워싱턴 주립 대학교의 비판적 사고 교육 모델을 참조해 정리한 것이다. 이는 비판적 사고, 다른

3　Macy, A. & Terry, N.. "Using movies as a vehicle for critical thinking in economics and business", *Journal of Economics and Economic Education Research*, Vol. 9 (1), 2008, 31~51.

맥락에 적용할 수 있는 능력, 의사소통 능력 등 다양한 역량을 평가하고 있으며, 토론만이 아니라 스스로를 돌아보는 자기평가에도 유용하게 활용할 수 있는 지침이라고 하겠다. 〈표2〉에서 보듯이 비판적 사고는 문제나 이슈를 파악하여 현실과의 관계를 밝히고, "이슈를 명료한 시야와 문맥에 따라 분석하며, 효과적으로 의사소통"하는 것까지도 비판적 사고의 평가기준에 포함하고 있음을 알 수 있다. 나아가 참고 자료의 출처를 정확히 제시하고 응용할 수 있어야 하며 정보 활용에 대한 이해도를 요구한다는 것을 알 수 있다. 이처럼 비판적 사고는 문제를 다양한 시점으로 볼 수 있어야 하며 "적절한 판단과 합리화를 거쳐 자신과 타인의 아이디어를 통합"할 수 있는 능력에 이를 수 있어야 한다는 비판적 사고 교육의 목적을 보여주고 있다.

　　토론의 핵심능력인 비판적 사고는 이처럼 구분하고 비교, 평가, 결정할 수 있는 능력을 의미하며 이는 다양한 역량으로부터 나온다. 또한 급변하는 사회 속에서 새롭게 마주치게 되는 상황에 대처하기 위해서는 창의성도 중요하다. 이러한 창의성 역시 비판적 사고과정을 통해 키워질 수 있다.

〈표2〉 비판적 사고 채점기준

학습 목표	불충분	충분	능숙	성취
문제나 이슈 파악	주요 주제에 대한 이해도의 심각한 결여	주요 이슈에 대한 불완전한 이해	주요 이슈에 대한 보다 완전한 이해	주요 이슈에 대한 완전하고 정확한 이해
맥락과 상황 파악 및 고려	다른 문맥에 연관 짓지 못함	분석의 일부는 외부적인 입증이 존재하지만 기초적인 기존의 입증에 의지	분석이 상황의 복잡함을 인지하나, 문맥에 따른 편견이 존재함	이슈를 명료한 시야와 문맥에 따라 분석하며, 관객에 대한 평가도 포함됨

개인 의견 구성 및 제시	가설이나 자신의 주장을 제시하거나 합리화시키지 못함	입장이나 가설이 그래도 받아들여진 것이나 본인의 고려가 결여	일부는 받아들여진 것이지만 대부분의 의견에 본인 고유의 생각과 다른 의견들을 인정, 반박, 합성, 또는 연장시킨 내용이 포함됨	지식을 건설하고, 객관적인 분석과 직관을 통합할 수 있으며, 대립되는 시점을 대응할 수 있음
주장을 뒷받침 해주는 증거를 제시, 평가, 분석	데이터와 정보를 포함시키지 못함	일부의 정보를 간과하고, 사실, 의견과 가치판단을 구분하지 않음	정보를 찾고 선택하고 평가하는 능력을 보여주지만 인과관계와 상관관계를 헷갈림	데이터 수집과 합성을 할 수 있고, 데이터의 정확도와 연관성, 완전함을 비판하며 편견을 파악할 수 있음
타 학문적 시각과 시점을 응용	한 가지 시점만 다루고, 다른 시점들은 다루지 못함	분석을 보충하기 위해 다른 시각을 연관시키기 시작함	난이도 있는 아이디어를 자신 없이 다루거나 대안적인 시점을 간과함	적절한 판단과 합리화를 거쳐 자신과 타인의 아이디어를 통합할 수 있음
결론과 의의를 파악하고 평가	해결책이나 추천 의견을 제시하지 못함	문제와 해결에 대해 문맥을 부분적으로 고려하지만 결론에 연관성만 존재하고 결과에 대한 고려가 부족함	해결책의 택에 미치는 문맥의 영향을 고려할 수 있음. 다른 사람들이나 이슈에 영향을 줄 수 있는 의의를 제시함	제시된 해결책들에 대한 문맥을 명확하게 파악함. 의의를 적절하게 구성하며 모호함을 충분히 고려함

	의미가 불분명한 표현을 다소 사용함. 참고자료의 출처를 제시하지 않음	언어가 의사소통에 방해가 되지 않음. 참고 자료가 올바른 출처와 함께 제시됨	오류가 자주 발생하거나 심하지 않지만 스타일과 보이스에 문제가 있을 수 있음. 참고 자료는 제시되어 있으며 정확히 사용됨	구성과 스타일이 명확하며, 각 아이디어를 제시하며 발표가 향상됨. 참고자료의 응용은 정보 활용에 대한 충분한 이해도를 보여줌
효과적으로 의사소통				

　　'4차 산업혁명'의 도래를 언급한 클라우스 슈밥(Klaus Schwab)은 미래 사회에는 특정기능 역량(Functional skills) 보다 다기능 역량(Cross functional skills)이 융합되어야 함을 강조하였다.[4] OECD도 현대사회에 필요한 핵심역량에 대한 규명 작업을 실시하여 DeSeCo(Definition and Selection of Competencies)라 불리는 연구프로젝트를 통해 미래 교육의 목표를 재정립하고자 하였다. 이 과정에서 OECD는 새로운 지식을 창조할 수 있고 배운 것을 잘 활용할 수 있도록 하는 능력인 '핵심역량'을 강조하였다. 이후 미래 교육을 위한 방향 설정에 있어 '핵심 역량'은 세계적인 추세가 되었다. OECD는 2000년 이후 3년 주기로 역량 기반 평가인 국제학업성취도평가(PISA)를 통해 국가들의 공교육 성과를 지속적으로 점검하고 있다.[5]

4　클라우스 슈밥, 송경진 역, 『제4차 산업혁명』, 새로운 현재, 2016, 251쪽. 슈밥은 사회적 역량, 자원관리 역량, 시스템 역량, 문제해결 역량, 과학기술 역량을 들어 4차 산업혁명시대는 특히 '융합'이 중요하다고 강조한다.

5　Organisation for Economic Co-operation and Development. *The definition and selection of key competencies: executive summary.* Paris: OECD, 2005.

경영학의 그루인 피터 드러커(Peter F. Drucker)는 21세기를 '지식기반경제(Knowledge-based Economy)의 시대'로[6] 정의한 바 있다. 지식기반경제란 국가경제 전체의 성과를 결정하는 핵심요소로서 지식 또는 인적자본의 역할을 강조하는 개념이다. 지식기반사회에서는 고도의 지식과 기술을 갖춘 인재 양성이 중요해지며 이러한 사회적, 시대적 변화에 따라 교육 분야도 역량 교육에 관심을 기울이게 된 것이다. 우리나라도 '창의융합형 인재' 양성을 위한 여섯 개의 핵심 역량으로, 자기관리 역량, 지식정보처리 역량, 창의적 사고 역량, 심미적 감성 역량, 의사소통 역량, 공동체 역량을 제시하고 있다.

최근 교양교육 학계도 핵심역량을 중심으로 하는 교육을 강조하고 있다. 역량은 총체성, 수행성, 가동성, 맥락성, 학습가능성을 특징으로 하고 있다. 성과를 낼 수 있는 잠재력을 발현시키는 것이 역량교육의 방향으로, 성과를 가져오는 내면적 동기, 특질, 자기개념, 지식, 기술 등을 총체적으로 포괄하는 능력을 의미한다. 결국 역량은 '성과를 이끄는 힘, 능력', '효율적 업무 수행을 통해 탁월한 성과를 가능하게 하는 인간의 능력'으로 정의할 수 있다. 이러한 핵심역량은 특정한 학과나 전공에 관계없이 모든 학생들이 갖추어야 할 기본 능력으로 지식, 기술, 태도 및 동기를 포함한 복합적이고 종합적인 능력으로 부각되고 있다.

그동안 대학교육 역시 치열한 경쟁 속에서 주입식 교육이 우세하였다. 개인의 창의성과 다양한 역량을 증대시킬 수 있는 교육 기회는 상대적으로 부족하였다. 고전 독서로 유명한 미국 시카고 대학의 시

---

6   Drucker, Peter. *The Age of Discontinuity*, Butterworth-Heinemann, 1969.

카고 플랜[7] 역시 '다독'만이 답이 아니고 지식이 곧 활용 능력으로 이어지지 않는다는 깨달음을 주었다. 더 이상 대학 교육이 지식을 수용하고 적층하는 방식의 저차적인 사고가 아닌, 그것을 실제 활용하고 다른 맥락에 적용하며 다양한 상황에서 문제를 해결할 수 있는 능력으로 이어지는 고차적 사고를 키워야 한다는 점을 인식하게 하였다. 이러한 고차적 사고를 증진시키는 데 있어 토론을 활용한 교육이 효과적으로 기능할 수 있다.

하버드 대학의 하워드 가드너(Howard Gardner)는 미래를 성공으로 이끄는데 필요한 5가지 마인드[8]를 지적하였다. 즉 특정 학문 분야나 기술, 전문 직업의 인지영역과 관련해 자신을 끊임없이 개발해가는 '훈련된 마인드(disciplined mind)', 여러 지식들을 통합하여 문제를 해결하는 '종합하는 마인드(synthesizing mind)', 새로운 아이디어를 내고 독창적으로 접근하는 '창조하는 마인드(creating mind)', 개인 및 집단 간의 차이에 주목하고 타자를 이해하려고 노력하는 '존중하는 마인드(respectful mind)', 개인의 이익을 넘어 사회 전체의 공동의 이익을 증진시키기 위해 헌신할 수 있는 '윤리적인 마인드(ethical mind)'가 그것이다. 미래사회에 더욱 요구되는 이러한 5가지 마인드는 토론교육을 통해 자연스럽게 형성될 수 있고 개발될 수 있는 능력이다.

---

7 미국의 시카고 대학은 로버트 허친스 총장이 도입한 고전읽기 프로그램으로 유명하다. 고전 100권을 암기할 정도가 아닌 학생은 졸업시키지 않는다는 독서 프로젝트로, 수많은 노벨상 수상자를 배출하는 저력이었다. 그러나 학생들이 억지로 외운 고전의 내용이 실제 현실에서는 활용하기 어려운 지식이었다는 비판도 제기되었다.

8 하워드 가드너, 김한영 옮김, 『미래 마인드』, 재인, 2008, 11~12, 33~34, 222~226쪽 참조.

제임스 크로스화이트(James Crosswhite)도 『이성의 수사학』[9]에서 토론교육에 의미 있는 시사점을 주었다. 토론을 통해 학생들의 글쓰기와 말하기 과정을 활성화하는 것이 중요하다고 한 점이 그것이다. 토론을 통해 전문적인 자료를 활용하는 능력과 다양한 청중에 적응하는 능력, 삶에서 대면하게 되는 의사소통 상황을 이해하고 합리적으로 반응하는 능력, 추론 능력 등을 키워줄 필요가 있다는 것이다. 우리는 읽은 것의 10%를 기억하고 들은 것은 20%를 기억하며 본 것은 30%만을 기억한다고 한다. 또한 듣고 본 것은 50%를, 발표와 토론활동을 통해서는 70%를 기억한다고 한다. 이에 교육 현장에서 학생들이 자신의 생각을 확장시키고, 심화시키며 기억하고 체화하게 만드는 데 있어 토론 은 효과적인 활동이다.

실제 토론이 이루어지는 과정을 직, 간접적으로 경험하는 것은 토론을 이론만 배우는 것과 현격한 차이가 있다. 다양한 상호작용을 직접 체험해야 실제 갈등 상황에서 문제를 헤쳐 나갈 수 있게 된다. 급변하는 사회에서 새롭게 발생하는 문제는 고정된 지식이나 경직된 가치관으로는 해결할 수 없다. 이에, 역지사지에 바탕을 두고 서로의 생각을 들어보고 나누는 토론의 경험이 보다 개방적이고 유연한 사고를 키워주게 될 것이다. 따라서 일방적으로 토론 이론을 가르치기보다 학습자가 실제 토론 과정을 통해 배우도록 하는 것이 미래를 위한 효과적인 교육이다.

9　제임스 크로스화이트, 오형엽 옮김, 『이성의 수사학-글쓰기와 논증의 매력』, 고려대학교 출판부, 2001, 35쪽.

2. '소프트 스킬'을 키워주는 토론교육

토론교육은 우리 사회가 요구하는 소프트 스킬(soft skill)을 키워줄 수 있다. 하드 스킬(hard skill)이 유형적인 기량을 기르고 학업 성적이나 기술적 스펙 등 결과물을 중시하는 것이라면, 현 시대는 과정중심의 교육을 통해 키워질 수 있는 무형적 기량인 소프트 스킬을 요청하고 있다. 소프트 스킬은 생각하고 실제 행동에 옮기고 문제를 해결하는 실행 기능으로서 하드 스킬을 구축하는 기반이 된다. 이러한 소프트 스킬은 교수자 중심이 아닌 학습자 중심으로 설계된 교육을 통해 함양될 수 있다. 일반적으로 하드 스킬은 전통적인 성적표에 나타나는 과목들처럼 객관적 측정이 가능하다. 하드 스킬을 함양하는 데 필요한 역량은 쉽게 판별되는 기술적 능력이나 암기와 이해를 통해 습득하는 지식 등을 일컫는다. 그러나 소프트 스킬을 구성하는 역량은 사고력, 창의적 능력, 수행 능력 등으로, 지식 암기나 이해보다는 다양한 실습을 통해 신장시킬 수 있다. 교육과정을 통해 학습자가 얼마나 발전하고 성장했는지를 중요하게 평가한다.

하드 스킬이 단순히 지식을 쌓는 일과 관련되어 있다면 소프트 스킬은 정서적인 것을 포함하여 보이지 않는 다양한 능력을 의미한다. '사고력', '문제해결력' 과 같은 좀 더 근본적인 역량이 그것이다. 소프트 스킬은 이처럼 결과중심의 성취보다는 성과를 가져올 수 있는 다양한 사고와 역량을 의미한다. 하드 스킬을 키우는 교육은 대체로 교수자 중심으로 교육이 설계되고 일방적으로 전달되는 경우가 많다. 그러나 소프트 스킬을 함양하기 위해서는 교수와 학생, 학생들간에 상호작용이 중요하다. 지식을 배우는 것만으로 충분하지 않고 실제 배운 것을 다양하게 활용할 수 있는 실행기능과 협력, 감정조절력 등을 필요로 한다. 학생들의 발전과 성장은 잠재적 역량을 개발해야 하는 것이므로 이는 능동적인 학습을 통해 얻을 수 있다. 수동적이고 주입식 학습으로는 소프트 스킬이 개발되기 어렵다.

소프트 스킬을 증진시키는 학습을 위해서는 개념을 숙지하고 다양한 맥락에 적용시킬 수 있는 문맥화 과정이 필수적이다. 그러려면 배운 것을 그대로 수용하거나 암기하는 것이 아니라, 생각해보는 일이 필요하다. '21세기 역량을 위한 파트너십'이 발간한 『21세기 학습을 위한 체계(Framework for 21st century Learning)』에서는 '21세기 역량'을 언급하면서 크게 4가지를 강조하였다. 소위 '4C'로 불리는 비판적 사고(Critical Thinking), 의사소통능력(Communication), 협력(Collaboration) 그리고 창의성(Creativity)이 그것이다. 이외에도 21세기 역량으로 생활, 직업기술과 정보와 미디어, 디지털 리터러시와 같은 능력을 지적하였다. 이렇듯 미래 사회에 필요한 소프트 스킬은 모두 토론을 통해 함양될 수 있는 역량이며 이는 토론에 필요한 능력이기도 하다.

교육에 있어서 이러한 토론 활동은 '결과'가 아니라 '과정' 중심의 학습을 가능하게 한다. 자료를 수집하고 관련 지식을 쌓았다고 해서 토론 상황에서 원활하게 대응할 수 있는 것은 아니다. 토론 상황은 매우 가변적이며 자료를 보는 시각 역시 다양할 수 있고 상대의 논리에 맞추어 자신의 논지를 유연하게 변형할 수 있어야 한다. 그러려면 토론 상황에서 자료의 내용을 응용하고 다른 상황에 적용해볼 수 있는 소프트 스킬이 있어야 한다. 상황에 따라 맥락을 파악하고 문제를 정확하게 인식해 해결책을 제시하는 토론을 통해 이러한 역량을 함양할 수 있는 것이다.

토론교육은 학생들의 능동적인 참여와 몰입을 통해 이루어진다. 집중하지 않으면 토론 상황에 효과적으로 대응하기 어렵다. 또한 자료를 검토하거나 상대의 말을 들을 때 비판적으로 따져볼 수 있어야 한다. 비판적 사고는 이처럼 다층적이며, 대립되는 주장들의 근거가 타당한지를 평가하는 능력을 요구한다. 논제를 다양한 시점에서 고려할 수 있어야 한다.[10] 이처럼 토론교육은 여러 가지 관점으로 문제를 생각해 보도록 유도하고 다양한 측면에서 살펴볼 것을 요구한다. 동시에 토론은 협동력을 키워준다. 협력은 함께 목적을 달성하고 서로에게 배우는 능력을 신장시키는 데 중요한 역할을 한다. 함께 토론을 준비하며 팀 내부에서 협동력을 키울 수 있고, 토론활동에서 자신과 생각이 다른 상대방을 존중하며 설득하는 과정을 통해 협력적 문제해결능력을 키울 수 있다. 다른 사람의 시각을 통해 사안을 바라보고 타인의 생각을 이해하고 다양한 사람들과 소통하는 태도는 우리 사회에서 필수적으로 요구되는 능력이다. 이는 OECD의 사회 발전을 위한 기술: 사회적, 정서적 기술의 힘(Skills for social progress: The power of social and emotional skills)보고서[11]에도 강조된 것이다. "사회적, 정서적 능력은 홀로 고립된 상태에서 발현될 수 없다. 이런 능력들은 인지 능력과 다른 분야의 생각들을 받아들임으로써 발전시킬 수 있으며 아이들이 나중에 자라서 인생에서 긍정적인 결과들을 성취할 수 있는 가능성을 훨씬 더 높여준다"는 점에서 소프트 스킬을 키워주는 토론교

---

10 Chaffee, J. *Thinking critically*. 4th ed. Boston, Mass.: Houghton Mifflin, 1994.

11 OECD, "Skills for Social Progress: The Power of Social and Emotional Skills", *OECD Skills Studies*, OECD Publishing, Paris, 2015.
　　https://doi.org/10.1787/9789264226159-en.

육이 중요하다.

우수한 성적으로 대학을 졸업한다고 해서 좋은 직업을 얻고 사회적으로 성공하리라는 보장이 없는 시대다. 기술은 발전하고 정보는 넘쳐나며 평균수명이 늘어나 이제 평생 하나의 직업만을 영위할 수 없는 시대에 교육은 평생교육을 지향한다. 하나의 기관에서 특정한 시기에 도출한 자격증과 졸업증만으로 미래의 성취를 보증하지 않는다. 계속적으로 활용할 수 있는 능력 및 변화에 대응할 수 있는 소프트 스킬을 키워주는 교육이 더욱 중요해지고 있다.

3. 토론수업과 아카데미토론대회

영국이나 미국 등 서구권의 경우 토론 없는 수업이 없고, 토론 동아리가 없는 학교가 없다고 할 정도로 토론이 일상화 되어 있다. 찰스 핸디(Charles Handy)는 "나는 혼자 하는 공부보다 대화와 토론에서 더욱 많은 것을 배웠으며, 때로 대화와 토론 과정에서 내가 하는 말을 듣고 스스로 놀라기도 한다. 교육의 실제적인 효과는 그 순간이 아니라 훨씬 뒤에 드러난다"[12]고 하였다. 그만큼 토론의 역사가 길고 교육 현장에서 토론식 수업은 자연스럽다. 전국 규모의 토론대회나 지역단위의 각종 토론대회도 수시로 열리고 있다. 영미권에서 일반적으로 가장 많이 활용되고 있는 토론은 교차조사 토론(Cross Examination Debate Association) 혹은 칼 포퍼식(Karl Popper) 토론방식이다. 특히 미국의 경우 대학 간 토론대회모형으로 CEDA 토론은 널리 알려져 있다.

---

12 찰스 핸디, 강혜정 옮김, 『포트폴리오 인생』, 에이지 21, 2006.

우리나라도 2000년대부터 토론 수업이 본격화되어 현재까지 발전해오고 있다. 여러 대학에서 토론교육의 필요성을 인식하고 관련 교양교과가 개발, 운영되고 있다. 토론 수업이 정규 교과 과정으로 개설되고 토론을 통해 학생들의 역량을 기르는 교육은 교양과정에서 폭넓게 자리 잡고 있다. 토론 관련 교과가 새롭게 만들어지기도 하고 기존 과목을 토론방식으로 보완하는 형태로 이루어지고 있다. 최근 공공성, 공통성에 대한 관심과 논의가 활발해지면서 토론 역량의 중요성이 더욱 부각되고 있다. 정당 대변인을 선발하는 데도 토론이 활용되고 있는 현실이다. 토론에 대한 사회적 관심도의 상승과 함께 토론 형식을 띤 다양한 방송 프로그램들에서도 대학생들의 참여를 적극 유도하고 있다. 대학생들 사이에서도 토론에 대한 관심이 높아져 토론 동아리들이 많이 늘어나고 있다. 각 대학을 대표하는 토론동아리 출신들이 각종 전국대학생토론대회에서 활약하고 있는 현실이다.

토론 수업은 기본적으로 학제 간 학습기회를 제공하기에 융·복합을 강조하는 시대적 추세를 고려할 때 더욱 의미가 있다. 종합적으로 사안을 바라보고 지식의 통합을 가져오는 경험을 제공하기 때문에 토론식 수업의 교육적 효과는 높다. 교수학습 방법으로 강의식 보다는 토론식 방법이 학생들의 비판적 사고와 논리적 분석력을 키우고 능동적인 학습역량을 개발할 수 있어 각광을 받고 있다. 즉 토론은 학생들의 읽고, 쓰고, 듣고, 생각하고, 말하는 과정을 활성화하여 핵심적인 의사소통능력을 제고함으로써 한층 더 성숙한 사고와 판단을 할 수 있다는 점에서 총체적인 교육이라고 하겠다.

토론 수업은 학생들의 종합적인 의사소통 능력을 키우는 데 적합하다. 토론은 토론자들만이 아니라 청중과의 소통 및 토론 논제와 상황 등 여러 요소가 어우러진 가운데 일어나는 활동 전반의 문맥에서 이해되어야 한다. 토론은 논증 중심의 대화다. 동일한 문제를 서로 다르게 바라보는 토론자가 효과적인 해결책을 찾고자 의사소통하는 행위라는 점에서 서로를 설득하기 위한 의사소통이 중요하다. 토론 실습을 통해 자연스레 비판적 사고와 의사소통능력을 키워갈 필요가 있다.

토론교육은 현장성을 띠고 있다. 개념과 원리를 주입하기보다는 역동적인 실습을 통해 토론을 익히고 체화하는 게 중요하다. 토론과정에서 사용되는 언어는 하나의 도구나 정적(靜的)인 결과로 볼 수 없다. 토론은 말하고 듣는 행위 전체가 동적(動的)으로 입체적으로 이루어지는 과정이다. 많은 대학에서 토론 수업이 운영되고 있음에도 실제 토론을 경험하는 실습의 비중이 높지 않다는 것이 문제다. 한 분반에 많은 학생들이 있는 경우 구체적인 토론 실습과 지도가 어려운 실정이다. 토론 형식을 갖추고 찬반 입장을 나누어 정식으로 토론 실습을 하기 위해서는 시간과 공간 등 많은 준비를 필요로 한다. 토론 이론만으로는 실제 토론이 이루어지는 모습과 과정이 어떠한지 파악하기 어렵다는 점에서 이를 보완할 수 있는 것이 비교과 활동으로서의 토론대회라고 하겠다.

아카데미 토론대회는 팀을 이루어 진행되는 경우가 대부분이다. 토론방식의 특성상 비판적 사고와 팀워크, 의사소통능력이 중요하다는 점을 깨닫게 된다. 비판적 사고는 '사고에 대한 사고'로서 사고의 근거를 성찰하고 그것이 올바른 것인가를 철저하게 평가하는 것이다. 이는 성숙한 이성의 필수과정이다. 비판적 사고는 관찰과 의사소통, 정보와 논증에 대한 능동적인 해석이며 평가하는 능력이라는 점에서 토론대회는 이를 키워주는 계기로 작용한다. 정반합의 논증을 통해 문제를 해결하는 과정에서 팀워크와 의사소통능력을 자연스레 키울 수 있는 것이다.

아카데미 토론대회를 준비하기 위해서는 해당 토론대회의 요강을 살펴보며 토론모형의 특징을 파악할 필요가 있다. 토론대회 주최 측은 다양한 방식으로 토론대회 관련 정보를 사전에 공지한다. 토론대회마다 형식이나 규정, 진행방식 등에 차이가 있을 수 있기에 이 점을 고려해야 한다. 토론모형과 진행방식, 참가 요건 및 주제, 나아가 주최 측의 의도와 대회 취지를 파악하는 것이 필요하다. 아카데미 토론대회는 토론 운영의 자세한 규칙이 있고 참여자 수, 단계별 내용과 방법, 발언 시간 및 횟수가 규정되어 있다. 토론형식을 잘 지키는 것은 기본이므로 아카데미 토론대회를 준비할 때 미리 점검할 필요가 있다.

아카데미 토론대회는 찬성과 반대 입장을 추첨을 통해 정하는 경우가 대부분이다. 실제 토론에서 본인의 팀이 찬성측이 될지 반대측이 될지 알 수 없기에 양측 입장을 모두 준비하는 것이 필요하다. 찬성 팀과 반대 팀 어느 쪽이 되든 관계없이 양측의 핵심논거를 정리해 두고 상대방이 어떻게 반박할지도 예측해 준비해야 한다. 상대방이 내세울 논거가 무엇일지 추측하기 위해서는 자신의 평소 입장을 너머 상대가 제시할 근거들을 객관적으로 예상해봐야 한다. 이것이 가능하려면 유연하고 열린 마음이 필요하다. 토론대회에서 찬반 어느 입장이 되더라도 논리적으로 주장하고 철저하게 방어할 수 있는 유연한 사고가 요구된다.

또한 아카데미 토론대회에서 토론 상황은 매우 급박하게 진행되기 때문에 상대방이 한 말을 듣고 즉석에서 예리한 확인질문을 던지기는 쉽지 않다. 토론을 준비하는 과정에서 사전에 상대방이 펼칠 주장과 제시할 근거를 예상하고 어느 정도 대비한 상황에서 토론을 해야 효과적으로 대응할 수 있다. 상대방의 주장과 근거를 예상하기 위해서는 상대방의 입장까지 헤아려 볼 수 있어야 하므로 가능한 논점과 허점을 모두 찾아보아야 한다. 토론의 각 단계마다 어떻게 대응할지 검토하고, 빠르게 돌아가는 토론 상황에서 관련 자료를 신속하게 활용할 수 있도록 논거 카드를 잘 준비해 놓아야 한다. 토론대회 팀원을 선정할 때는 의사소통이 원활하게 되는 사람을 찾는 것이 중요하다. 막상 토론에 들어가면 자신의 약점이 드러나는 경우가 많기에 토론대회 준비와 실행에 있어 각자의 강점을 살려 역할을 맡는 것도 효과적이다. 이처럼 토론대회는 어떤 팀과 만나 어떤 입장에서 토론을 하게 될지 알 수 없기에 대회 현장에서 일어날 수 있는 다양한 변수에 대비할 필요가 있다.

4. 아카데미토론의 단계별 전략

1) 입론의 전략

좋은 입론은 논제에 대해 이해하기 쉽게 핵심 논거를 바탕으로 자신의 주장을 강화하는 것이다. 입론은 요리에 비유하면 음식의 재료와 도구를 갖추는 단계에 해당한다. 입론은 논리적 흐름에 의거하여 일정한 원칙에 따라 이루어져야 한다. 토론은 찬성측의 입론에서 시작한다. 따라서 찬성측은 논제에 대한 자신의 주장을 명확하게 제시할 필요가 있다. 반대측도 찬성측의 논리를 공격하기 위해 찬성측 입론에 대응하는 논리를 구축해야만 한다. 입론의 핵심은 찬성측의 경우 논제를 채택할 때 기대되는 효과를, 반대측의 경우 논제를 채택할 때 발생할 수 있는 폐해를 얼마나 설득력 있게 제시하는가에 있다. 입론에서 다루어지는 이러한 논의는 사전에 완전한 원고의 형태로 준비해 두는 것이 좋다. 입론을 통해 문제제기와 함께 논제에서 언급된 단어들에 대한 정의를 내리고, 핵심 개념을 정리해서 제시한다. 토론의 문을 여는 찬성측 입론은 토론의 첫 발언이므로 지금 이 자리에서 이 논제로 토론을 하는 필요성과 논제에 대한 배경 설명을 하며 시작한다.

입론의 도입부에서 논제와 관련된 현재의 문제 상황을 언급하는 것은 청중의 관심을 환기시키기에 좋으나, 너무 구체적인 데이터들을 나열하는 것은 그리 바람직하지 않다. 토론이 이제 시작이므로 청중들이 아직 주제에 대해 잘 모르고 집중하지 못한 상태이기에 입론의 앞부분은 청중들이 얼핏 듣기에 호소력이 있는 내용을 간단명료하게 던지는 것이 좋다. 입론에서 주장을 뒷받침하는 논거를 제시할 때에도 논거들 간에 경중을 신중하게 고려해 우선순위를 배정하는 것이 필요하다. 토론은 논증과 수사라는 언어적 측면만이 아니라 음성과 같은 준언어, 몸짓이나 태도 등의 비언어적 측면이 모두 조화를 이루어야 한다. 그런 점에서 자신의 주장의 전달력을 높이기 위해서는 입론에서 스피치의 측면을 특히 고려해야 한다.

입론은 논제의 핵심 쟁점을 중심으로 구성된다. 반대측 입론은 찬성측에서 내세우는 논점의 부당성이나 불충분성을 밝혀야 하는 역할을 맡고 있다. 반대측 입론은 찬성측 입론을 듣고 나서 확인질문 이후에 진행하는 것이기에 가급적 찬성측과 어떤 점에서 동의하지 않는지 청중에게 명확하게 다른 입장을 전달하는 것이 필요하다. 예컨대, 찬성측에서 언급한 논제에 대한 개념 정의에서부터 시각이 다르다면 반대측은 입론에 반드시 포함시켜야 한다. 만일 찬성측이 사전적 정의가 아니라 조작적 정의에 기초해 논제를 해석하고 있어 반대측에게 불리하게 작용할 수 있다면 이에 대한 이견을 제시하며 논제의 재개념화를 할 수 있다.

토론에서 사용하는 용어를 정의할 때 찬성과 반대측이 각각 면밀하게 점검하는 이유는 입장과 관점에 따라 해석이 다를 수 있기 때문이다. '사전적' 정의, '조작적' 정의의 측면에서 자신들의 입장에 따라 유리하게 개념을 정의할 수 있기에 반대측 입론을 시작할 때 반드시 점검하는 것이 필요하다. 그러나 동의할만한 개념 정의일 경우 생략해도 무방하며 이 경우 핵심 논점으로 바로 들어갈 수 있다.

2) 확인질문의 전략

확인질문은 상대의 주장과 그에 대한 근거가 정당한지를 평가하려는 목적으로 이루어지는 것이다. 입론이나 반론을 마친 토론자에게 상대측이 질의하는 시간이다. '질문'이라는 말 때문에 궁금한 것을 묻는 시간으로 오해하는 경우도 있으나 확인질문은 상대방 논증에 논리적 허점이 있음을 부각시키기 위한 목적으로 이루어지는 일종의 유도심문이다. 따라서 상대방의 논리에 오류가 있거나 논증의 허술한 부분을 찾아 집중적으로 질문하는 것이 효과적이다.

확인질문의 원어는 cross examination으로 일반적으로 교차조사 또는 교차심문, 혹은 반대신문이라고 번역된다. 숙명토론대회에서는 학생끼리의 토론이므로 조사나 심문, 신문 등의 단어보다는 확인질문이 적절한 것으로 판단되어 확인질문으로 용어를 바꾸어 사용하고 있다. 확인질문은 토론의 물꼬를 자신에게 유리하게 만들 수 있는 중요한 기회다. 상대방 주장을 듣고 비판적으로 사고하며 예리하게 질문을 던지는 능력이 사실상 아카데미 토론의 질을 결정한다고 볼 수 있다. 확인질문 시간은 다른 발언에 비해 상대적으로 짧다. 그러므로 가능하면 답변자가 대답하는 데 긴 시간을 사용하지 않도록 단답형 답변을 유도하는 질문을 던지는 전략이 필요하다. 원칙적으로 예/아니오로 대답할 수 있는 닫힌 질문 형태로 질문자가 확인질문의 주도권을 갖도록 한다. 그러나 상대방이 짧게 대답하게 하는 것이 유리하다고 해서 상대의 말을 끊거나 답변 기회를 제대로 주지 않아서는 안 된다.

확인질문은 다음의 순서를 유념하여 구성하는 것이 좋다. 1단계는 상대방 입론의 내용 중에서 확인할 내용에 대해 팩트 체크를 해야 한다. 하지만, "~라고 하셨는데, 맞습니까?"라는 질문은 당연히 "맞습니다"라는 답변이 나올 것이므로 단순히 확인을 위한 질문은 불필요하다. 상대방이 언급한 사실이 자신의 논리와 상충하는 부분이 있다면 이와 관련된 사실을 다시 확인할 목적으로 질문을 하는 것임을 인지할 필요가 있다. 2단계는 상대의 허점을 공략하고 논리를 하나하나 체크해야 한다. 확인질문의 가장 중요한 역할은 상대방의 허점을 공략하고 반론의 포석을 놓는 것이다. 따라서 숨은 전제나 허점을 공략하는 것이 중요하다. 상대방에게 역공을 당하는 일을 방지하기 위해서는 즉흥적인 질문보다는 미리 준비해서 상대측의 반응을 고려한 계산된 질문을 하는 것이 좋다. 이때 대비되는 사례를 들어 상대방의 허점을 공략하는 것도 하나의 방법이 될 수 있다. 3단계는 허점을 확대시키는 질문을 해야 한다. 허점을 지적하는 질문은 한번만의 공략으로 끝내지 말고 한번 더 깊게 이어지는 질문을 던져야 상대방 스스로 자기모순에 빠지게 되면서 오류가 수면 위로 드러날 수 있다.

이처럼 확인질문은 서로의 입장을 명확하게 할 필요가 있는 부분, 상대방 발언에서 오류가 있는 지점들을 질문을 통해 집중적으로 부각시킬 수 있는 기회다. 확인질문은 반론을 의도한 것이기 때문에 상대의 오류를 부각시키기 위해 이루어진다는 점을 명심해야 한다. 그런 까닭에 상대측에게 확인질문을 할 때는 가능한 답변을 짧게 하도록 닫힌 질문을 던지는 것이 좋다. '어떻게 생각하는지', '왜 그렇게 보는지'를 묻는 열린 질문을 하는 것은 삼가야 한다. 이 경우 상대방이 시간을 끌어 확인질문이 성과 없이 끝나버리거나 오히려 상대측이 자기주장을 강화하도록 도와줄 수도 있기 때문이다.

그러나 확인질문에 답변을 하는 입장이라면, 단순히 '예, 아니오'로 하기보다는 적극적으로 자신의 입장을 방어하는 차원에서 답해야 한다. 확인질문에 대한 답변은 신중하게 응해야 하고 자신의 입장을 고려하며 대답할 필요가 있다. 설혹 답하기 어려운 질문이라면, '단정하기 어렵다'라는 식으로 답변하는 것이 상대방 질문의 의도를 염두에 둘 때 적절하다고 하겠다.

확인질문에서 이루어지는 각각의 질문은 논리적 흐름에 따라 구성되는 것이 좋다. 상대방 논리의 허점을 공략하는 것이므로 확인질문을 많이 던지는 것이 중요한 것이 아니라, 하나라도 제대로 결정적인 공략을 하고 상대의 허점을 정교화하는 것이 중요하다. 단순히 질문을 나열하기보다 한 두 개의 쟁점에 집중해서 치밀하게 확인질문을 구성하는 것이 필요하다. 확인질문에서 상대측의 치명적인 허점이나 숨은 전제를 공략하지 못한다면 실패한 확인질문이 될 수밖에 없다. 상대방이 말했던 내용에 의거해서 순서에 따라 질문하고 연관성 있는 질문으로 확장시켜 나가야 한다. 특히 주목했던 내용을 집중적으로 겨냥해 반론을 의도한 확인질문을 던지는 전략이 요구된다.

상대가 제시한 자료의 출처, 신빙성 등을 공략할 수도 있다. 질문자가 질문을 구성하고 제기할 때에는 왜 이 질문을 제기해야 하는가라는 목적의식이 분명해야 한다. 목적의식이 분명하지 않은 채 계속 유사한 질문을 반복하다가 시간만 허비해 버리는 경우 좋은 평가를 받을 수 없을 뿐만 아니라, 같은 편 다음 토론자가 반론을 펼치는 데에도 도움을 주지 못한다. 이처럼 확인질문을 할 때는 확인질문을 할 때는 찬반 입장과 쟁점간 차이를 보여주며 상대의 오류와 약점을 파고드는 예리한, 그러면서도 정중한 질문을 던지는 자세가 필요하다.

3) 반론의 전략

반론은 토론의 백미다. 반론을 할 때는 차분하고 치밀하게 구체적인 증거 자료를 제시하면서 반박해야 한다. 반박해야 한다. 반론에서 중요한 점은 상대측 주장에서 허점이 무엇인지 발견하고 이를 공략하는 일이다. 타당한 근거를 들어 상대방 주장을 무너뜨릴 필요가 있다. 반론은 상대방의 논거를 하나씩 공략하며 동시에 자신의 주장을 강화하는 기회이다. 반론을 할 때는 상대방이 말했던 순서대로 핵심 논지를 요약하고 이에 대해 동의하지 않는 이유를 제시하며 구체적인 증거를 활용해 논박하는 것이다. 〈숙명토론대회〉의 경우 입론의 두 배에 해당하는 시간을 반론에 할애하고 있는 것은 어떤 주장을 하는가 보다 그 주장이 과연 타당한지, 어떤 근거를 가지고 주장을 하는

가를 검증하는 것이 더 중요하다는 점을 보여주는 것이다.

반론을 할 때는 상대방이 언급하지 않은 내용을 반론할 수 없다. 철저하게 상대측의 주장이나 확인질문에서 나온 내용을 바탕으로 반론해야 한다. 그러므로 반론을 할 때는 상대방 입론과 확인질문을 공략하는 반박에 초점을 맞추어야 한다. 확인질문에서 발견된 상대방의 약한 고리를 겨냥하여 동의할 수 없는 부분을 집중적으로 반박하는 것이다. 그리고 항상 논제에 대한 자신들의 입장과 관련지어 반론을 전개해야 한다. 반론을 할 때는 효과적인 반박이라고 생각한 것을 일찍 사용하는 것이 유리하고 이를 통해 상대의 논거들의 효과를 무력화시킬 수 있다.

반론을 펼칠 때는 침착한 태도가 필요하다. 평균 이상으로 긴장하거나 흥분하면 부정확한 표현이 반복되고, 자신이 의도한 대로 생각이 전달되지 않는 경우가 발생한다. 상대에게 강하게 반론을 제기하려고 할수록 반론자는 더 침착하고 냉정한 태도를 유지할 필요가 있다. 자신의 발언에 내재적인 모순은 없는지 생각하면서 차분하고 논리적으로 반론을 전개해야 한다. 반론을 하면서 질문 형태의 발언을 과도하게 반복하기도 하는데 이는 그다지 적절하지 않다.

반론 시간 동안 상대가 언급한 내용 모두들 상기시켜 반박하려고 하는 것은 무리다. 반론할 내용의 우선순위를 정하여, 먼저 중요한 반박거리부터 언급하는 것이 필요하다. 그렇지 않으면 반론 전체가 산만하게 느껴질 수 있다. 반론을 할 때는 논거카드를 활용하여 자신의 반박을 뒷받침하는 구체적인 증거를 제시하는 것이 중요하다. 정해진 시간에 여러 가지 내용을 반론하려다 보면 발언 내용이 정확하게 전달되지 않는 경우가 있다. 반론을 할 때는 자신이 반박하려는 내용이 상대방의 어떤 발언인지 정확히 지적하고 간단히 요약한 후 반론을 펼쳐야 한다. 상대방이 말한 순서에 따라 차례차례 조목조목 반박하는 것이 필요하다. 토론 준비과정에서 충실한 자료조사를 통해 정리했던 논거카드를 반론상황에서 적절히 사용할 수 있는 전략이 중요하다. 반론을 펼 때는 관련 내용을 암기할 필요는 없고 논거카드에 정리한 자료를 통해 상대방 주장을 공략하고 자신의 주장을 방어하는 것이다.

나아가 재반론의 묘미는 치열한 반론 과정들을 통해 주제에 대해 깊은 논의를 풀어가는 부분이다. 찬반 입장이 다르다고 다투듯이 논쟁하는 토론이 아니라 상대방 주장을 경청하고 예리하게 비판하며 동시에 자신의 의견을 다시 한번 강조하며 피력하는 것이 재반론을 펼 때 특히 더 요구된다. 경쟁적 성격으로 인해 토론의 대립국면에서 재반론을 펼치다보면 간혹 자기 팀의 의견을 관철시키기 위해 정당한 방식이 아닌 논쟁술을 사용하여 논점을 흐리는 경우도 생긴다. 공격적인 태도, 과열된 논의로 재반론 과정이 변모되기도 해서 부정적인 갈등으로 치닫기도 한다. 자기 팀의 승리를 위해 상대방을 모질게 몰아붙임으로써 감정적으로 흥분하거나 기분을 상하게 하는 것은 "승패위주의 토론문화를 조장한다는 점에서 문제"[13]가 될 수 있다.

4) 자유토론의 전략

자유토론에서는 토론자들이 서로 자유롭게 발언할 수 있다. 자유토론은 토론자의 역할이나 발언순서 및 발언 기회에 구애받지 않고

---

13 박상준, 「대학 토론교육의 문제와 해결방안 시론 : 토론교육의 목적을 중심으로」, 『어문학』104, 한국어문학회, 2009, 7쪽.

상대측의 논리를 논파할 수 있는 발언을 마음껏 구사함으로써 박진감 있게 토론할 수 있는 기회를 제공한다. 자유토론에서 질문과 대답이 자유롭게 오고 가는 모습을 통해 보다 활발한 토론 과정을 지켜볼 수 있다. 토론대회에 자유토론을 포함하게 되면 다른 아카데미 토론모형보다 형식에 갇히지 않고 좀 더 유연하게 토론과정을 이끌어 갈 수 있다. 이를 통해 청중들도 폭넓게 사안을 보도록 유도할 수 있는 이점이 있다.

자유토론에서는 팀의 입장이 확고하게 서 있어야 상대팀의 주장에 적절히 반박하며 토론을 이끌어갈 수 있다. 자유토론을 효과적으로 이끌기 위해서는 입론과 반론의 과정에서 발견한 상대방의 약한 부분을 집중적으로 공략하면서 동시에 확인질문에서 요구받은 부분에 대한 답변의 의무를 다하는 것이 중요하다. 또한 자유토론 과정에서 상대방의 말을 놓치지 않기 위해 집중해서 경청하는 태도와 메모하는 습관이 중요하다. 상대팀 토론자가 발언할 때 논박할 내용을 팀원들과 역할을 나누어 자유토론의 주도권을 잡는 것이 전략적으로 필요하다. 아카데미 토론모형인 〈숙명토론대회〉는 자유토론의 평가 배점을 10점으로 다른 항목보다 상대적으로 높게 설정하고 있다는 점에서 팀원들과 협력하여 골고루 발언하도록 하여 어느 한 사람이 독점하지 않도록 하는 것이 필요하다.

5) 최종발언의 전략

최종발언은 자신에게 유리한 방향으로 토론을 마무리 지을 수 있는 마지막 기회다. 기본적으로 우리 측의 장점과 상대측의 단점을 강조하면서 전체 토론 내용을 전략적으로 정리하는 것이 중요하다. 자신들의 주장을 정리하며 동시에 상대방이 어떤 허점을 가지고 있는지를 부각시키는 것이다. 최종발언에서도 경우에 따라 상대의 반론에 대해 반박할 내용이 있으면 먼저 간략히 반론을 펼친 후 최종 발언을 할 필요도 있다. 그러나 최종발언은 논의를 마무리하는 자리라는 점에서 과도하게 반론에 치중하거나 새로운 반론 내용을 제기하는 것은 적절하지 않다.

최종발언은 토론에서 막판 굳히기를 할 수 있는 중요한 기회다. 칼 포퍼식 토론에서 세 번째 토론자인 병의 발언이 한 번뿐이라는 점에 착안하여 〈숙명토론대회〉 모형에서는 최종 발언의 기회를 둠으로써 갑, 을, 병이 동등하게 2회씩 발언할 수 있도록 하였다. 최종발언을 통해 자기 팀의 주장을 한 번 더 확고하게 전달하고 감정적으로 호소함으로써 청중의 마음을 훔쳐 와야 한다. 이때 인상 깊은 수사적 표현을 동원하여 마무리하는 것이 효과적이다. 좋은 토론은 논증만이 아니라 수사도 중요한데, 특히 최종발언에 있어서는 인상 깊은 표현을 활용할 필요가 있다.

최종발언에서 토론의 전체 흐름을 정리하고 자신들의 최종입장을 밝혀야하는데 미리 원고를 준비해 와서 그대로 반복하는 경우가 많다. 최종발언은 실제 토론 과정에서 진행된 부분을 반영해야 하기에 이러한 자세는 지양되어야 한다. 토론을 결정적으로 마무리하는 단계이므로 자기 입장을 재확인하고 토론 과정에서 있었던 논의를 정리하며 논리를 수정할 수도 있고, 유지하거나 강화할 수도 있기 때문이다. 최종발언에서 전체 흐름이 논리적으로 자연스럽고 설득력이 있을 때 청중의 마음은 움직이는 것이다.

5. 아카데미 토론의 교육적 함의

　　'지휘 통제의 시대'는 지나갔다. 제이 콘저(Jay A. Conger)는 "오늘날 비즈니스 대부분이 팀 단위로 운영되고 팀 구성원들은 권위를 싫어하기 때문에 설득이 어느 때 보다도 중요한 관리도구가 되었다"[14] 고 했다. 4차 산업시대를 맞이하여 '창의성'과 '협동' 능력이 더욱 중요하게 부각되고 있다. '의사소통' 능력 역시 긴요하게 갖추어야 할 역량으로 부각되고 있다. 토론교육은 개인과 집단의 다양한 생각과 의견이 원활히 교환되도록 한다는 점에서 사회관계에서의 소통 능력 향상을 도모할 뿐 아니라 종합적인 사유 능력과, 문제해결을 위한 통찰력을 함양시키는 교육이기도 하다. 즉 토론교육은 "표현능력, 의사소통 능력, 고등 사고 능력, 자료 분석 능력"[15]으로 요약되는 토론 수행 능력을 함양할 수 있어야 한다. 잘 설계된 토론 수업이나 아카데미 토론대회 등 토론 관련 비교과활동은 이러한 토론역량을 고루 신장할 수 있도록 돕는다.

　　빠르게 변화하는 요즘 세상에서 지식은 쉽게 도태되고 유효성이 짧다. 새로운 문제에 직면했을 때 지식을 어떻게 활용할 수 있을지 유연하게 판단하는 능력과 달라진 상황에서의 변화대응력이 더욱 중요해지고 있는 것이다. 그런 의미에서 지식, 정보보다 그것을 활용하여 '문제해결'[16]에 이르는 과정이 더욱 고차적인 사고라 할 수 있다. 토론

14　제이 콘저, 「효과적으로 설득하려면」, 로버트 치알디니 외 지음, 민영진 옮김, 『설득의 기술』, 21세기 북스, 2008, 19쪽.

15　최복자, 「화법교육과정의 문제와 개선방안-토론 능력과 토론 교육」, 『화법연구』8, 한국화법학회, 2005, 373쪽.

16　문제해결력은 최근 들어 더욱 주목받고 있는 능력이다. 정부는 2004년부터 고시 1

교육과 토론대회는 학생들에게 이러한 고차적 사고를 신장시키고 미래 사회에서 더욱 요구되는 의사소통 역량을 키우는 계기가 된다. 토론에서 필요한 의사소통능력은 존중, 배려, 협동, 공감, 설득에 바탕을 두고 있기 때문에 앞으로의 사회에서 더욱 중요하다. 아카데미 토론대회를 통해 협동적으로 문제를 해결하며, 다양한 정보와 지식, 경험과 가치를 나누는 과정에서 더불어 살아갈 수 있는 능력을 기를 수 있다. 토론능력은 결국 훈련을 통해 습득되고 계발되는 것이다. 학생들은 토론대회에서 요구되는 논술, 인터뷰, 실제 토론을 하면서 점차적으로 자신의 생각을 발전시키고 설득하는 능력을 키우면서 성장하게 된다.

또한 학생들은 아카데미 토론대회에 참가하고 토론을 직접 몸으로 익히며 문제를 해결하기 위해 실현 가능한 방안이나 예상 결과, 효과 및 비용에 대해 종합적으로 검토하면서 신중하게 의사결정을 하는 능력을 키울 수 있다. 문제해결과정에서 서로의 생각을 주고받으며 정반합의 과정을 거치다 보면 합리적인 대안을 선택하는 자세도 익히게 된다. 중대한 사회문제에 대해 목소리를 높이거나 힘으로 제압하는 것이 아니라 합리적인 논증을 통해 필요성과 타당성을 검토하며 최선의 대안을 모색할 수 있는 방법을 배우는 것이다. 나아가 서로의 의견을 존중하고 경청하는 토론윤리의 중요성과 토론절차의 평등성을 경험함으로써 갈등을 해결하는 사회적 기술을 배우는 기회가 된다.

차 시험을 능력평가로 바꾸어 공직적격성시험(PSAT)를 실시하고 있는데, 이 시험은 문제해결능력에 필요한 비판적 사고를 측정하는 평가가 공식화된 것으로 의미가 있다. 문제해결능력과 현실적응력을 공직에 적합한 능력을 판단하는 중요 지표로 규정한 것이다.

아카데미 토론은 논쟁과 설득에 관한 좋은 연습과 배움을 줄 수 있다. 이러한 토론 연습은 학생들의 의사소통 능력, 토론 효능감 뿐만 아니라 민주적인 시민의식을 함양하는데도 영향을 미친다.[17] 많은 청중 앞에서 공적으로 발화하게 되는 아카데미 토론대회는 준비하는 과정과 실제 토론 실행과정을 경험하면서 의사소통능력, 토론 효능감, 시민성을 모두 높일 수 있는 기회라 할 수 있다. 토론 효능감은 토론을 성공적으로 수행할 수 있는 능력이 있다는 믿음과 기대감이다. 공공화법과 토론 수업이 토론 효능감 향상에 도움이 되었다는 연구결과를 보더라도, 자신의 의견을 나누고 토론하는 과정에서 토론 효능감을 갖게 되고, 이는 숙의 민주주의와 관련해 중요한 시사점을 주는 것이다. 공중에 대한 커뮤니케이션 교육을 통해 토론능력을 고양시킴으로써 숙의 민주주의를 실현시킬 수 있는 시민의 능력을 갖춘 공동체 구성원을 키울 수 있다.

가짜뉴스가 범람하는 오늘날에는 더욱 더 분별력 있는 시민성에 대한 사회적 요구가 높아지고 있다. 민주주의는 소모적이고 비효율적으로 보이는 토론과 논쟁에 바탕을 둔 것이다. 공론장에서 나누는 합리적인 토론을 적절하게 판단하는 것은 민주시민의 중요한 덕목이다.[18] 나와 의견이 다른 이들을 존중하고 배려하면서 합의된 규칙을

---

17 이준웅 외, 「공공 화법과 토론 교육이 의사소통 능력, 토론 효능감, 시민성에 미치는 효과」, 『한국언론학보』 51(1), 한국언론학회, 2007. 이 논문에서 시민성은 시민성은 "협동과 상호 존중을 위한 시민적 품성"이며 "민주주의적 공동체를 유지하고 공동의 목적을 달성하는 데 기여할 수 있는 것"으로 설명된다. "평등하고 합리적으로 의견을 교환하는 과정이 강조"되는 토론 수업과 토론대회는 이러한 시민성 향상에 도움이 될 수 있다.

18 이명진, 「합리적 토론은 민주주의의 기본」, 트레버 새더 외 엮음, 『찬성과 반대 - 유럽식 고품격 실전토론 가이드 북』, 굿인포메이션, 2008, 4쪽.

준수하고 합리적으로 소통하는 과정은 숙의 민주주의를 위한 시민문화를 만드는 데 기여한다. 토론은 갈등과 문제를 합리적으로 해결하는데 목적이 있다. 찬반토론이라고 해도 경쟁이나 승패 그 자체에 목표가 있는 것이 아니다. 이에 무조건 승리하기 위해 토론을 해서는 안 된다. 상대방을 배려하며 상대방의 의견을 경청하고 존중하는 태도가 토론에서 가장 중요하다. 아카데미토론의 절차와 매너를 지키는 것은 토론에서 좋은 인상을 줄 수 있을 뿐 아니라 성공적인 토론을 위해서 필수적인 자세다.

우리는 토론과 논쟁을 구분할 필요가 있다. 논쟁은 대립적인 의견에 대해 공격하고 비판하는 것이며 논쟁술은 승리를 위해 이러한 공격, 비판의 기술을 전투적으로 활용하는 것을 의미한다. 『논쟁에서 이기는 38가지 방법』[19]에서 쇼펜하우어는 서른여덟 개의 논쟁 기술을 소개하면서 "가장 좋은 대화는 여기서 제시한 논쟁술 따위를 사용할 필요가 없이 상대와 말하는 것"이라고 덧붙였다. 이를 통해 논쟁술이 좋은 대화에 부정적 효과를 준다는 사실을 알 수 있다. 토론은 살면서 만나게 되는 많은 갈등과 대립 상황 등 문제를 해결하는 최선의 방법이기에, 새로운 혁신이나 발전을 위한 건설적인 목표를 갖는 경우가 많다. 따라서 토론을 할 때는 다양한 의견에 대해 열린 태도와 관용적인 마음이 필요하며 이는 점점 분열되어 가는 우리 사회에서 매우 필요한 덕목이기도 하다.

아카데미 토론대회에 실제 참여하거나 참관하면 좋겠으나 이것이 가능하지 않을 경우 토론대회 영상을 접하는 것도 도움이 된다. 토론

---

19 쇼펜하우어, 김재혁 옮김, 『논쟁에서 이기는 38가지 방법』, 고려대학교 출판부, 2007.

대회 동영상은 교육 자료로 활용하기에도 좋은 텍스트다. 지금의 학생들은 디지털 네이티브들이다. 태생적으로 디지털 경험을 하며 자란 디지털 원주민들은 다양한 미디어를 통해 접하는 시각적 요소가 더 친숙하다. 디지털 원주민[20] 세대에 해당되는 학생들은 기존의 전통적인 양식을 벗어난 디지털 공간에서의 쓰기와 읽기 체험을 하고 있다.[21] 그들은 스마트폰이 있는 세상에서 태어나 자랐고 모든 생애시기에 멀티미디어의 영향을 받으며 디지털 기기를 활용하며 살아왔다. 그런 점에서 새로운 세대들을 위한 대학의 쓰기, 읽기, 토론 수업은 기존처럼 텍스트 중심이 아닌 다양한 미디어의 시각적 요소를 활용하고 실습과 체험을 살린 수업이 되어야 한다. 이 책에서 분석한 숙명토론대회 결승전 사례를 대본으로만 읽지 않고 각 대회의 유튜브 동영상을 찾아보며 준언어, 비언어적 측면을 확인하면서 아카데미 토론을 배우는 것이 보다 효과적이라고 하겠다.

---

20 '디지털 원주민'이라는 표현은 프렌스키(Marc Prensky)의 용어로 디지털을 태생적으로 받아들이고 삶 속에 일상화하여 살아가는 세대를 일컫는다. 이들을 '디지털 네이티브'라고 부르며 기성세대와 차이를 두었다. 시기적으로는 대부분 밀레니얼 세대 후기부터 포스트 밀레니얼 세대에 속한다고 할 수 있다. 1995년 이후에 태어난 세대를 의미하는 'i세대'라는 구분법도 있는데, 명칭에 들어 있는 'i'라는 알파벳은 아이폰과 아이패드라는 이름에 들어있는 'i'라는 글자를 차용한 것이다. 이 역시 디지털 원주민에 포함된다.

21 미국 세대전문가인 닐 하우와 윌리엄 스트라우스가 『세대들, 미국 미래의 역사』에서 규정한대로 밀레니얼 세대가 1980년대 초부터 2000년대 초까지 출생한 세대를 가리키고 그 이후 세대가 포스트 밀레니얼 세대라고 보는 견해를 받아들인다면 현재 대학생들은 모두 이 세대에 해당한다고 하겠다. William Strauss, Neil Howe, *Generations: The History of America's Future 1584 to 2069*, Harper Collins Publishers, 1991.

제2부

토론대회와 숙명토론방식

1. 숙명토론대회 진행과정

　　숙명여대의 경우 교양필수 교과로 토론 수업이 운영되고 있다. 2002년 개편된 교양교육에서 〈발표와 토론〉 수업은 〈글쓰기와 읽기〉와 함께 사고와 표현을 위한 의사소통교육의 양 축이었다. 이는 다시 〈비판적 사고와 토론〉과 〈융합적 사고와 글쓰기〉 수업으로 발전하였다. 초기 『발표와 토론』 교재는 "참여자들이 찬반으로 뚜렷하게 대립해서 자신의 주장을 관철시키기 위해 노력하는 토론"교육에 방점을 두었다. 이후 발간된 『비판적 사고와 토론』 교재는 "토론은 두 명 이상의 사람이 특정 문제나 쟁점에 대해 근거와 함께 주장을 제시하면서 서로 의견을 교환하는" 문제해결을 위한 의사소통행위라고 규정하고 토론교육을 진행하고 있다.

　　숙명토론대회는 이러한 토론수업의 연장선에서 진행되는 비교과 활동이다. 숙명토론대회의 준비와 진행과정은 교수자나 학습자 모두에게 의미 있는 토론 공동체를 경험하게 한다. 학생들은 토론대회에 참가하면서 자기 주도적으로 지식을 구성하고 의사소통하는 방법을 익히게 된다. 자신의 생각을 조리 있게 표현하고 논리적 사유를 통해 추론하는 법을 토론대회를 경험하며 배우는 것이다. 숙명토론대회는 수업에서 배운 토론지식의 능동적 활용이라는 측면에서 중요한 의사소통교육의 일환이다.

여러 대학에서 규모의 차이는 있지만 교내 토론대회를 개최하기도 한다. 그러나 숙명토론대회만큼 오랜 시간 역사를 갖고 대내외적으로 자리를 잡은 경우는 그리 많지 않다. 토론수업에서 아카데미토론을 배우고, 배운 내용을 체화하기 위한 교과외 활동으로 토론대회를 접목한 것은 토론학습 이후 관련 지식과 의사소통기술을 능동적으로 활용하는 좋은 사례다. 숙명토론대회의 목표는 학생들이 논리적, 비판적 사고와 문제해결능력을 키우고 리더가 갖추어야 할 설득력 있는 의사소통능력을 함양하는 계기를 제공하려는 것이다. 토론대회를 통해 우리 사회의 주요 현안에 대해 관심을 제고하고 비판적 성찰과 합리적 문제 분석에 기초한 설득력을 향상시키려는 것이다.

숙명토론대회 토론모형은 3인 1조인 칼 포퍼 방식을 변형한 아카데미 토론 방식이다. 비판적 합리성에 기초한 토론 능력을 겨루는 경연의 장으로서 찬반 대립형 논제를 다룬다. 찬성측과 반대측은 각자의 주장을 펼치기 위해 분석과 논증에 기초한 합리적 근거를 제시하고 반박한다. 이러한 토론의 과정에서 참가 학생들은 논리적 분석력뿐만 아니라 자신과 반대되는 견해를 존중하고 합리적으로 대안을 모색하는 협력적 의사결정 능력을 배양함으로써 차세대 리더로 성장하게 되는 것이다. 이처럼 숙명토론대회는 학생들의 리더십과 의사소통능력을 키우는 장으로서 의미 있는 역할을 담당하고 있다. 하워드 가드너(Howard Gardner)는 "리더는 자신의 이야기를 충분히 이해하고 그것을 효과적으로 전달하는 일을 한다"며, 리더십은 "타고난 재능이 적절한 사회문화적 조건 속에서 연습되고 다듬어진 훈련된 능력"이라고 강조한 바 있다.[1] 이런 점을 고려해보면 숙명토론대회는 리더십을 갖춘 생각하는 힘을 가진 인재 육성이라는 교육 목표를 구현하는 프로그램이라고 할 수 있다.

숙명토론대회는 매년 시의성 있게 주제영역을 바꾸어 논제를 선정해오고 있다. 참가자들이 토론을 준비하는 과정에서 우리 사회 공동체 문제에 대해 자연스레 관심을 갖도록 하기 위함이다. 논제에 대한 문제인식과 해결방안을 두고 찬성과 반대 입장에서 각자의 주장을 설득하는 대립토론 방식으로 진행되고 있다. 매해 200여 팀 이상의 학생들이 토론대회에 참여해 열띤 경합을 벌여 왔다. 칼 포퍼 방식을 변형한 숙명토론대회 형식은 반론이 중요하게 여겨지는 토론방식이다. CEDA토론이 입론 기회를 각 측에게 두 번씩 부여하는 데 비해 숙명토론대회는 입론 기회를 한 번만 부여하고 있다. 갑, 을, 병의 주어진 역할 속에서 입론, 확인질문, 반론, 재반론과 함께 숙명토론대회에서 추가된 자유토론과 최종발언의 과정을 거치며 토론의 기술과 전략을 배울 수 있도록 하였다.

숙명토론대회에 참가하는 학생들은 먼저 3명이 한 팀을 이루어 신청서와 함께 논술문을 제출한다. 논제에 대한 각 팀의 입장을 A4용지 2매 분량의 논술로 정리하도록 하였다. 논제에 대한 이해 정도, 논증의 타당성을 중심으로 논술문을 심사하는 것으로 토론대회 예선이 시작된다. 논술문 외에도 토론대회신청서에 참가이유를 간략하게 기

---

1   하워드 가드너, 송기동 옮김, 『통찰과 포용』, 북스넷, 1995.

재하도록 하여, 논술평가에서 동점이 되는 경우 정성평가를 통해 참가 이유에서 발견되는 토론에 임하는 열정과 의지를 반영하여 선발하고 있다.

실제 토론은 본선부터 진행된다. 본선은 32강전(경우에 따라서는 16강전)부터 토너먼트 혹은 조별 리그방식으로 이루어진다. 토론 실행에 대한 심사위원의 평가는 논거제시능력, 논증의 타당성을 평가하는 논증능력, 반론의 타당성을 평가하는 반증능력, 상대방 발언에 대한 경청과 합리적 대안을 제시하는 문제해결능력, 스피치 능력, 수사학적 표현 능력, 설득 등 의사소통능력, 그리고 상대를 존중하고, 토론규칙을 준수하는 등의 토론 예절을 평가하여 판정이 이루어지고 있다.

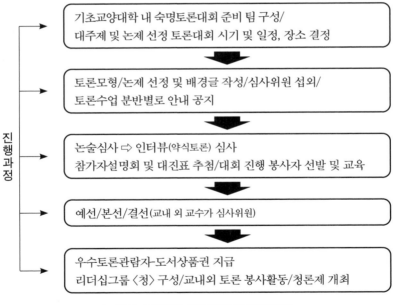

[그림1] 숙명토론대회 준비 및 진행과정

[그림1]에서 제시한 것처럼 숙명토론대회는 준비되고 진행된다. 기초교양대학 교수들 내부에서 그 해 토론대회 준비팀이 구성되면 논제를 선정하고 배경 글을 작성하고 포스터를 만들어 학교 홈페이지와 토론 수업을 통해 토론대회를 홍보하게 된다. 숙명토론대회에 출전하는 학생들이 팀별로 제출한 논술문을 공동으로 심사하여 실제 토론을 하게 될 팀을 선발한다. 본선 각 라운드별로 토론을 심사하여 결승전에 오를 최종 두 팀을 선발하고, 숙명토론대회 결승전의 경우 총장을 비롯해 교내외 심사위원들이 참석하여 성황리에 축제처럼 진행된다. 토론은 공정한 심사를 위해 학생들이 소속한 전공이나 학번을 모르게 팀명으로만 소개되고, 숙명토론대회 출신 토론 리더십그룹 〈청〉의 안내와 사회에 따라 결승전이 진행된다. 토론대회를 함께 지켜본 참관 학생들이 제출한 '토론대회 만족도 설문조사'와 '우수 토론 평가서'를 선정해 수상하고, 토론대회 수상자 가운데 〈청〉으로 활동하겠다고 지원한 사람을 대상으로 신입회원을 선발한다. 〈청〉은 숙대의 토론수업의 도우미 역할부터 교내외 토론문화를 활성화하기 위한 다양한 활동을 하고 있다.

숙명토론대회는 학생들이 단지 토론의 기술과 방법을 배울 수 있는 자리만이 아니다. 사회적으로 중요한 시의적인 문제를 논제로 다루기에 이런 이슈에 대해 공부하며 토론을 준비하다보면 자연스레 문제의식을 키우고 토론대회를 통해 의사소통능력을 함양하게 된다. 나아가 더 나은 미래를 열어갈 수 있는 종합적인 역량을 함양하는 계기가 되고 있다. 토론을 통해 비판적으로 문제에 대해 깊게 숙고하는 능력을 신장시킬 수 있다는 점에서 교육효과가 크다. 대학 교양필수 교과와 비교과 활동으로서 숙명토론대회와의 연계는 배운 것을 실제 적용하고 활용해볼 수 있는 심화학습의 시너지 효과를 발휘하고 있다. 또한 학생들에게 '스펙'의 차원에서도 토론대회의 가치는 결코 가볍지 않다. 토론대회 수상 경력은 학생들이 취업을 하거나 사회활동을 하는데 플러스 요인이 되고 있다. 그러나 보다 중요한 사실은 토론대회를 통해 적극적인 학습과정을 경험함으로써 내적 학습동기와 자신감이 향상되는 변화를 가져온다는 점이다.

2. 숙명토론대회의 토론모형

숙명토론대회는 기본적으로 정책토론의 성격을 갖고 있다. 학생들이 "사회적 쟁점에 대해 관심을 갖고 문제제기를 하고 분석적 사고와 종합적 판단을 통해 상대방과 논쟁을 거치면서 합리적인 대안을 함께 모색하는 문제해결능력을 키우는 데"[2] 목적을 두고 개최되고 있기에 정책논제, 준정책논제를 중심으로 토론대회가 진행되고 있다. 기본적으로 숙명토론대회는 토론 수업의 연장선 상에서 이루어지는 비교과 활동이기에 아카데미토론 모형에 따라 발언순서와 시간, 역할 등 토론규칙이 정해져 있다. 사회자가 없이 갑, 을, 병 3명이 토론 팀을 구성하고 토론 과정에서 각자 역할이 순서에 따라 정해져 있다.

숙명토론대회는 1회부터 3회까지는 사회자를 별도로 선발하여 서로 자유롭게 토론하는 방식으로 진행하였다. 대회에서 토론팀 선발 외에 사회자를 개별적으로 선정하는 과정을 거쳤다. 토론의 사회자는 토론 논제를 설명하고 토론자를 소개하면서 토론내용을 쟁점별로 정

---

2 숙명여자대학교 의사소통센터, 『발표와 토론』, 경문사, 2011, 188쪽.

리하는 역할을 맡았다. 그러나 4회 대회부터는 아카데미 토론모형 가운데 이른 바 칼 포퍼 토론모형을 적용한 숙명토론대회 방식을 새롭게 도입하였다. 토론 모형을 바꾸게 된 이유는 사회자가 개입하지 않고도 찬반 양팀이 상대방의 말하는 바를 보다 적극적으로 경청하고 상대방과 의견을 교류하면서 동시에 청중과 직접 교감하는 훈련이 중요하다고 보았기 때문이다. 또한 토론 발언순서에 따라 논박하는 과정이 사회자의 개입 없이 보다 조직적으로 이루어질 수 있도록 분명한 역할과 절차를 둔 토론 방식으로 개선한 것이다. 이러한 숙명토론모형은 토론수업에서 개별 학생들의 토론활동을 평가하는 데 있어서도 효과적인 이점이 있다.

미국 대학생 토론대회에서 보편적인 토론유형이 CEDA 방식이다. 이 경우 2인 1팀으로 구성되어 자료조사와 논거정리능력, 개인별 스피치 능력이 중요하게 고려된다. CEDA 모형은 논제와 관련한 리서치 능력과 의사소통능력에 비중을 두고 학생들의 개별적인 역량을 키우는데 효과적인 토론 방식이다. 한편 영국에서 발달한 의회식 토론방식은 해학과 수사, 인상적인 유추법을 이용하여 부드럽게 청중의 마음을 사로잡는 표현과 현장에서의 전달력이 중요하게 작용한다.

반면 숙명토론대회은 칼 포퍼식 토론의 취지와 형식을 따라서 찬성, 반대 양측이 모두 쟁점을 제시하고 증명하는 부담을 공히 지니도록 하였다. 또한 입론보다 반론 비중이 상대적으로 큰 특징이 있다. 칼 포퍼식 토론이 반론을 중요하게 여겨 CEDA토론이 각 측에 입론을 두 번씩 부여하는 데 비해, 숙명토론모형은 입론 기회를 한 번만 부여하고 반론 중심의 토론이라는 점에서 특징이 있다. 다른 토론방식의 경우 '상대방이 틀렸다'는 것만 입증해도 토론에서 승리할 수 있다면, 숙명토론방식은 '우리 측의 주장이 옳다'는 것을 입증할 수 있어야만 토론에서 승리할 수 있는 것이다. 이는 칼 포퍼의 비판적 합리주의에 의거한 토론방식을 받아들여 우리의 지식과 주장이 잠정적이고 가설적이라는 점에서 비판하고 논박하는 과정을 통해 우리가 범할 수 있는 오류를 줄여가는 방법을 배우도록 한 것이다. 이런 점에서 숙명토론모형은 비판적 사고력과 팀워크 및 의사소통능력의 중요성을 토론방식에 담고 있다.

<표3> 숙명토론대회 모형

① 찬성 (갑) 입론 [4분]	② 반대 (을) 확인질문 [3분]	비고
④ (을) 확인질문 [3분]	③ (갑) 입론 [4분]	숙의시간
⑤ (병) 제1반론 [3분]	⑥ (갑) 확인질문 [3분]	팀별 1회, 1분씩
⑧ (갑) 확인질문 [3분]	⑦ (병) 제1반론 [3분]	사용 가능(선택)
고정 숙의시간 [2분]		
자유 토론 [12~20분]		추가 숙의시간
고정 숙의시간 [2분]		없음
⑨ (을) 제2반론 [3분]	⑩ (을) 제2반론 [3분]	
⑪ (병) 최종발언 [3분]	⑫ (병) 최종발언 [3분]	

숙명토론대회 모형은 〈표3〉과 같다. 토론 절차와 시간은 전체 총 60분 내외이며, 갑, 을, 병 3명이 한 팀이 되어 입론부터 최종발언에 이르기까지 단계별로 진행된다. 토론 과정에서 각자 역할이 순서에 따라 정해져 있지만 동시에 자유토론을 병행한 토론방식으로 운영된다. 찬성측과 반대측이 근거를 들어 자신들의 입장이 옳다는 것을 주장하는 입론으로 토론이 시작된다. 토론에 참여하는 찬성측과 반대측은 각각 어떤 근거에서 논제를 긍정 또는 부정하는지를 명료하게

제시해야 한다. 숙명토론모형은 토론 규칙에 따라 모든 토론자는 각자 발언순서와 시간, 정해진 역할이 있다. 고정 숙의시간 이후에 진행되는 자유토론은 반대 팀에서 먼저 한다. 자유토론은 그야말로 순서나 역할에 관계없이 상호 의견을 주고받는 시간이다. 진행순서상 찬성측 확인질문이 끝나고 진행되는 터라 숙의 시간 후 자유토론 첫 발언은 〈반대〉측에서 먼저 하도록 하였다. 본선, 결승전에 따라 자유토론 시간은 12분~20분으로 탄력적으로 운용되고 있다. 그러나 자유토론에서도 개별 발언 시간은 1인 1회 최대 2분을 초과할 수 없고, 한 팀의 총 발언 시간은 자유토론 시간 중 60%를 차지할 수 없도록 하여 양팀이 발언을 고루 주고받을 수 있도록 유도하였다. 숙명토론모형에서 추가된 자유토론은 말 그대로 자유롭게 상호간에 의견을 주고받는 기회로서 발언권은 두 팀에게 교차로 주어지게 된다. 발언 기회는 팀 구성원들이 가능한 한 공정하게 배분하고, 발언 내용도 단순 질문이 아니라 반박하는 내용을 담은 반론의 성격을 갖도록 하였다.

이처럼 숙명토론대회의 모형이 반론 중심의 토론이라는 점에서 비판적 사고 능력이 더욱 중요하다. 자유토론이 추가되어 발언자가 상대팀 토론자 가운데 답변자를 지정할 수도 있게 하였다. 그러나 상대팀의 동일인을 3회 연속 지정할 수 없도록 하여 특정 토론자가 표적이 되지 않도록 하였다. 또한 지정된 답변자의 답변이 만족스럽지 않을 경우 같은 팀 동료가 답변할 수 있으나 선행 답변을 포함하여 최대 3분을 초과할 수 없도록 하였다. 이처럼 숙명토론방식은 각자 자신이 맡은 부분만 충실하기보다는, 토론을 잘 풀어가기 위해 전체 팀원들이 유기적으로 협력하고 조율하는 자세가 중요하다는 점을 인식하게 하였다. 이런 점에서 숙명토론대회는 팀원들 간의 결속력을 배울 수 있는 토론방식이 중요한 특징이라고 할 것이다.

숙명토론모형은 토론에 참가한 학생들이 토론순서에 따라 차례로 발언하며, 자유토론을 할 때를 제외하고는 무대 앞에 나와서 청중을 바라보고 발언하도록 하였다. 토론심사는 토론평가표에 따라 각 팀별 팀워크를 반영하고 토론윤리 및 예의바른 태도를 우선적으로 고려한다. 입론·확인질문·반론·최종발언 등 매 단계마다 각 토론자의 발언의 특징을 고려하여 다양한 논거를 제시하는 논증력, 상대의 주장을 파악하고 적절히 반박하는 비판력, 설득력 있는 표현력 등을 종합하여 두 팀의 토론능력을 평가한다.

3. 숙명토론대회 참가자 준비와 실행

숙명토론대회를 준비하는 학생들은 수업에서 실습을 하는 것과 마찬가지로 읽기, 쓰기, 말하기, 듣기의 종합적인 의사소통역량을 키워갈 수 있다. 〈표4〉에서 제시한 것처럼 참가자들은 토론대회에서 제시한 논제에 관심을 갖고 선정배경을 읽으면서 의미를 파악하고 그 논제가 어떻게 논쟁거리가 되는지 분석해야 한다. 논제와 관련한 찬성과 반대 입장만이 아니라 전체적인 맥락을 이해하고 해석하는 단계라고 하겠다. 그 다음은 논제를 연구하고 논점을 분석하는 단계로서 토론자들은 논제에 관련된 이론과 지식을 폭넓게 정리하면서 나올 수 있는 핵심 논거들을 검토한다. 논제와 관련된 지식을 정리하면서 다양한 각도에서 논제에 접근해 보는 단계이다.

숙명토론대회의 1차 관문이 논술이기에 말하기 능력에 앞서 글쓰기 능력이 선행되어야 한다. 이에 찬성과 반대 입장 중에서 하나를 선택해서 가능한 논점을 면밀히 분석하고 이를 바탕으로 자신의 주장을 설득하는 글을 써서 제출한다. 논제와 관련한 자료를 다각도로 조사하는 리서치 능력을 필요로 한다. 주장을 뒷받침하는 논거로 적절하다고 판단되는 자료들을 분석하고 항목별로 우선순위를 두어 분류하면서 이를 토론을 할 때 순발력 있게 활용할 수 있도록 논거카드를 만들어야 한다. 또한 토론개요서를 통해 토론의 흐름을 전체적으로 바라볼 수 있어야 토론과정을 효과적으로 통제할 수 있다. 실제 토론에 앞서 모의 토론을 통해 각 토론자가 자신이 맡은 역할을 충실하게 이행하도록 갑, 을, 병 역할에 따른 유리한 토론전략을 모색하는 가운데 실전 토론을 위한 의사소통능력을 키워가게 되는 것이다.

〈표4〉 숙명토론대회 참가자 준비과정

①단계		②단계		③단계		④단계		⑤단계
논제파악 논제인식	⇨	논점분석 논술문 작성	⇨	자료 조사 정보분석 분류	⇨	논거카드 토론개요서 작성	⇨	역할분담 토론전략 수립
논제이해		논제분석		논거정리		토론준비		모의토론

〈숙명토론대회〉의 경우 대회 출전의 첫 단계로 논술문을 요구하고 있다. 논술문을 통해 학생들의 비판적 사고력과 논리적 설득력, 적절한 대안을 제시할 수 있는 문제해결력을 평가하는 것이다. 논술문은 입론의 기반이 되기에 논제에 대한 자신의 주장과 근거를 명확히 정리하는 것이 중요하다. 다른 토론대회에서는 논술문을 생략하고 조별 리그전이나 토너먼트전을 통해 바로 예선 단계에서부터 진행하는 경우도 있다. 논술문을 잘 쓰기 위해서는 먼저 쟁점 분석과 논술개요

서를 만들어보는 게 효과적이다. 또한 논술문을 기반으로 토론 계획을 작성해 토론 실행 시 유용하게 활용할 수 있는 자료를 만들어볼 필요가 있다.

논술문이 채택되어 토론을 할 수 있는 단계로 진출하게 되면 조원들끼리 토론 리허설을 해보는 것이 바람직하다. 단지 머릿속으로 생각만 하는 것과 실제로 토론을 실행해보는 것은 큰 차이가 있다. 만약 글로만 써서 준비를 하게 되면 자료를 어색하게 낭독하거나, 막상 필요한 순간에 해야 할 말이 입에서 바로 나오지 않을 수 있다. 특히 입론이나 최종발언은 미리 준비해간 원고를 읽으면 된다고 생각해서 연습을 소홀히 하거나 토론 리허설을 해보지 않는 경우도 많다. 토론 연습을 하는 경우에도, 스피치는 혼자서 연습할 수 있다고 생각하기 쉬운데 스스로를 모니터링하여 객관화하기 쉽지 않기에, 더구나 누군가 자신을 바라보는 상황에서 발언하는 것과는 다르기 때문에 반드시 팀원들과 리허설을 해보고 서로 피드백을 주고받는 것이 좋다.

토론은 말로 전달하는 과정이기에 준언어, 비언어적 측면도 중요하다. 토론을 녹음하거나 영상을 녹화해 자신의 목소리와 표정, 전달 태도 등을 셀프평가해 보는 것이 필요하다. 준언어, 비언어를 훈련하는 것은 전달력과 타인과의 효과적인 소통을 위한 것이므로 실제 다른 사람들과 함께 해보는 모의토론을 통해 제대로 파악할 수 있다. 혼자서 연습하면 과연 잘 하고 있는 것인지 판단하기 어렵다. 모의 토론을 하며 팀원들 각자 평가표를 작성하여 서로 피드백을 제공하고, 혹시 수정할 부분이 있다면 수정하면서 연습이 필요한 부분을 다시 보완해야 한다. 리허설을 가능한 여러 번 해 볼 수 있다면 더욱 좋은 토론을 보여주게 될 것이다.

〈토론십계명 - 토론 이렇게 하라〉

① 토론에 대한 진지한 자세와 준비성이 필요하다. 사전 자료를 충실하게 준비하고 그 내용을 이해하고 숙지해야 한다. 또한 논제에 표현된 기본 용어에 대한 정의를 정확하게 파악해야 한다.

② 편향되지 않은 균형 잡힌 시각을 견지하며 주장을 펼쳐야 한다. 자신과 다른 생각을 가진 사람이라도 그 입장을 고려해서 정중하게 발언해야 한다.

③ 주장을 뒷받침하는 근거를 탄탄히 하고 반론은 논리적으로 대응하는 것이 중요하다. 준언어, 비언어적 요소가 상당한 영향을 미치기에 말의 속도를 잘 조절하고 자신감 있는 태도로 전달해야 한다.

④ 상대의 발언내용의 오류를 구체적으로 지적하며 상대방 주장을 논리적으로 무력화시켜야 한다. 상대가 말하지 않은 것을 반론할 수는 없다.

⑤ 상대측 근거의 오류를 지적하기 앞서 우리 측의 입론을 완벽하게 작성하는 것이 필수적이다. 자신의 입론을 탄탄하게 준비하고 상대측 근거의 논리적 빈틈을 발견하여 오류를 지적하는 것이 토론 승리의 포인트이다.

⑥ 토론 논제에 대한 논거 정리만이 아니라 주제와 관련한 배경지식까지 폭넓게 습득해야 한다.

⑦ 현장토론에서는 변수가 많기에 가능한 철저히 대비할 수 있도록 팀원간의 협력이 필수적이며, 이를 통해 토론의 흐름을 자신에게 유리한 입장으로 끌고 갈 수 있어야 한다.

⑧ 상대가 하는 말을 집중해서 경청해야 한다. 짧은 시간 안에 상대의 반론에 증거를 제시하고 논리의 오류를 짚는 것은 상대방 의견에 대한 집중적 경청과 꼼꼼한 메모 없이는 불가능하다.

⑨ 반론을 위해 상대측이 어떤 근거를 가지고 주장을 하는지 미리 가늠해 준비하고, 그 근거에서 어떠한 오류가 있는지 파악하는 순발력이 필요하다.

⑩ 최종발언을 할 때는 주장에 대한 효과적인 요약뿐 아니라 감정적 호소와 레토릭도 중요하다. 같은 내용의 발언이더라도 감성적 터치와 논리적 수사에 따라 청중이 받아들이는 정도가 다르므로 효과를 잘 살리면 좋다.

토론대회 당일에는 그동안 연습했던 것을 바탕으로 의연하고 담담하게 임하는 자세가 중요하다. 토론 규칙을 준수하고 시간을 잘 지키며 각 단계에 맞게 토론을 진행하고, 자기 순서가 아닐 때 끼어들거나 토론 단계에서 불필요한 말을 하지 않도록 유의해야 한다. 토론대회 출전은 토론이 익숙하지 않은 학생들에게 진입장벽이 높게 느껴질 수 있다. 그러나 토론대회는 경험이 풍부한 토론의 달인들만이 수상하는 것이 아니다. 처음 대회에 출전한 학생이 수상하는 경우도 종종 있다. 토론대회 준비를 성실히 하고 토론과정에서 상대방의 말을 경청하며 기민하게 대응했을 경우 노련한 상대방의 논리를 무력화시키는 것도 충분히 가능하다. 그리고 설령 수상하지 않는다고 해도 토론대회에 참여하고 도전하는 것은 토론을 배우기 위한 가장 효과적인 실습 방법이다. 또한 그 과정에서 쌓은 경험은 인생의 큰 자산이 되기 때문이다.

4. 토론리더십그룹 〈청〉이 배운 것

〈숙명토론대회〉는 1회 숙명토론대회부터 매년 4강에 포함된 12명의 학생들로 '청(聽)'이라는 리더십 그룹을 구성해왔다. 토론에서 무엇보다 중요한 것은 듣기능력이라고 하며, 학생들 스스로 '청'이라는 그룹 이름을 직접 작명하였다. '청'은 리더십그룹으로 활동하면서 숙명토론대회 진행과 토론수업 도우미로 봉사하고 있다. '청' 학생들은 숙명토론대회에 참가했던 경험을 통해 많은 점을 배웠다고 하였다. 이들의 증언을 통해 토론대회의 교육적 효과를 확인해 볼 수 있다.

○ 숙명토론대회를 준비하면서 한 가지의 논제에 대해 여러 가지 각도에서 바라보고, 고민해보는 사고를 많이 했다. 그래서 다양한 관점에서 사물, 주변의 환경, 사건 등을 바라보기 위해 노력했고 많이 배웠다. 어느 한 문제나 주제에 대해서 "만약, 당사자였다면 어떻게 했을까?" "저런 생각은 어디서부터 파생되는 걸까?" 등 다양한 생각을 키우는 시간이 되었다. 또한 한 가지에 대해서 원초적이고 철학적인 것부터 깊게 생각하게 된 것 같다. 논리력을 갖추기 위해서는 넓게 아는 것도 중요하지만 깊게 알고 있는 것도 중요하다는 것을 배웠다.

◦ 어떤 문제의 해결방법을 다양한 관점에서 모색하는 것과 말하는 방법 자체에 대해 많이 배운 것 같다. 토론준비과정은 준비한 근거가 어떻게 반박당할 수 있을지, 허점이 뭔지를 끊임없이 찾고 거기에 대해 또 반박하고 공격할 근거를 찾는 하나의 순환과정이었다. 브레인스토밍처럼 끊임없이 뻗어나가며 생각해보면서 문제를 바라보는 관점 자체가 다양해질 수 있다는 것을 깨닫게 되었다.

◦ 숙명토론대회를 준비하면서 관련 자료를 읽고 효과적으로 분석하여 수용하는 능력과 수용한 내용을 비판적인 시각으로 바라보는 능력이 가장 많이 향상되었다. 주어진 시간동안 논제에 관해서 가능한 많은 자료를 수집해 읽고 분석해야 했다. 그 결과 효과적으로 글을 요약해 정리하는 방법을 자연스럽게 터득했다. 또한 토론에서 가장 중요한 논리를 세우기 위해서 자료를 있는 그대로 받아들이는 것에서 그치지 않고 다양한 시각으로 비판하는 것이 필수적이었기 때문에 비판적인 시각을 키울 수 있었다.

숙명토론대회는 무엇보다 학생들이 스스로 찾아 공부하는 자기주도의 학습능력을 키우게 하였다. 토론대회 참가자들은 준비과정을 거치면서 논제와 관련한 다양한 분야의 지식과 정보를 수집하고 정리하며 분석력을 키우고 비판적으로 재구성하면서 대학에서 필요로 하는 능동적인 학습능력을 개발해 가고 있다. 토론에서 중요한 논거의 다양성과 타당성을 위해 여러 증거나 통계자료를 찾는 것 외에도 실생활의 사례들을 검토하고 활용하는 방식으로 지식의 확산이 이루어지고 있는 것이다. 학생들이 토론대회 논제를 분석하고 자료를 찾고 스스로 결론을 이끌어내는 일련의 토론 과정을 통해 자기주도적인 학습역량을 키워가고 있다. 이는 지식의 근원에 대한 탐구심을 갖고 학습에 대한 책임감이 스스로에게 있다고 생각하는 자세이다. 학생들은 토론대회 경험을 통해 학습의욕과 자신감을 갖고 사안을 들여다보고 문제를 해결하면서 다양하게 사안에 접근하는 태도를 갖게 되는 것이다.

또한 토론대회가 공동체 문제에 대한 문제의식을 형성하고 공적 말하기를 훈련하는 장이 될 수 있음을 알 수 있다. 토론대회에서 다루는 주제는 우리 사회의 현실문제와 관련되어 있다. 학생들은 토론을 하면서 사회적 갈등을 야기하는 이슈에 대해 정확하게 이해하고 복잡한 문제 상황의 양면을 파악하는 계기를 갖게 되었다. 즉 공동체의 문제에 관심을 갖고 객관적으로 양측의 입장을 살펴보고 비판적으로 사고하는 과정을 통해 자연스럽게 사회문제에 대한 의식을 키워가는 것이다.

하버마스(J. Harbermas)는 의사소통 행위의 상징적 구조로 형성되는 사회현상에 관한 지식은 과학적 지식으로 수렴할 수 없는 것이라고 하였다. 결국 다른 사람을 이해하기 위해서는 사회현실을 구성하고 있는 사회적 의미를 이해하지 않으면 안 된다. 이는 지식 탐구의 본질이 실천적 관심으로 나아가게 하는 부분[3]이라는 점에서 토론 경험은 공적 말하기를 배우는 중요한 가치가 있다고 할 것이다. 숙명토론대회에 참여했던 학생들은 청중 앞에서 자신의 목소리를 내면서 설득력 있는 말하기의 중요성을 인식하게 된 것이다.

---

3   J. Harbermas, *Knowledge and Human Interests*, tr.J.J.Shapiro, London : Heineman, 1971.

토론은 궁극적으로 논증력과 전달력이 뛰어난 팀이 승리하게 된다. 성공적인 토론을 위해서는 자신의 주장을 분명하고 효과적으로 표현해야 한다. 또한 토론은 자신의 일방적인 주장만 제시하는 것이 아니라 상대편의 논점을 조목조목 반박하는 치밀성도 필요하다. 토론 대회 경험에서 자신의 주장을 논리적으로 전개하고 무대에서 당당하고 침착한 태도로 말하고, 감정에 치우치지 않고 수사적 기법을 동원해 효과적으로 상대를 설득하는 토론의 효과를 체득하게 되는 것이다. 뿐만 아니라 토론대회의 경험은 자신감과 함께 글쓰기 능력의 향상을 가져오기도 한다.

◦ 토론을 준비하면서 커뮤니케이션과 글쓰기 능력이 향상되었다고 스스로 느꼈다. 팀원끼리도 논제에 대해 수차례 모의토론을 통해 좀 더 호소력 있게 갈고 다듬는 과정에서도 배운 것이 많았다. 편하고 자유로운 분위기에서 하는 것이 아니라 공적인 자리에서 평가를 받는 '토론'이다보니 좀 더 정제된 어투와 표현을 익히는 데 어려움도 많았다. 가장 큰 성과는 남들 앞에서 목소리를 내는 것에 대한 '두려움'을 극복했다는 점이다. 토론대회를 준비하면서 자신감도 얻은 것이 가장 큰 보람이었다.

◦ 토론 과정을 통해 특정 상황에서 어떤 방법으로 말하는 것이 가장 효과적인지에 대해 많이 공부하게 되었다. 음성이나 어조 등을 포함한 자신의 말하는 스타일에 대해 고민하게 되었고, 팀원과 조화를 이루려면 어떻게 해야 할지 숙의시간의 경험을 통해 배웠다. 준비과정을 통해 조금 더 '전략적인 말하기'에 대해 경험해보고 발전하는 계기가 된 것

같다.

  ◦ 숙명토론대회를 통해 정말 많은 것을 배웠지만 먼저 '내
  가 내 말을 하는 것'의 중요성을 배웠다. 학생들이 진행하는
  토론을 보면, 자기가 소화해낸 것을 구조화한 말이 아니라
  어디에선가 퍼온 그럴싸한 말 또는 단지 수치만 나열하는
  발언이 주를 이루는 경향이 있다. 그러나 게임을 거듭해 갈
  때마다 상대방을 설득하는 것은 '내가 내 말을 하는 것'이라
  는 깨달음을 얻었다. 또한 자신의 생각을 표현하는 것이 내
  가 한 말에 자신감이 갖게 해서 긴장하지 않고 쉽게 주장을
  펼칠 수 있다는 것도 깨달았다.

    숙명토론대회를 경험한 학생들은 토론대회를 통해 특정 상황에서
어떤 방법으로 말하는 것이 가장 효과적인지 전략적 말하기를 배울
수 있었고 공적 말하기에 대한 두려움도 극복했다고 하였다. 그리고
"내가 내 말을 하는 것'의 중요성"을 자각하고 자기 목소리를 내는 것
의 중요성도 깨달을 수 있었다고 하였다. 숙명토론대회 경험을 통해
학생들이 무엇을 배우고 어떻게 성장했는지, 나아가 토론교육이 학생
들에게 어떤 의미가 있으며 토론 경험을 통해 무엇을 얻을 수 있는가
에 대해 시사하는 바가 크다. 토론대회에 도전해 본 경험이 있는 학생
들이 참가 경험이 없는 학생들과 비교해 볼 때 분석력, 문제해결력, 판
단력, 종합력 측면에서 훨씬 우세하다는 연구[4]결과에서 알 수 있듯이,

---

4 Kent R. Colbert, "The effects of CEDA and NDT debate training on critical
   thinking ability", *Journal of the American Forensic Association*, Vol.21. 1987,
   pp.194~201, 이정옥, 『토론의 전략』, 문학과 지성사, 2008, 19쪽에서 재인용.

토론대회에 도전하는 것만으로도 학생들의 토론 역량을 키울 수 있는 디딤돌이 된다고 하겠다.

5. 토론대회 참관 학생들이 배운 것

비교과 프로그램으로 운영된 숙명토론대회는 토론수업에서 부족한 실습 경험을 직간접적으로 제공하고 있다. 토론수업과 연계된 현장 실습으로 수업의 교육적 효과를 높여주었다. 토론대회에 참여하는 것 못지않게 토론대회를 참관하는 것도 큰 도움이 된다. 전체 토론이 진행되는 과정과 각 단계마다 참가자들이 어떻게 입론을 구축하고, 확인질문 및 반론을 펴며 그것에 대응하는 효과적인 방안이 무엇인지 살펴보는 것도 공부가 되기 때문이다. 어느 팀 주장이 논거가 타당하고 신뢰할만한 증거인지, 상대방의 주장을 진지하게 경청하고 적절히 논박하는지, 수사학적 표현은 신선한지, 목소리는 크고 발음은 명확한지, 토론규칙을 잘 지키고 예의 있게 토론을 이끌어가는 지 등을 종합적으로 판단할 수 있는 능력을 키우게 되는 것이다.

아래에 제시한 학생들의 토론평가는 '4차 산업혁명 시대에 긱 경제 적극 수용해야 한다'는 주제로 개최된 제16회 숙명토론대회 결승전에 대한 내용이다. 참관자들의 평가서 내용을 살펴보면 토론대회에 직접 참여하는 경험 못지않게 토론대회를 참관하는 것만으로도 배움이 크다는 점을 알 수 있다. '백문이 불여일견'으로 토론대회 동영상을 시청하는 것도 토론교재를 백 번 읽는 것보다 낫다는 사실을 확인할 수 있다. 숙명토론대회 동영상을 본 후 학생들이 쓴 평가서를 살펴보면 학생들이 토론대회를 참관하며 배운 바가 무엇인지 이해할 수 있을 것이다.

  ◦ '4차 산업혁명 시대에 긱 경제 적극 수용해야 한다'는 주
제로 개최된 제16회 〈숙명토론대회〉 영상과 〈숙명토론대
회〉를 설명하는 〈청〉의 영상을 시청한 이후 배운 점을 말씀
드리려고 합니다. 먼저 〈숙명토론대회〉의 진행방식을 통해
교육토론 방식의 하나인 칼 포퍼식 토론의 특징에 대해 알
게 되었습니다. 칼 포퍼식 토론은 입론 이후 확인질문과
반론을 통해 자신의 주장을 강화하는 과정으로 진행되는
데, 〈숙명토론대회〉에서는 자유토론 시간과 최종발언을 추
가하여 토론 참가자의 논제에 대한 이해도를 확인하고 모
든 참가자에게 동등한 발언 기회를 부여함으로써 토론의
의미를 더했습니다.
또한 〈숙명토론대회〉는 관심이 있는 분야나 다양한 사회의
문제에 대해 논하게 될 때, 한쪽의 입장에서 생각하지 않고
자신과 다른 생각을 가진 사람의 입장도 고려하여 자신의
주장을 펼치므로 논리적이고 편향되지 않은 균형잡힌 시각
을 갖게 될 것이라고 생각했습니다. 〈숙명토론대회〉는 당시
에 대두되는 사회 문제에 대한 논제를 선별하여 토론을 하
게 되므로, 해당 사회에 관해 관심이 없었던 참가자들이 해
당 문제에 관심을 가지게 되고 문제에 대해 잘 이해하게 되
는 계기가 된다는 점을 알 수 있었습니다.
제16회 〈숙명토론대회〉 영상에서는 4차 산업혁명시대의
긱 경제에 대한 토론이 펼쳐졌는데, 사실 저는 해당 주제에
대해 관심이 없었기에 어떠한 정보도 없이 영상을 시청하
였습니다. 그러나 영상을 시청하면서 흥미가 생겨 토론 주

제에 대해 알아보며 간접적으로 참여하게 되는 계기가 되었습니다. 제 자신을 보더라도 〈숙명토론대회〉는 사회문제에 대해 관심을 갖게 하고 논리적 근거를 찾기 위해 보다 전문적인 정보를 조사하는 공부의 의미가 크다고 생각됩니다. 철저한 사전조사가 전제되지 않으면 상대측의 반론에서 자신의 주장과 부합하지 않는 내용을 인정하여 주장에 모순이 생긴다는 점을 알 수 있었습니다. 따라서 방대한 양의 사전 자료에 대한 준비와 이에 대한 숙지가 필수적이라고 생각하게 되었습니다. 또한 토론의 순서와 절차에 부합하기 위해 제한된 시간 내에 준비한 내용을 전달하기 위해서는 말의 속도를 조절하여 전달력을 높이는 것이 중요하다는 점도 알게 되었습니다. 만약 〈숙명토론대회〉에 참가하게 된다면, 정보의 수집에서 그치는 것이 아닌 보다 효과적인 토론을 위해 비언어적 표현도 신경써서 잘 준비해야겠다고 생각하였습니다.

(컴퓨터과학전공 20학번 양OO)

◦ 〈숙명토론대회〉 영상을 통해 선배님들의 논리적이고 날카로운 토론을 볼 수 있어서 토론에 대해 큰 흥미를 느끼며 많은 것을 배웠습니다. 먼저 저는 수업에서 소개된 〈숙명토론대회〉 토론 방식이 정확히 어떤 모습을 띄는지 직접 확인할 수 있었습니다. 이를 통해 왜 〈숙명토론대회〉 형식이 효과적인 토론 방식인지, 왜 기존의 칼포퍼 방식에서 변화를 꾀했는지 이해할 수 있었습니다. 또한 저는 선배님들이 토론하시는 모습을 보면서 토론을 할 때 필요한 기술들이 그저 논리력만이 아니라는 것을 느꼈습니다. 근거와 반론의 논리성이 중요하지만 그에 못지않게 시선 처리, 제스쳐 등

비언어적 측면과 목소리 크기와 발음 등 반언어적인 요소들이 제가 생각했던 것 보다 중요하다는 것을 발견했습니다. 특히 발언시간이 제한되어 있기에 〈숙명토론대회〉에서는 말하는 시간을 계산하고 조절하는 능력이 중요하다는 것도 알게 되었습니다.

저는 토론능력이 많이 부족하다고 생각하기에 이렇게 미리 영상을 봐두어서 사전에 연습할 수 있는 기회를 갖게 되어 다행이라고 생각합니다. 마지막으로 반론을 수용할 때 어떤 모습으로 상대방이 반론한 부분을 수용해야하는지 배웠습니다. 저는 사실 고집이 세서 상대가 반박하는 내용을 잘 수용하지 못하는데, 〈숙명토론대회〉 영상을 보고 인정할 것은 담담하게 인정하고 논리적 오류가 있는 점은 재반론을 통해 정정하는 모습을 보며, 나중에 토론을 하게 될 때 어떤 태도를 취해야 할지 배울 수 있었습니다.

(기계시스템학부 20학번 이OO)

◦ 〈숙명토론대회〉 논제인 '긱 경제'의 정의만 훑어보고 별다른 사전 정보 없이 가벼운 마음으로 동영상을 시청했습니다. 토론을 지켜보며 모든 발언 핵심을 파고들고, 굉장히 날카롭고 비판적이어서 무심코 듣다가 깜짝 놀랐습니다. 무엇보다도 확인질문은 그저 상대방의 발언을 검토하고 논리적 허점이나 모순이 있다면 질문하는 단계라고 생각하고 있었는데, 토론자들이 질문을 통해 상대의 발언내용을 구체적으로 지적하며 훌륭하다고 생각했던 상대방의 주장을 무력화 시키는 모습이 굉장히 인상 깊었습니다. 동영상을 보면 볼 수록 한 번의 토론을 위해 토론 논제에 대한 논거 정리만이 아니라 온갖 배경지식까지 모두 습득해야겠구

나 하는 생각이 들었습니다. 그만큼 주제와 관련해 많은 지식을 쌓고 자료를 찾아보고 준비해야 되기에 토론의 수준이 이렇게 높은 것이구나 싶은 생각이 들었습니다. 대학교에서의 토론은 분명 고등학교에서 했던 토론과 여러 면에서 다를 것임이 분명해 보였습니다. 그래서 더 기대되고 궁금해졌고, 가능한 빨리 〈숙명토론대회〉를 직접 경험해보고 싶다는 생각을 해보게 되었습니다.

(응용물리학과 20학번 황OO)

∘ 처음에는 형식적인 토론을 예상하고 〈숙명토론대회〉 영상을 시청했지만 영상을 계속 보면서 이전에 고등학교에서 접했던 토론과는 다르다는 생각을 했습니다. 또한 그 과정에서 토론의 효과와 토론자가 취해야 하는 자세에 대해 자세하게 배울 수 있었습니다. 중요한 것은 〈숙명토론대회〉가 형식적으로 진행되는 토론대회라는 느낌이 거의 느껴지지 않았다는 점입니다. 특히 토론 중간에 자유토론 시간이 있다 보니 각자의 주장에 대한 더 다양한 근거와 반박들을 들을 수 있었고 흥미로웠다는 점이 큰 장점으로 느껴졌습니다. 논제가 '4차 산업혁명 시대에 긱 경제, 적극 수용해야 한다'로 진행되었는데, 긱 경제에 대해서 알고 있는 것이 거의 없어도 토론을 지켜보면서 긱 경제를 수용할 시 우리 사회에서 발생할 이점과 단점에 대해 자세히 알 수 있었고, 논제에 대한 저의 의견은 어떤지 생각해 볼 수 있었습니다.
특히 처음에는 찬성측의 의견이 좀 더 타당하다고 느껴졌는데, 반대측의 입론과 반론을 통해 긱 경제가 마냥 긍정적인 면만 가지는 것이 아니라는 것을 알 수 있었습니다. 적절한 반론과 그에 대한 답변을 통해 토론이 우리 사회에서 발생한 문제에 대해 심도 있게 고민해보도록 하고 사회가 더 나은 선택을 할 수 있도록 하는 효과가 있다는 것을 알게 되었습니다. 무엇보다 짧은 시간 안에 자신의 의견을 체계적으로 말하며 상대의 반론에 증거를 제시하고 논리의 오류를 짚는 것을 보면서 논제에 대한 충분한 사전 지식과 철저한 준비 그리고 상대방 의견에 대한 경청 없이는 불가능하다고 느껴졌습니다. 〈숙명토론대회〉가 형식적으로 느껴지지 않았던 것은 토론 방식의 효과도 있겠지만 무엇보다 토론자들의 토론에 대한 진지한 자세와 준비성이라는 것을 느끼게 되어 저 역시 이런 자세를 배워야겠다고 생각했습니다. 〈숙명토론대회〉 영상을 보며 '나도 저렇게 토론을 할 수 있을까' 하는 걱정도 들었지만 그보다는 토론은 자신의 주장과 그에 대한 근거를 펼쳐나가는 것이고 그에 앞서 상대방의 주장을 경청할 수 있는 태도가 더 나은 토론이 되도록 만든다는 것을 배울 수 있었던 뜻깊은 시간이었습니다.

(소프트웨어융합전공 20학번 주OO)

◦ "4차 산업혁명시대에 긱 경제 적극 수용해야한다"는 논제의 〈숙명토론대회〉 영상을 보기 전에 깊이 있는 이해를 위해 중요 키워드에 대한 정의를 파악하고 논제에 대한 입장을 정해 놓고 살펴보았습니다. 먼저, 동영상을 보며 토론자들이 자신의 주장을 거의 외워서 발언하시는 모습을 보며 정말 연습을 많이 했구나는 생각이 들었습니다. 현장토론에서는 변수가 많기에 가능한 한 철저히 대비할 수 있도록 충분한 자료조사가 필수적이며 이를 통해 토론의 흐름을 자신의 입장으로 끌고 갈 수 있다는 것을 배웠습니다. 저는 '찬성측'에서 임금상승률은 임금이 상승하는 정도를 뜻

하기 때문에 이 점이 정체되어있다는 것은 임금이 상승하는 폭이 적은 것을 의미하는 것이지 임금의 저하를 의미하는 것이 아니라는 점을 지적한 것이 인상 깊었습니다. 또한 기본적인 용어의 정의를 정확하게 파악하고 있어야 제대로 된 반박을 할 수 있다는 점도 알게 되었습니다. 반론을 잘하기 위해서는 상대방이 어떤 근거를 가지고 주장을 하는지, 그 근거에서 어떠한 오류들이 있는지를 재빨리 파악하는 순발력이 필요하다는 것도 배웠습니다. 이런 점에서 상대측 근거의 오류를 지적하기 전에 우리 측의 입론을 완벽하게 작성하는 것이 더 필수적임을 알게 되었습니다. 자신의 입론을 빈틈없이 준비하고 상대측 근거의 논리적 빈틈을 발견하여 지적하는 것이 토론 승리의 포인트라는 생각이 들었습니다.

토론이라는 것 자체가 어떻게 보면 청중들을 설득시켜야 하기에 최종발언을 할 때는 주장에 대한 효과적인 요약뿐 아니라 약간의 감정적 호소도 중요하다는 것을 알게 되었습니다. 또한, 같은 내용의 발언을 하더라도 목소리의 크기나 억양, 빠르기에 따라 청중이 받아들이는 정도가 다르다는 것을 깨닫게 되었습니다. 앞으로 있을 토론 수업에서 제가 실제로 토론을 실습할 때는 철저한 준비와 연습을 통해 알맞은 반언어적 표현을 사용해야겠다고 생각하였습니다. 〈숙명토론대회〉 동영상을 시청하면서 토론능력에 대한 관심만이 아니라, 현대 사회에서 이슈가 되는 문제에 대해서도 배울 수 있는 계기가 되었다는 점이 매력적이었습니다. 토론 수업을 통해 비판적, 논리적 시각을 배우며 세상을 보는 눈을 키워나가고 싶습니다.

(IT공학전공 20학번 황OO)

학생들이 평가한 내용을 보면 토론대회를 간접적으로 접하는 것만으로도 교육적 효과가 있음을 알 수 있다. "영상을 시청하면서 흥미가 생겨 토론 주제에 대해 알아보게 되었다"는 학생의 말처럼 토론에 직접 참여하거나 토론 현장에 가서 참관하지 않더라도 토론 내용을 전체적으로 살펴보는 것만으로도 토론에 대해 많은 것을 배울 수 있다. 동영상 자료는 교육 토론이 어떻게 진행되는지 반복적으로 살펴보면서 구체적인 토론 방식을 배우고 이해할 수 있는 이점을 제공한다.

토론평가서를 작성하며 학생들은 "사회문제에 대해 관심을 갖게 되었고, 논리적 근거를 찾기 위해 보다 전문적인 정보를 조사하는 공부를 하게 되었다"고 하였다. 하였다. "긱 경제에 대해서 알고 있는 것이 거의 없어도 토론을 지켜보면서 긱 경제를 수용할 시 우리 사회에서 발생할 이점과 단점에 대해 자세히 알 수 있었고, 논제에 대한 자신의 의견은 어떤지 스스로 생각해 보게 되었다"고 하였다. 이처럼 토론대회 동영상을 보며 토론의 흐름을 따라가다 보면 알게 되는 내용이 있기에 주제에 대해 사전 지식이 없어도 무방하다. 학생들의 토론평가서에서는 토론을 잘 하고 싶은 학생들에게 효과적인 조언이 될 수 있는 유익한 내용이 많이 포함되어 있다. 숙명토론대회 실전 동영상과 함께 평가 내용을 살펴보면 더욱 의미가 있을 것이다.

토론대회는 그 자체로 교육적인 효과가 높기 때문에 토론에 직접 참가하거나 간접적으로 토론 동영상을 보는 것도 좋은 공부가 될 수 있다. 그러나 단순히 다른 사람들의 토론을 참관하는 것으로는 2% 부족함이 있다. 토론의 기본을 알고 토론방법에 대해 잘 숙지하고 있는 사람이 아닌 경우, 타인들의 토론을 지켜봐도 무엇이 문제인지, 무엇을 조심해야 할지 판단이 서지 않을 수 있다. 일회적으로 지나가는 발언을 제대로 듣고 기억하는 것은 쉽지 않은 일이다. 빠르게 진행되는 토론대회에서 흐름을 놓치지 않고 전체 맥락을 파악하며 토론 내용을 평가하려면 이 또한 일정 수준 이상의 역량이 필요하다.

제3부

숙명토론대회
결승전 사례

숙명토론대회는 1~3회까지는 사회자가 있는 방식으로 운영하였다. 토론팀 외에 별도로 사회자를 지원하는 학생을 선발하여 토론대회를 진행하였다. 아카데미 토론방식을 적용한 4회 토론대회부터는 사회자 없이 토론자 중심으로 운영하였다. 토론 진행을 돕는 도우미의 순서 안내로 사회자를 대신하고 토론자들만 참여하는 전형적인 아카데미 토론방식으로 변경한 것이다. 본래 아카데미 토론은 사회자의 개입이 없이 토론자간에 의견교환으로 진행되기에, 이 책에서 다루는 숙명토론대회 결승전 사례는 아카데미 토론의 핵심을 배울 수 있는 텍스트로 선정하였다. 결승전 전체를 녹취하고, 이를 분석하면서 실제 토론이 어떻게 진행되는지 전체적으로 살펴보는 데 도움이 되도록 하였다. 생생한 아카데미 토론 배틀의 현장을 들여다보면서 결선까지 올라 온 학생들이 펼치는 토론 내용과 토론의 전략을 배우는 기회가 되길 기대한다. 토론대회에서 학생들이 실제 했던 발언들을 텍스트로 정리했기 때문에 천천히 토론 과정을 따라가면서 세세한 부분들을 하나씩 따져 볼 수 있을 것이다. 그 과정에서 또 다시 배우고 생각하는 기회를 가질 수 있을 것이다. 무엇보다 토론내용을 복기하고 되짚어보며 더 큰 배움이 있을 것이다.

　숙명토론대회 결승전에 오른 학생들의 토론은 우수한 사례여서 귀감이 되는 부분이 많으면서도, 아마추어 학생들이기 때문에 자연스럽게 노출되는 약점이나 논리적 오류도 발견할 수 있다. 각각의 토론 내용을 비판적으로 분석하여 진행 과정 중에 발생한 오류, 개선할 점을 중심으로 언급하였다. 이를 통해 토론을 어떻게 해야 하는지, 효과적인 방법과 전략을 현장 상황을 통해 생생하게 배우게 될 것이다. 이는 토론실습의 효과에 버금가는 실질적인 배움의 기회를 주어 학생들의 토론 역량 증진에 도움이 될 것이다. 나아가 반면교사로 삼아 실제 토론을 할 때 유사한 문제가 반복하지 않도록 참조점으로 삼을 수 있을 것이다.

　숙명토론대회 결승전에서 학생들이 토론한 내용을 텍스트로만 읽는 것으로는 토론대회의 열기와 역동적인 분위기를 짐작하기 쉽지 않다. 어떤 경우는 논리적 비약을 보이기도 하고 발화가 정연하게 정리되지 않는 부분도 있다. 이는 숙명토론대회 무대에서 실시간으로 이루어지는 토론 상황이기에 감안해야 할 점이다. 숙명토론대회 결승전에 진출한 학생들이 '라이브'로 토론에 참여하고, 정해진 짧은 시간 내에 바로 확인질문을 던지고 답변하며, 또한 상대의 주장을 반박하며 논리를 겨루는 상황이라는 점을 고려해서, 결승전 토론 내용을 읽어야 한다.

　토론대회에서 '말하기'는 충분한 자료를 참조할 수 있고, 시간을 갖고 신중하게 생각하며 여러 번 퇴고를 거칠 수 있는 '글쓰기'와는 다르다. 토론은 빠르고 즉각적으로 대응해야 하는 긴박한 상황에서 이루어진다. 한번 던진 말을 수정할 수 없기에 글을 쓸 때처럼 논리적 완결성이나 발언의 완성도를 갖추기도 어렵다. 실시간으로 이루어지는 토론의 특성을 고려하며 토론대회 현장 분위기를 상상하며 읽는 것이 그래서 중요하다. 숙명토론대회 결승전 실황을 촬영한 동영상을 보며 녹취록을 만드는 과정에서 정확하게 들리지 않는 말이나 어법에 어긋난 부분도 그대로 받아 적었기 때문에 약간의 오류가 있을 수 있다. 또한 활자로 정리되었을 때는 어색하게 보이는 구어도 있을 수 있다. 덧붙여 토론에서는 언어적 표현 외에 준언어, 비언어적 측면도 중요하기에 이 부분도 감안하길 바란다. 토론대회 결승전의 녹취를 풀기는 했으나 토론자의 제스처나 표정 및 시선처리, 목소리의 크기와 억양, 속도, 어조 등까지 보여줄 수는 없다. 이에 유튜브에 올려진 숙명토론대회 주소를 링크해 놓았으니 각 결승전 토론원고를 읽을 때 영상 자료를 함께 살펴봐도 좋을 것이다.

1. "사교육, 개인의 선택에 맡겨야 한다"[1]

─ 찬성측 입론(갑)

찬성 찬성측 〈입론〉 시작하겠습니다. OECD의 2006년판 통계 연구에 의하면, 우리나라는 GDP 대비 교육비 기준이 OECD 40개국 중 3위이며, OECD 사교육비 평균 0.9%에 비해 우리나라 사교육비의 비중은 2.9%로 단연 1위를 기록하고 있습니다. 이 수치에 따르면 선진국의 전체 교육비 중 사교육이 12%를 책임지는 반면에 우리나라는 41%를 사교육이 책임진다는 결과가 나온다고 합니다.

※ 입론의 들어가는 부분에 논제와 관련된 현 상황을 언급하는 것은 청중의 관심을 환기시키기에 좋으나, 너무 구체적인 수치를 언급하는 것은 그리 바람직하지 않다. 왜냐하면 청중들이 집중하기 전에 청중의 관심을 유도하기 위해 입론의 앞부분 언급은 간단명료할수록 더 적절하기 때문이다. 여기서는 'GDP 대비 교육비가 OECD 40개국 중 3위이고 사교육비 비중은 1위를 기록하고 있다'는 것만 언급해 주어도 충분할 것이다.

그 규모 때문에 교육 관련 문제가 생길 때마다 사교육에 대한 문제 제기가 뒤따랐습니다. 오늘의 토론 주제는 '사교육, 개인의 선택에 맡겨야 한다'입니다. 본격적인 토론에 앞서, 주요 개념인 사교육에 대한 정의를 내리고자 합니다. '사교육'이란 국내에서 이뤄지고 있는 초중고 학교 교육 이외의 일체의 과외 교육을 의미합니다. 즉, 개인 과외, 집단 과외, 입시 학원, 예체능 및 특기 재능 발달을 위

---

1 "사교육, 개인의 선택에 맡겨야 한다"는 창학 100주년 기념 숙명토론대회(2006) 의 논제로, 관련 결승전 동영상은 https://www.youtube.com/watch?v=rl5XO54I-Ec 를 참조할 것.

한 과외, 시험 준비를 위한 각종 과외가 포함됩니다. 저희 찬성측은 이 같은 사교육은 개인의 선택에 맡겨야 한다고 주장합니다.

※ 논제를 언급하면서, 논제에서 주요 개념인 '사교육'이 무엇인지를 구체적으로 정의해 준 것은 적절하다. 이것은 입론에서 반드시 들어가야 하는 요소다. 특히, 찬성 입장에서 앞으로 토론 전개 과정을 예상하면서, 논제에서 '사교육'이 입시에만 관련되지 않고 학교 공교육 외 다양한 부분들을 포함한다는 사실을 지적해 준 것은 토론 전략 상 매우 바람직하다.

첫째, 교육 당사자의 헌법상 권리인 교육받을 권리와 선택의 자유를 보장해야 하기 때문입니다. 우리 정부는 지금까지 사립학교법 제정, 교육과정 제정, 학생정원 제정 등 교육에 대한 높은 국가 개입 수준을 보여줬습니다. 이런 국가 개입은 사립과 공립, 초·중등교육과 대학 사이에 구분 없이 무차별적으로 이루어졌습니다. 이는 선진 국가들이 공교육의 확대라는 불가피한 현실의 요청 속에서도 사교육의 여지를 남겨둠으로써 국민의 교육권을 보장하려는 태도와는 대조적입니다. 모든 개인은 배움을 통하여 저마다 타고난 소질을 개발하고, 사회 공동체에서 자립하여 생활할 수 있는 소양을 기릅니다. 그러므로 개인의 배울 자유와 권리는 국가 공동체가 경제적, 문화적으로 발전하기 위한 초석이며, 개인이 인간다운 생활을 추구하기 위한 가장 중요한 기본권 중 하나입니다. 사적으로 가르치고 배우는 행위 그 자체는 타인의 법익이나 사회적으로 유해한 행위가 아니라 오히려 기본권으로 보장받아야 할 권리인 것입니다.

둘째, 사교육이 공교육을 보완하면서 교육 시스템 전반의 질적 향상을 가져올 수 있기 때문입니다. 사교육은 분야별로 전문화되어 있습니다. 같은 영역이라도 세분화되어 있고, 특화되어 있습니다. 때문에 공교육이 제공할 수 없는 부분에 대한 교육을 제공할 수 있습니다. 또, 가르치는 입장에서 집중 교육이 가능하기 때문에 배우는 입장에서도 배움의 효과가 높습니다. 사교육을 개인의 선택에 맡긴다면 자유로운 경쟁 속에서 우수한 교육 시스템이 살아남을 것입니다. 사교육은 공급자 간의 치열한 노력을 필요로 합니다. 교육받는 사람에게 가장 적합한 수준의 교육, 일정한 시간의 최대 효율을 거둘 수 있는 수업방식을 개발해야 인정받을 수 있기 때문입니다. 경쟁력을 인정받은 사교육은 공교육의 역할 모델이 될 수 있습니다. 이것은 국가 경쟁력이나 차별화된 인적 자원 육성의 측면에서 긍정적인 효과를 거둘 수 있습니다.

셋째, 사교육을 개인의 선택에 맡김으로써 규제 목적의 교육 재원의 낭비를 막을 수 있습니다. 지금까지 국가가 사교육에 대한 개인의 선택권을 제한하려고 했을 때마다 소기의 성과는 거두지 못했고, 오히려 부작용을 양산했기 때문입니다. 국가가 개인의 사교육 선택권을 제한하여 이를 감시하려는 행정력은 성과 없는 소모전에 불과했습니다. 예를 들어, 1980년 7월 30일 국가보위비상대책위원회는 교육 정상화 및 과열 과외 해소 방안으로 과외 금지 조치를 발표했습니다. 하지만 이 같은 과외 금지 정책은 아무런 효과를 거두지 못하고 오히려 편법, 불법 과외가 공공연하게 이뤄지면서 실패하고 말았습니다. 그 후, 1990년대 후반에 학원 수강의 안정화 대책이 시행되었는데, 이로 인해 학원 등 교육 서비스 산업이 오히려 더 발전하게 되었습니다. 이는 결과적으로 공교육이 위기 현상을 부추기고, 학생과 학부모들이 학교 교육보다 사교육을 더 신뢰하는 상황을 심화시킬 뿐이었습니다. 이처럼 지금까지 정부는 여러 번 사교육 문제에 직접 관여하고자 했습니다. 그러나 성과는 없었습니다. 다른 교육 문제를 해결할 수 있는 행정력을 헛되게 낭비했을 뿐입니다. 따라서 사교육에 대한 개인의 선택권은 전적으로 보장되어야 합니다.

이상의 세 가지 논거를 들어 사교육, 개인의 선택에 맡겨야 하는 찬성의 이유를 밝혔습니다.

미래는 평생 교육의 사회입니다. 공교육이 3년, 6년 등의 단위로 정확하게 끝을 맺을 수 있는 종점형 교육이라면 사교육은 개인에게 다양한 분야의 평생 교육 기회를 제공할 수 있습니다. 또한, 국경의 개념이 무색해질 정도로 경제, 문화, 사회에서의 세계화가 진전되고 있는 이 시점에서, 개인과 국가의 입지를 확보하기 위해서는 경쟁력을 갖추어야 합니다. 경쟁력을 갖추기 위해서는 개인이 원하는 것을 배울 수 있는 다양한 교육 환경이 제공되어야 합니다. 이러한 맥락에서 볼 때, 사교육은 매우 중요한 역할을 하고 있으며 자유로운 체제 속에서 사교육이 발전할 수 있도록 해 주어야 합니다. 따라서 사교육은 개인의 선택에 맡겨야 함을 주장합니다. 이상으로 찬성측 〈입론〉 마치겠습니다.

입론에서 찬성측 주장을 뒷받침하는 근거는 세 가지다. 첫째, 교육 당사자의 헌법상 권리인 교육받을 권리와 선택의 자유를 보장한다. 둘째, 사교육이 공교육을 보완하면서 교육 시스템 전반의 질적 향상을 가져올 수 있다. 셋째, 사교육을 개인의 선택에 맡김으로써 규제 목적의 교육 재원의 낭비를 막을 수 있다. 교육받는 학생의 권리와 자유, 교육 시스템 향상, 교육 재원의 절약이라는 세 가지 근거는 논제에 찬성하는 주장을 뒷받침하는 다양한 측면들을 고려하여 설정되었다. 그리고 세 근거들을 각각 제시한 후, 한번 그 내용을 요약 정리하는 형식으로 입론을 마무리하는 방식은 입론의 마무리로 반드시 필요하다.

― 반대측 확인질문(을)

반대 반대측 〈확인질문〉 시작하겠습니다. 먼저 사교육 시장의 규모를 말씀하셨는데요. 그렇다면 사교육 시장이 이렇게 크다면, 공교육보다 사교육 우선될 수 있습니까?

※ 입론에서 사교육비가 차지하는 비중을 언급하긴 했으나, 엄밀히 말해 '사교육 시장의 규모'에 관해 자세한 언급한 없었다. 입론에서 직접 언급되지 않은 내용을 확인질문한다는 것은 부적절하다.

찬성 사교육 비대화 자체는 나쁜 현상이라고 생각하지 않습니다.

※ 답변자는 찬성 입론에서 반대측 확인질문이 지적한 처럼 '사교육 시장의 규모'에 관해 언급한 적이 없다는 점을 지적할 필요가 있다. 확인질문은 일종의 교차 조사 과정이므로, 답변자라고 해서 무조건 질문에 수동적으로 답변만 할 필요는 없다. 질문자의 질문이 문제가 있다면 그것을 지적할 수도 있다. 그리고, '공교육이 사교육보다 우선될 수 있느냐'라는 질문에 '사교육 비대화'가 나쁜 현상은 아니라고 답변한 것은, 일종의 답변 회피처럼 보일 수도 있다. 그런데, 토론 전체 과정을 예상할 때, '사교육을 개인의 선택에 맡겨야 한다'는 것이 찬성측의 주장이기는 하지만, 그렇다고 해서 '공교육보다 사교육이 우선되어야 한다'고 찬성측이 반드시 주장할 필요는 없는 것이다. 이 점에서 답변자가 사교육의 비대화가 나쁘지는 않다고 우회적으로 답변한 것은 토론 전반의 전개과정을 예상한 적절한 답변이라고 평가할 수 있다.

반대 네, 알겠습니다. 그렇다면 이러한 상황, 방치되어도 되는 것입니까?

찬성 방치되어야 함을 저희는 주장하는 것이 아닙니다.

반대 네, 알겠습니다. 그렇다면 현재 사교육, 자유롭게 선택하고 계십니까?

찬성 현재 국가의 일정 부분 개입으로 인해서 사교육, 자유롭게 선택하는 데 한계가 있습니다.

반대 어쩔 수 없는 환경과 현실에 의해 떠밀리는 자유로 선택하고 있지는 않습니까?

찬성 떠밀리는 자유란 무엇입니까?

※ 원칙적으로 확인질문 시간에 답변자는 반문을 할 수 없다. 그러나, 이 경우 질문자의 질문에서 '떠밀리는 자유'처럼 정확히 그 의미가 이해되지 않는 용어가 있을 경우, 답변자는 그 의미에 대해 질문할 수 있다. 이 경우에도 지금처럼 "떠밀리는 자유란 무엇입니까?"라고만 되물어보지 않고, "답변자로서 적절하게 답변하기 위해 질문의 의미를 정확히 이해할 필요가 있습니다. 이 점에서 떠밀리는 자유가 무엇을 의미하는지를 질문자께서 설명해주시기를 부탁드립니다."라는 식으로 발언하는 것이 적절하다.

반대 네. 그렇다면 이 떠밀리는 자유에 대해서 저희는 계속 말씀 드리겠습니다. 개인의 인간다운 생활에 대해서 말씀해 주셨습니다. 그렇다면, 국가의 모든 개입은 기본권 침해입니까?

찬성 국가의 모든 개입이 기본권을 침해한다고 말하지 않았습니다.

반대 네. 알겠습니다. 그렇다면 교육 시스템 질적 향상에 대해서 말씀해 주셨습니다. 이를 근거로, 집중 교육 세분화 특화 부분을 제시해 주셨는데요. 이는 어느 분야를 말하고 계신 것입니까?

찬성 다양한 분야를 말하되, 공교육과 비슷한 내용을 교육하는 사교육 분야도 포함하고 있습니다.

반대 저희는 이런 부분이 입시 교육에 치중된 특징이라고 말씀하셨다고 생각합니다. 어떻게 생각하십니까?

※ 입시 위주의 사교육이 초래하는 문제점을 강조해야만 토론 전체가 반대측에 유리할 수 있다. 그래서, 여기서 반대측 질문자가 '공교육과 비슷한 내용을 교육하는 사교육'에 관해 질문을 한 것은 매우 적절하다. 이러한 질문은 그다음 반론 단계에서 사교육이 결국 입시 위주의 사교육과 크게 차이 나지 않는다는 것을 강조하려는 반대측에게 좋은 반론을 펼칠 수 있는 길을 열어 주기 때문이다.

찬성 저희는 입시 위주의 사교육이라는 발언한 적 없으며, 아까도 말씀드렸다시피 공교육과 비슷한 내용을 교육할 수 있는 분야도 포함됩니다.

반대 네, 알겠습니다. 저희는 이러한 특징이 입시 교육에 의해 비롯되었다는 것을 말씀드리면서 진행하도록 하겠습니다. 그리고 차별화된 인재에 대해서 말씀하셨습니다. 차별화된 인재 길러야 합니다. 그렇다면 이것이 소수의 계층에서만 일어나도 되는 것입니까? 특권 받은 계층이 있지 않습니까?

찬성 특권 받은 계층이란 구체적으로 어떤 계층을 의미하시는 겁니까?

반대 네. 이 문제에 대해서 기회 양극화를 언급하면서 저희 반대측에서는 계속 말씀드리겠습니다. 계속해서 이어 드리겠습니다. 교육 재원의 낭비를 막는다는 말씀을 하셨습니다. 이는 어떻게 막는다는 것입니까?

※ 차별화된 인재, 특권 받은 계층, 기회 양극화 등 논제와 관련해 매우 중요한 개념들을 반대측에서 질문하기는 했으나, 그것이 더 나아간 질문으로 좀더 확장되지 않은 것이 아쉬움을 남긴다. 사교육을 개인의 선택에 맡길 경우 발생할

수 있는 부정적 결과를 강조해야 하는 반대측의 입장에서는 이와 관련되는 질문을 좀더 구체적으로 전개했더라면 더 좋았을 것이다.

찬성 어떻게 막는다는 것이 아니라. 규제 목적의 교육 재원 낭비를 막을 수 있다는 한정적 의미로 말씀드렸음을 다시 말씀드리겠습니다.

반대 그렇다면, 이는 공급과 수요 중에서 어떤 측을 막는다는 것입니까?

찬성 그것이 왜 공급과 수요의 측면에서 설명될 수 있는지 반대측에서 다시 설명해 주시기를 바랍니다.

반대 네, 저희가 말씀드리는 것은 사교육 시장, 현재 말씀하셨다시피 양쪽으로 팽창되어 있습니다. 이러한 수요를 스스로 조절하여 문제를 해결할 수 있느냐 하는 것입니다. 이에 대해서 계속 저희 측에선 말씀 드리겠습니다. 그리고 한가지 질문하겠습니다. 국가의 역할은 무엇입니까?

※ 찬성측이 '규제 목적의 교육 재원 낭비'를 줄일 수 있다고 입론의 세 번째에서 제시한 내용에 대해, 반대측 질문자가 '공급과 수요'의 측면을 언급하면서 '수요를 조절하여 문제를 해결할 수 있느냐'라고 제기한 질문은 내용 상 찬성측이 제시한 근거에 상응하는 질문이 아니다. 이것을 의식해서인지, 질문자는 곧바로 '국가의 역할'에 대한 질문으로 순발력을 발휘해 넘어간다. 질문자가 준비된 적절한 질문만 제기하는 것이 좋으나, 실제 토론 상황에서는 간혹 이렇게 부적절하게 열린 질문을 하는 경우도 있다. 이럴 경우 질문자 입장에서도 당황하지 말고, 차분하게 그다음 질문으로 넘어가는 것이 좋다.

찬성 사회의 공동선을 지향하는 것이 국가의 역할이라고 생각합니다.

반대 네, 공동선 말씀하셨습니다. 그렇다면 지금 이 공동선이 침해받고 있다고는 생각하시지 않습니까?

찬성 하지만 그 침해의 정도가 사교육에 대한 개인의 선택 문제로 이어지지는 않는다고 생각합니다.

반대 네, 알겠습니다. 저희 측에서는 이러한 문제들을 정부가 해결해야 됨을 주장하면서 〈확인질문〉 마치겠습니다. 이상입니다.

질문의 숫자가 많다고 해서 효과적인 확인질문이 되는 것은 아니다. 오히려 한 두 개의 쟁점에 집중해서 좀더 치밀하고 정교하게 질문을 논리적으로 전개하는 것이 좋다. 찬성측 입론에 대한 반대측의 확인질문은 전반적으로 산만한 인상을 준다. 특히, 실제 대화로 진행되는 토론 상황에서 질문을 다양하게 제기하고 여러 가지를 상대방에게 물어보는 것이 반드시 질문자 측에 유리한 것은 아니라는 점을 확인질문자는 유의할 필요가 있다.

— 반대측 입론(갑)

반대 반대측 〈입론〉 시작하겠습니다.

전세계적으로 유례 없는 사교육비, OECD 국가 중 사교육비 1위, 2006 계층 간 사교육비 격차 최대 수치, 국가가 공표한 2대 공적(公敵) 사교육. 현재 우리나라 사교육의 현 주소입니다. 교육부 자료에 따르면, 전체 사교육에서 입시 관련 사교육이 72.6%를 차지합니다. 입시 관련 사교육이 사교육 시장의 3분의 2이상을 차지하는 비중과, 그것이 초래하는 심각한 문제점을 고려하여 저희는 사교육에 대한 재정의를 통해 입시와 관련된 사교육에 한정하여 반대 입장을 밝히겠습니다.

※ 찬성측이 입론에서 사교육을 포괄적으로 정의했지만, 반대측은 그런 포괄적인

사교육에서 입시와 관련된 사교육 문제에 한정해 토론을 전개하겠다는 기본 입장을 밝히는 것은 적절하다. 찬반 토론의 특성 상, 반대측은 찬성측이 주장하는 모든 내용을 반박할 필요는 없으며, 그 중 최소 한 개 이상의 내용만을 효과적으로 반박하면 전략적으로 성공적이다. 이 점에서 사교육 문제를 다루는 토론에서 사교육에 반대하는 측이 입시와 관련된 사교육에 한정해 토론을 전개하는 것은 좋은 전략이다.

저희 반대측은 국가가 제도적, 정책적, 법률적 장치를 통해 헌법에 보장된 개인의 자유를 침해하지 않는 범위에서 개인의 선택을 합리적으로 감독, 조절해야 한다고 주장합니다. 구체적으로 말씀드리면, 제도적이란 대표적으로 교육 방송을 들 수 있으며 정책적이란 공교육 강화와 같은 정책 차원을 말합니다. 마지막으로 법률적이란 학원 설립 운영 및 과외 교습에 관한 법률 강화와 같은 법률적 차원에서 국가가 개입해서 사교육의 문제를 장, 단기적으로 해결할 수 있다는 것입니다. 그럼 지금부터 저희의 세 가지 논거에 대해서 말씀 드리겠습니다.

※ 반대측은 아래에서 논거 세 가지를 제시하고 있기 때문에, 굳이 여기서 미리 제도적, 정책적, 법률적 장치를 언급할 필요가 있을까 의문이 든다. 찬반 토론에서 입증의 책임은 일차적으로 입론을 먼저 하는 찬성측에 있다. 따라서, 반대측의 기본 역할은 찬성측의 주장을 반박하는 데 집중되어야 한다. 잘못하면 반대측이 입론에서 제시한 내용들이 도리어 반대측의 입증 책임을 높일 수도 있으므로, 신중하게 입론을 구성해야 한다. 가급적 반대측은 반드시 필요한 내용만으로 입론을 구성하는 것이 좋다.

첫째로 사교육비는 가계에 부담을 주고, 나아가 국가 경제에 악영향을 끼치고 있습니다. 현재 입시 학원비는 3년만에 가장 높은 상승률을 기록해서 7.8%가 올랐습니다. 같은 기간 전체 소비자 물가 상승률 2%의 약 4배입니다. 교육인적자원부 조사에 의하면, 사교육을 시키는 가정의 58%가 사교육비가 다소 부담스럽다고 밝혔으며 매우 부담스럽다는 의견도 25.5%나 되었습니다. 즉, 열 명 중 여덟 명은 사교육비에 부담을 느끼면서도 떠밀려 사교육을 선택하고 있는 것입니다. 게다가 사교육비는 가계의 부담만 아니라 국가의 경제에도 악영향을 끼치고 있습니다. 우리나라는 OECD 국가 중 사교육비 지출 1위를 차지하는 영광스럽지 못한 결과를 낳았습니다. OECD 국가의 평균 4배보다 높은 사교육비를 지출하고 있는 것입니다. 이는 나아가, 국가 경제의 왜곡까지 불러올 수 있습니다. 삼성경제연구소의 조사 결과, GDP의 1%가 사교육비로 지출되면, GDP와 민간 소비 지출은 약 0.3% 감소되며, 투자율은 0.2%가 떨어진다고 합니다. 이렇게 지나치게 큰 비용인, GDP의 1%의 3배를 사교육비에 쏟아 붓는 현실을 방치해야 할까요?

둘째, 교육에서의 양극화 완화입니다.

※ 아무리 구어라고 하더라도 주어가 과도하게 생략되는 것은 적절하지 않다. 이 내용을 좀더 완전한 표현으로 구성했으면 더 좋았을 것이다. "현재 사교육은 우리 사회에서 양극화를 심화시키고 있습니다."라는 식으로 표현하면서, 국가는 양극화 해소에 앞장 서야 한다는 내용으로 논거를 제시하면 적절할 것이다.

교육부총리는 금년을 교육 격차 해소의 원년으로 정했습니다. 가난이 대물림 되는 악순환을 끊고 국민 누구나 낙오되지 않기 위해서 입니다. 교육부의 올해 최대 역점 자문 사업은 날로 심화되는 우리 사회의 양극화 문제를 교육 분야에서부터 풀자는 것입니다. LG중앙경제조사는 고소득층의 과외 및 학원비가 저소득층 소득의 5배라고 했습니다. 사교육의 의존도가 높아지면서 교육의 부익부

빈익빈 현상이 더욱 심각해지고 있는 것입니다. 이는 계층 간 통로 역할을 해야 할 교육이, 계급의 재생산 역할로 전락하고만 현실을 여실히 보여주고 있습니다. 이런 조사 결과는 곧 우리의 현실로 이어지고 있습니다. 서울대학생활문화원이 2004년 신입생 전원을 대상으로 설문 조사한 결과에 따르면, 부모의 직업이 전문직인 경우가 절반에 해당하는 45%였습니다. 그 45% 중에 70%가 고액 과외를 통해 성적을 올려 대학에 진학한 것으로 나타났습니다. 반면, 부모의 직업이 비숙련 노동자는 0.8%, 소규모 농축수산업은 2.8% 밖에 되지 않았습니다. 즉, 계층 간 불평등이 실제적인 불평등으로 고착화되고 있는 것입니다.

마지막으로 교육 상품은 다른 상품과 다른 특수성을 가지고 있습니다. 상품은 시장 원리에 맡겨지고 있습니다. 하지만, 어떤 상품이든 국가적 장치는 전제되어 있습니다. 하물며 교육은 다른 상품과 다른 특수성을 가지고 있습니다. 다른 상품 재화와 달리 경합성과 배제성이 완전히 부합되지는 않습니다. 즉, 교육은 경제적인 측면보다는 교육 자체가 가지는 가치와 파급 효과를 중요시 여겨 경제 외적인 측면을 좀 더 비중 있게 다룰 필요가 있다는 점을 기억해야 할 것입니다. 교육이 무엇입니까? 교육이 무엇을 지향해야 할까요? 사회는 개인으로 구성된 동시에 개인 또한 사회의 영향 아래 놓여 있습니다. 따라서 국민 개개인의 교육 수준이 국가의 경쟁력과 그 방향에 큰 영향을 주는 것입니다. 즉 사회와 개인의 문제는 이분법으로 나눌 수 없으며 개인의 문제는 곧 사회의 문제로 이어집니다.

저희 반대측은 사회의 문제점과 개인의 필요를 절충하여 국가 차원의 통합적 입장에서 이러한 교육의 특수성을 살려서 교육의 목표를 이루려고 하는 것입니다. 사교육 시장의 잘못된 양적 팽창이 위험 수위를 넘어서는 현실 아래서는 자유는 더이상 자유일 수 없습니다. 책임 없는 자유는 방종을 낳을 뿐입니다. 정부는 경제 성장과 최대 다수의 행복을 위한 책임 있는 개선에 노력해야 합니다. 따라서 사교육은 개인의 선택에 맡겨져서는 안 됩니다. 감사합니다.

※ 반대측은 논제에 반대하는 논거로 다음과 같은 세 가지 이유를 제시한다. 첫째, 사교육비는 가계에 부담을 주고, 나아가 국가 경제에 악영향을 끼친다. 둘째, 현재 사교육은 우리 사회에서 양극화를 심화시키고 있다. 셋째, 교육 상품은 다른 상품과 다른 특수성을 가진다. 이와 같은 논거 제시는 적절해 보인다. 다만, 입론에서 주장을 뒷받침하는 논거를 제시할 때에도 논거들 간에 경중을 신중하게 고려해 우선 순위를 배정하는 것이 좋다. 반대측은 경제적인 측면을 가장 중요한 논거로 보고 이를 첫 번째 이유로 제시했다. 그런데, 사교육을 개인의 선택에 맡기자는 찬성측의 주장에 대해, 반대측은 입시 위주의 사교육 문제를 지적하면서, 시장 논리에 맡겨서는 안 되는 교육의 본질적 측면을 강조하는 것이 더 유리할 수 있다. 이것이 또한, 찬성측 입론에 대해 반대측 확인질문자가 국가의 역할이나 공공선 등을 언급한 맥락과도 통한다. 이 점에서 세 개의 논거들 중에 세 번째 논거를 가장 먼저 제시하는 것이 내용상 현재보다 더 적절한 입론 구성이 될 수도 있다.

― 찬성측 확인질문(을)

찬성 찬성측 첫번째 〈확인질문〉 시작하겠습니다. 반대측 입론 잘 들었습니다.

반대 감사합니다.

찬성 첫 번째 질문 드리겠습니다. 국가의 개입이 제도, 정책, 법률의 측면에서 이루어질 수 있다고 하셨습니다. 맞습니까?

반대 네. 그 측면을 통해서 국가가 감독, 조절해야 한다고 말씀드렸습니다.

찬성 네. 제도의 하나로 교육 방송 말씀하셨습니다. 교육 방송 지금 아무런 문제없습니까?

반대 아무런 문제가 없다고 할 수 있지만, 순기능을 최대한 살리고 있다고 말할 수 있습니다.

찬성 아무런 문제없다고 생각하십니까?

반대 아무런 문제없다고 할 수 없다고 말씀드렸습니다.

※ "아무런 문제없다고 할 수 있지만"이라고 반대측 입론자가 잘못 답변한 것에 대해 질문자가 적절하게 지적했다.

찬성 네, 문제 있다고 말씀 하셨습니다. 정책적인 측면, 공교육의 강화 말씀하셨습니다. 맞습니까?

반대 네, 맞습니다.

※ 반대측이 입론에서 언급한 교육 방송, 공교육 강화 등의 문제가 결국 반대측의 입증 부담으로 되돌아온 것이다. 굳이 반대측이 입론에서 이런 내용까지 구체적으로 언급할 필요가 있었을까를 생각해 보아야 한다.

찬성 공교육의 강화가 사교육에 대한 개인의 선택권을 국가가 개입한 것입니까?

※ 이 확인질문은 매우 날카로운 질문이다. 반대측은 '공교육을 강화하자'고 입론에서 주장했는데, 지금 논제는 '사교육을 개인의 선택에 맡겨야 한다'이다. 사실상 '공교육 강화'가 직접적으로 '개인의 선택권에 대한 국가의 개입'이라고 할 수는 없다. 국가가 공교육을 강화하면서도 얼마든지 개인의 선택권을 보장할 수도 있기 때문이다. 찬성측의 확인질문은 이 점을 미리 고려한 질문이라고 할 수 있다.

반대 저희는 교육적인 측면에서 단기적인 측면과 장기적인 측면에서 접근해야 한다고 말씀 드리고 싶습니다. 공교육 강화는 장기적인 측면에서 국가가 해결해야 할 문제라고 생각합니다.

※ 이 답변은 질문에 대응하는 적절한 답변이 아니다. '공교육 강화'가 직접적으로 '개인의 선택권에 대한 국가의 개입'이라고 할 수는 없다는 것이 찬성측의 주장이다. 오히려 반대측은 논거에서 제시했듯이 교육은 단순히 다른 재화처럼 취급되어서는 안 되며, 사교육을 개인의 선택과 시장에 맡김으로써 많은 부작용이 초래되었다는 점을 언급하면서, 공교육 강화를 주장했어야 한다.

찬성 네. 그래서 그것이 개인의 선택권에 대한 개입입니까?

반대 개인의 선택권에 대한 개입이라고만 할 수는 없습니다.

찬성 네, 개입 아니지요. 그리고 법률적인 측면 말씀드리겠습니다. 법률로 학원의 설립 운영 법률을 더 강화한다고 하셨습니다. 맞습니까?

반대 네, 맞습니다.

찬성 네. 구체적으로 어떤 방식으로 강화합니까?

반대 지금 현재 있는 법률을 더 강화한다고 말씀 드릴 수 있습니다.

찬성 네. 개인의 자유권 침해 받을 위험성 없습니까?

반대 개인의 자유와 함께 권리를 위해서, 개인의 자유를 침해…. 법률적 강화를 통해서 모든 개인의 자유를 침해한다고 할 수는 없습니다.

※ 여기까지 확인질문과 답변 과정을 보면, 반대측이 입론에서 제시한 주요 논거 세 가지 보다, 그전에 언급한 제도적, 정책적, 법률적 장치와 관련된 내용을 계속 찬성측은 문제 삼고 있다. 결국, 반대측이 굳이 상세히 언급하지 않아도 될 부분을 언급하여 스스로 부담을 떠 안게 된 경우라고 할 수 있다.

찬성 네. 다음 질문 드리겠습니다. 가계 부담 말씀하시면서, 58%가 사교육비 부담스럽다고 생각하고 25.5%가 매우 부담스럽게 느낀다고 하셨습니다. 맞습니까?

반대 네, 맞습니다.

찬성 그럼에도 불구하고 이 가계에서 사교육비 지출 줄이지 않는 이유 무엇입니까?

반대 그것이 바로 합리적인 선택이 이뤄지지 않았기 때문이라고 생각하며 부담스럽다고 느끼는 데도 불구하고 사교육을 선택하기 때문에, 저희는 국가가 조정하고 감독해서 합리적인 선택을 유도해야 한다고 말씀드리고 싶습니다.

찬성 개인이 사교육을 선택하는 것, 사교육에 의한 필요성에 의해서 선택했다고 생각하지 않으십니까?

반대 필요성에 의한 것이, 그것이 입시 때문에 어쩔 수 없이 선택하는 것이지 모두 자유에 맡겨져서 그것을 100% 자유에, 내가 사교육을 정말 좋아서 선택한다고 생각하지 않습니다.

찬성 네. 질문 드리겠습니다. 고액 과외로 대학 진학했다고 하셨습니다. 맞습니까?

반대 고소득층의 45% 중에 70%가 고액 과외를 통해서 서울대에 진학했다고 말씀드렸습니다.

찬성 네. 그들이 대학 진학할 수 있었던 이유가 고액 과외 때문이라고 생각하십니까?

반대 고액 과외 때문만이라고 할 수 없습니다. 하지만 70%가 고액 과외를 받았다는 것을 말씀드립니다.

찬성 네. GDP 하락 말씀하셨습니다. 투자 대비 말씀하셨는데요, 사교육비가 GDP에 어떤 영향을 미치는지 그 한 해 결정할 수 있는 문제일까 의구심이 듭니다. 여기서 찬성측 〈확인질문〉 마치겠습니다. 감사합니다.

※ 시간이 부족하여 답변자에게 답변할 기회가 돌아가지 않을 경우, 질문자는 확인질문 시간을 이렇게 자연스럽게 주도적으로 마무리해야 한다. 여기서 '사교육비가 GDP에 어떤 영향을 미치는지 그 한 해 결정할 수 있는 문제일까 의구심이 듭니다.'라고 언급하면서, 이에 관해서는 '다음 반대측 반론에서 추가 답변해주시면 고맙겠습니다.'라고 요구했으면 더 좋은 마무리가 되었을 것이다. 확인질문 시간 전체를 주도해야 하는 측은 질문자이고, 답변자는 질문의 답변에 충실하는 것이 확인질문의 원칙에 부합한다. 따라서, 시간 부족 등 여러 가지 다양한 상황이 닥쳐도 확인질문의 마무리도 질문자가 책임있게 해야만 한다. 만일 답변자가 답변 도중에 확인질문 시간이 초과되면, 질문자는 답변을 중도에 끊고 나머지는 그 다음 토론 단계에서 추가로 발언해 줄 것을 요청할 수도 있다. 이것은 토론 예의에 어긋나지 않는다.

— 찬성측 첫 번째 반론(병)

찬성 찬성측 첫 번째 〈반론〉 시작하도록 하겠습니다. 먼저 반대측에서는 GDP 말씀해 주셨습니다. 그러면서 입론에 이 점 분명히 밝혀 주셨는데요. 어떤 부분이었냐면요, 교육의 가치와 파급효과는 단기적으로 측정할 수 없다. 분명히 반대측에서 밝혀 주셨습니다. 그러면서 하셨던 말씀, 사교육비가 한 해에 1%가 증가하면 GDP가 0.3% 감소한다. 교육을 장기적으로 봐야 한다고 말씀하셨으면서 어떻게 교육비, 사교육비 1% 증가한다고 해서 GDP가 0.3% 감소하는 것이 부정적 효과라고 이야기 할 수 있겠습니까? 반대측의 논지와 부합되지 않는 부분이라고 생각합니다.

※ 반대측은 단기적 측면과 장기적 측면을 구분해서 논의했으므로, 찬성측의 이와 같은 반론은 반대측 주장에 대한 적실한 반박은 아니다. 상대가 수치화된

증거자료를 제시했을 경우, 우선 그것의 출처가 어디인지, 그 내용이 정확한지부터 확인질문을 통해 확인할 필요가 있다. 찬성측이 확인질문에서 이러한 질문을 제기하지 않은 상태에서 반론을 펼치는 것은 그 효과가 크지 않다.

도대체 우리나라에서 사교육을 왜 받을까요? 여러분, 공교육의 역할이 무엇이 되어야 한다고 생각하십니까? 공교육은 교육을 하는 기관이어야 합니다. 하지만 우리나라 공교육 어떻습니까? 우리나라 공교육은 교육을 하는 기관이라기보다는 평가 기관으로서의 역할밖에 수행하고 있지 못합니다.

※ 이에 대한 구체적인 증거 자료 제시가 없다. 최소한 입시를 앞둔 학생들을 대상으로 한 설문조사 결과 형태의 자료라도 제시할 필요가 있다.

사람들이 사교육을 왜 받을까요? 사교육을 받으면 학교 가서 성적이 좋아지기 때문입니다. 이러한 구조, 이러한 입시 구조, 누가 만들었습니까? 바로 공교육의 문제 아닙니까? 공교육을 어떻게 개선해야 할지 생각하는 것이 먼저이지, 단순히 사교육비를 많이 쓴다고 해서 그것 자체가 문제가 될 수는 없습니다. 사교육이 성적 향상에 도움이 되는지 묻는 질문에 전국 약 83%의 학생과 학부모가 성적 향상에 도움이 된다는 응답을 했습니다. 사교육을 하면 성적이 좋아질 수밖에 없는 지금 교육의 현실, 분명히 개선되어야 합니다.

1999년 사교육비와 관련된 수학 과학 성취도 국제 비교 방법 연구 결과에 의하면, 학업 성취가 상위에 속하는 나라들은 대체로 사교육비의 비율도 높게 나타났습니다. 일본, 싱가포르, 홍콩, 한국이 그렇습니다. OECD 국가들과 계속 비교해 주고 계십니다. OECD 국가들 중 우리나라가 사교육비 가장 많다고 했는데요. 그렇다면 다른 OECD 국가들은 사교육비 비중이 점점 높아지고 있는지, 아니면 점점 감소하고 있는지 그 점에 대한 반대측의 명확한 반박을 부탁드립니다. 교육은, 공교육은, 다양한 교육적 수요에 대한 모든 개인의 욕구를 충족시킬 수 없습니다. 예를 들어, 교육 수준을 중간에 맞춘다면 상위 그룹 학생과 하위 그룹 학생이 모두 불만을 가질 것입니다. 모든 개인의 수준을 일일이 파악하여 정규 과목을 가르친다는 것은 사실상 불가능한 일입니다. 하지만 사교육은 같은 교육 내용에 대해서도 매우 세분화되어 있어서 다양한 교육 수요를 충족시킬 수 있습니다. 학부모나 학생의 수요에 맞게 유연하게 교육 프로그램을 운영할 수 있기 때문입니다.

이렇게 사교육이 가지고 있는 장점을 개인이 취사선택할 수 있도록 해야 합니다. 장기적 관점에서 봤을 때 자유로운 경쟁 가운데서 정말로 개인의 배움의 욕구를 충족시켜주는 경쟁력 있는 사교육이 살아남을 수 있고, 이것이 다양성과 전문성이 부족한 공교육의 역할 모델이 될 수 있기 때문입니다. 따라서 사교육은 개인의 선택에 맡겨야 합니다. 시사주간지 타임 아시아판 최신호는 최근 싱가포르에서 사교육에 대한 열풍을 보도한 적이 있습니다. 또한 공교육의 대명사인 독일에서도 사교육 열풍이 불고 있습니다. 경제 협력 개발기구, 즉 OECD가 20개 회원국, 그리고 11개 비회원국을 대상으로 조사를 한 결과 공교육이 그렇게 많이 강화되고 지금까지 사교육을 제한해 왔던 독일의 경우는 읽기, 수학, 과학 영역에서 21위, 19위, 18위를 차지했습니다. 아주 저조한 성적이지요. 독일에서는 사람들이 더이상 교육을 국가의 책임이라고 느끼지 않는다고 합니다. 개인에게 가장 알맞은 교육 형태를 제공해 줄 수 있는 것, 바로 사교육이 가진 장점입니다. 이상으로 찬성측의 첫 번째 〈반론〉

마치겠습니다.

> 　　반론은 차분하고 치밀하게 구체적인 증거 자료를 제시하면서 상대 방을 반박하는 데 집중해야 한다. 질문 형태의 발언을 과도하게 반복 하는 것은 적절치 않다. 그리고, 자신의 발언에 내재적인 모순은 없 는지 생각하면서 반론을 전개해야 한다. 이 찬성측 반론은 앞부분에 서는 사교육이 확대된 이유는 공교육이 제 역할을 못하기 때문이므 로, 사교육을 탓하기 전에 먼저 공교육 강화 방안을 제시해야 한다는 점을 강조한다. 그런데, 뒷부분에서는 독일 등의 사례를 들면서 공교 육 강화가 결코 교육적 측면에서 긍정적인 결과를 가져 오지 못했음 을 강조하고 있다. 만일 상대방이 능숙한 토론자라면 이렇게 서로 상 이한 내용을 논거로 제시될 경우, 그것에 대한 지적을 반드시 할 것이 다. 이처럼 한 발언 내에 서로 상충할 수 있는 내용을 언급하는 것은 치명적인 논리적 허점이다.

━ 반대측 확인질문(갑)

반대 반대측 〈확인질문〉 시작하겠습니다. 먼저 찬성측 반론 잘 들었 습니다.

찬성 감사합니다.

반대 네. 교육은 상품인가요?

찬성 교육은 상품인가요?

※ 확인질문자의 질문에 대해 아무 이유 없이 이렇게 반문하는 것은 적절치 않다.

반대 네. 교육은 상품입니까?

찬성 공교육은 상품이라고 볼 수 없지만 사교육은 어느 정도 상품이라고 볼 수 있겠지요.

반대 네. 사교육은 상품이라고 하셨습니다.

찬성 상품의 성질을 갖고 있습니다. 공공성도 갖고 있습니다.

반대 네. 알겠습니다. 교육의 특수성을 인정하십니까?

찬성 교육의 특수성이라는 것이 어떤 정도의 특수성을 말씀하시는 것입니까?

반대 네, 그럼 다른 질문 드리겠습니다. 교육 안에 사교육과 공교육이 있지요?

> ※ 질문자가 '교육의 특수성'에 관해 질문을 했음에도 불구하고, 그것이 의미하는 바를 정확히 답변자에게 밝혀 주어 답변을 듣지 않고 그 다음 질문으로 넘어가는 것은 부적절하다. 이렇게 질문하려면, 애초에 질문을 하지 않는 것이 더 낫다.

찬성 교육 안에 사교육과 공교육… 굳이 공사로 나누자면 그렇겠지요.

반대 그렇다면 공교육과 사교육, 지향하는 목표가 다릅니까?

찬성 지향하는 목표가 약간 다릅니다.

반대 예, 둘이 다릅니다. 둘이 대립되는 관계입니까?

찬성 대립되는 관계라고 볼 수는 없겠지요.

반대 네, 둘이 대립되는 관계가 될 수 없다고 말씀하셨습니다.

찬성 네, 그렇습니다.

반대 경쟁력 있는 사교육, 이것은 시장 논리에 입각해서 사교육을 도입해도 된다는 말씀이십니까?

찬성 그것이 아니라 개인의 선택권을 존중해 주어야 한다고 말씀드렸습니다.

반대 네, 개인 선택권을 위해 시장 논리에 사교육을 내놓아야 합니까?

찬성 그렇게 극단적으로 대답할 수 없습니다.

※ 여기서 찬성측 답변자는 반대측 질문자와 마찬가지로 '시장 논리'를 부정적으로만 보고 있다. 특히, 찬성측에서는 사교육을 개인의 선택에 맡겨야 한다는 주장을 펼치고 있으므로, 어느 정도 시장 논리의 장점을 긍정하는 입장을 취할 수밖에 없다. 토론 과정에서 이처럼 인정해야 하고 인정할 수 있는 부분을 선입견으로 부정하게 되면, 더 이상한 답변을 초래할 수도 있다. 솔직하게 인정할 내용을 인정하는 것이 일관된 논리 전개로 이어질 수 있다.

반대 그렇게 극단적으로 대답할 수 없다고 하시면서, 경쟁력 있는 사교육을 말씀하셨습니다. 그렇다면,

찬성 공교육도 경쟁력이 있어야 합니다.

※ 답변자가 아직 질문자의 질문이 끝나지도 않았는데, 이렇게 중간에 끼어드는 것은 결코 바람직하지 않다. 이런 태도는 토론 예의에 어긋난다. 아무리 흥분되더라도 답변자는 질문자의 질문을 끝까지 경청해야 한다.

반대 네. 완전한 조절 통제가 없는 사교육 시장이 현실적으로 가능합니까?

찬성 완전한… 다시 한번 질문해 주시겠습니까?

반대 완전한 조절이나 통제가 없는 시장이, 사교육 시장이 현실적으로 가능합니까?

찬성 그 조절과 통제가 반드시 국가에 의해서 이뤄져야만 하는 것은 아니라고 생각합니다.

반대 네. 국가에 의해서 이뤄질 수 없다면 개인에 맡겼을 때 스스로 이루어져야 한다는 것으로 받아들이겠습니다. 그럼 시장에서 조절 통제 매커니즘을 인정하십니까?

찬성 구체적으로 설명해 주십시오. 매커니즘 너무 어렵습니다.

※ 상대를 비꼬는 듯한 인상을 주는 발언은 바람직하지 않다. 만일 이 경우 답변

자가 '메커니즘'에 관해 모른다면 정중히 그것의 구체적 의미에 관해 설명을 요구하면 충분하다. 그것이 너무 어렵다는 식으로 상대 표현을 비하하는 듯한 인상을 주는 발언을 하는 것은 부적절하다. 이런 식의 태도는 잘못하면 토론의 내용보다 서로 말꼬리를 잡는 비생산적인 토론을 초래할 수도 있다.

반대 조절 통제의 매커니즘, 모르십니까? 네, 그럼 반박 때 말씀드리겠습니다.

찬성 감사합니다.

반대 교육의 질적 향상에 대해 말씀하셨습니다. 사교육이 질적 향상이 높다는 말씀이십니까?

찬성 사교육이 질적 향상이 어떤 류의….

반대 점수 향상이 있다고 말씀하셨습니다.

찬성 점수 향상 할 수 있게끔 만드는 공교육 시스템, 문제라고 이야기했습니다.

반대 사교육 교육의 목표가 무엇입니까?

찬성 사교육의 교육의 목표요?

반대 네.

찬성 목표…. 객관식으로 주실 수 없나요?

※ 찬성측 답변자는 질문자의 질문을 경청하지 않고 있다. 질문에 최대한 답변하려고 노력해야지, 질문을 회피하려는 태도를 보이는 것은 부적절하다.

반대 아니…. 이쪽에서 주장을 하셨으니까 사교육,

찬성 그럼 이렇게 말씀드리겠습니다. 교육의 목표는 어느 정도 공교육이나 사교육 동일할 수 있습니다.

반대 그럼 사교육도 교육을 시키는 곳이라는 것 인정하시는 겁니까?

찬성 당연히 그렇습니다.

반대 그럼 교육의 목적이 교육에 관한 모든 활동 조직인 것 알고 있습니까?

찬성 질문 짧게 해 주셨으면 감사하겠습니다.

※ 질문자의 질문이 결코 길지 않았는데도 불구하고 질문을 짧게 해 달라고 답변자가 질문자에게 요구하는 것은 부적절하다. 물론, '교육의 목적'이 '교육에 관한 모든 활동 조직'이라는 반대측의 질문이 모호한 측면이 없지는 않다. 만일 그렇다면, 질문이 정확히 이해가 되지 않으니, 그 의미를 구체적으로 설명해 달라거나 다른 표현으로 해 달라고 요구하는 것이 적절하다.

반대 교육의 목적이 교육에 관한 모든 활동 조직인 것, 사교육이 교육을 시키는 곳이라는 것 인정하셨습니다. 그렇다면,

※ 찬성측 답변자는 '교육의 목적'이 '교육에 관한 모든 활동 조직'이라는 데 인정하지는 않았다. 상대방이 인정하지도 않은 것을 인정했다고 하는 것은 상호 간에 오해를 불러 올 수 있다.

찬성 네. 사교육은 교육을 시키는 곳입니다.

반대 네. 그렇다면 교육의 목적이 교육에 관한 모든 활동인 것 인정하십니까?

찬성 교육의 목적이, 그러니까, 지금 질문하시는 내용이 공교육과 사교육의 목적이 같아야 한다는 질문이십니까?

반대 네. 이상으로 〈확인질문〉 마치겠습니다.

찬성 감사합니다.

　　반대측 질문자는 필요한 질문들을 효과적으로 제기하지 못함으로써 확인질문 시간을 관리하는 데 실패했다. 질문자가 질문을 구성하고 제기할 때에는 내가 왜 이 질문을 제기해야 하는가 라는 목적의식

이 분명해야 한다. 그런데, 여기서 반대측 질문자는 '교육의 목적'을 사교육을 비판하는 관점에서 왜 제기해야 하는지 그 목적의식이 분명하지 않은 채 계속 유사한 질문을 반복하다가 시간만 허비해 버리고 말았다. 이런 식의 확인질문은 좋은 평가를 받을 수 없을 뿐만 아니라, 그다음 같은 편 반론자가 반론을 펼치는 데에도 도움을 주지 못한다.

— 반대측 첫 번째 반론(병)

반대 〈반론〉 시작하겠습니다. 먼저 찬성측의 입론과 반론 잘 들었습니다. 찬성측께서는 사교육을 개인의 선택에 맡겨야 한다고 하시면서 첫째, 헌법에 보장된 교육받을 권리와 기본권, 자유권에 대해 말씀해 주셨습니다. 두 번째로 사교육이 공교육을 보완할 수 있고, 질적 시스템이 우수하다고 말씀해 주셨습니다. 세 번째로 규제 목적의 재원 낭비를 막을 수 있다고 하셨고, 정부의 정책이 유명무실하다는 내용을 말씀해 주셨습니다. 그러면 입론을 바탕으로 반박 시작하겠습니다.

※ 이처럼 반론에서 자신이 반박하고자 하는 내용이 상대방의 어떤 발언인지 정확히 지적하고 반론을 펼치는 것은 적절하다.

네, 헌법에는 교육 받을 권리가 보장되어 있습니다. 자유권과 기본권도 있습니다. 하지만 동시에 평등권도 있습니다. 그리고 헌법 23조 2항에 의하면, 재산권 행사는 공공복리에 적합하도록 해야 하며 34조 2항은 국가는 사회 보장, 사회 복지 증진에 노력할 의무가 있다고 나와 있습니다. 앞서 저희 반대측의 입론에서 말씀드렸듯이, 이미 사교육을 통한 재산권의 행사는 공공복리의 한계를 넘어서고 있다고 할 수 있습니다. 따라서 정부는 여기에 개입하여 개인의 선택을 감독, 조절해야 한다는 것입니다.

또한 공동선을 지향하는 것이 국가라고 인정하셨습니다. 대한민국은 복지 국가를 지향하고 있습니다. 복지 국가란 국민 정책, 복지 증진과 확보 및 행복 추구를 각 국가의 중요한 사명으로 하는 것입니다. 공동선을 지향하는 국가를 인정하셨다면, 국가가 국민의 복지 증진과 행복 추구를 위해 노력해야 한다는 것도 인정하신 겁니다. 저희는 그것을 위해서 개인의 선택에 개입해야 한다는 것을 말씀드리는 것입니다. 그리고 자유권에 대해서도 말씀해 주셨는데요. 지금 이게 과연 진정한 자유인가 묻고 싶습니다. 여러분들, 여기 학생분들도 많이 앉아 계시는데, 대학에 오기 전에 사교육을 선택하시면서 분명 자유에 의해서만 선택하셨나요? 남들이 하니까 더 좋은 대학에 가기 위해서 어쩔 수 없이 선택하시지 않았나요? 저희는 자유권이 퇴색되고 있음을 말씀드리고 싶습니다. 다음으로 무차별적인 개입이 이루어졌다, 정부가 현재 무차별적인 개입을 하고 있다고 말씀을 해 주셨는데 어떤 무차별적인 개입이 있는지 정확히 말씀해 주셨으면 좋겠습니다.

네, 이어서 반론 하겠습니다. 공급자는 경쟁을 유도하여 경쟁력을 높여야 하고, 세계화 시대에 경쟁력을 갖추어야 한다고 하셨습니다. 사교육을 통한 폐해는 많이 있습니다. 특히 자기주도학습 저하를 들 수 있습니다. 공교육에서 배우기 전에 이미 사교육에서 배운 아이들은 학교 공부에 흥미를 잃고 자기주도학습 저하 현상을 나타내고, '티처 보이'라는 말까지 생겨나고 있습니다. 이것이 어째서 세계화 시대에 경쟁력 있는 인재를 사교육이 양성하고 있다는 것인지 알 수가 없습니다. 또, 국가가 규제 목적의 재원 낭비를 하고 있고, 개인의 사교육에 개입을 해서 다른 교육 문제를 해결할 수 있는 것을 낭비했다고 하셨는데, 다른 교육 문제가 어떤 것이 있는지, 이 사교육의 폐해보다 더 중요한 다른 교육 문제가 어떤 것이 있는지 제시해 주셨으면 좋겠습니다. 또한, 먼저 양적 팽창을 인정하셨습니다. 그리고 사교육의 문제점이 그냥 방치해 두자는 것은 아니라고 말씀해 주셨습니다. 그러면서 개인에게 맡겼을 때 어떻게 이 문제를 해결할 수 있을 것인지에 대한 방안을 전혀 제시해 주시지 않으셨습니다. 문제점을 인정하시고 방치할 것은 아니라면서, 어떻게 해결할 것인지 전혀 언급 없이 그저 개인의 선택에 맡겨 달라고만 하셨습니다.

네, 그리고 반론에 대한 반론 시작하겠습니다. 교육의 가치는 단기적으로 측정할 수 없다고 저희 측에서 말씀 드렸습니다. 그러면서 장기적으로 봐야 한다면서 어떻게 GDP를 예로 들 수 있냐고 말씀해 주셨는데, GDP를 예로 든 것은 GDP를 단기적으로 측정한 것이 아닙니다. 다년 간의 연구와 다년 간의 사례를 통해서 나온 것이기 때문에 결코 단기적 측정이 아님을 말씀드리고 싶습니다. 그리고 사교육에 가는 것은 성적이 좋아지기 때문이다. 이것은 개선되어야 한다고 말씀해 주셨습니다. 여기서 다시 한번 개인 선택에 맡겼을 때 어떻게 개선될 수 있는지 그 방법을 제시해 주셨으면 하고 부탁드립니다. 그리고 이렇게 사교육비가 올라가는 것은 공급 때문이라고 하셨습니다.

여러분, 단지 문제가 있을 때 단지 어떤 하나의 것만 비롯되어서 문제가 발생한다고 생각하십니까? 사회에 문제가 있다면 그것은 개인의 문제일 것입니다. 사회는 개인으로 이루어져 있기 때문입니다. 교육에 문제가 있다면 그것은 단지 공교육만의 문제라든가 사교육만의 문제라든가 그렇게 될 수 없습니다. 사교육과 공교육은 이분법적으로 딱 나눌 수 있는 것이 아닙니다. 따라서 왜 사교육의 문제가 공교육 때문인지 증명해 주시기 바랍니다. 또한 사교육비가 높아지고 있는 것에 대해 싱가포르와 일본, 한국을 예로 드셨습니다. 이런 나라들만 보면 사교육비가 높아지고 있지만 북유럽이나 다른 국가 경쟁력이 높은, 상위권에 있는 나라들은 미국을 제외하고 모두 사교육 시장이 매우 협소하고 국가가 적극 개입하고 있음을 말씀드리고 싶습니다.

※ 이런 주장에는 구체적인 증거 자료가 제시되어야 설득력이 높아진다.

　　그리고 마지막으로 반론 드리겠습니다. 독일도 사교육 열풍이 있고, 사교육 열풍이 있기 전에 성적이 매우 저조하였다고 했는데 그것이 반드시 사교육을 받지 않아서 성적이 저조한 증거를 대 주셨으면 감사하겠습니다. 이상으로 〈반론〉 마치겠습니다.

　　정해진 시간에 여러 가지 내용을 반론에서 하려다 보면 발언이 정확하게 전달되지 않는 경우가 있다. 사실상 반론에서 너무 많은 내용을 지적하거나 언급하려고 하기보다는, 구체적인 반박 자료를 통해 한 두 가지 쟁점에만 집중하여 반론을 펼치는 것이 더 효과적일 수도 있다. 그리고 반론의 내용의 우선 순위를 정해, 먼저 중요한 반박 내용부터 언급하는 것이 적절하다. 그렇지 않으면 반론 전체가 산만하게 느껴질 수 있다

━ 찬성측 확인질문(갑)

찬성 지금 반대측은 GDP에 대한 자료에 대해서 언급을 하셨는데, 이 자료출처가 어디입니까?

반대 삼성경제연구소입니다.

찬성 몇 년도 자료입니까?

반대 2004년도 자료입니다.

찬성 네. 교육계에 형평성을 달성해야한다고 생각하십니까?

반대 네 그렇게 생각합니다.

찬성 그렇다면 형평성이 OECD국가만큼 보장되어야 합니까?

반대 다시 한 번 질문해주십시오.

찬성 반대측에서 주장하는 형평성 달성정도가 OECD국가 만큼 보장되어야 합니까?

반대 아닙니다.

찬성 그럼, 얼마만큼 보장되어야 한다고 생각하십니까?

반대 얼마만큼의 기준이 무엇입니까?

※ 확인질문에서 답변자는 답변에 충실해야 한다. 답하기 어려운 질문이라면, 솔직하게 '모르겠다'라거나 '단정하기 어렵다'라는 식으로 답변하는 것이 적절하다. 이전 'OECD국가 만큼 보장되어야 합니까'라는 질문에 대해 '아닙니다.'라고 부정의 답변을 했다면, 그다음 질문 '얼마만큼 보장되어야 한다고 생각하십니까?'에 대해 '얼마만큼의 기준이 무엇입니까?'라고 반문하는 것은 부적절하다.

찬성 저는 반대측의 주관적인 정도를 물어본 것입니다.

반대 기회의 평등이라 하는 것은 학교에서 공교육만으로, 공교육에서 열심히 공부한 아이가, 공교육으로만 열심히 공부했지만, 사교육을 너무 많이 받은 아이에게 자기평등권을 침해당한 것을 말하는 것으로, 저는 그것이 없는 것을 형평성, 기회의 불균형이라고 말하고 싶습니다.

※ 토론이 구술로 진행되지만, 기본적인 주어와 술어 관계 표현은 정확해야 한다. 이 답변은 주어에 해당하는 '기회의 평등'에 대한 술어적 표현이 전혀 호응되지 않는다. 오히려 '기회의 불평등'이라고 표현하는 것이 정확하다.

찬성 그렇다면, 그러한 그 형평성 어느 정도 달성되어야 한다고 보는 것인지, 이것이 제 질문의 요지입니다.

반대 모든 것이 완벽하게 달성될 수 없다고 생각합니다. 하지만, 국가는 그것을 지향해야 하고, 지향을 위해 노력해야 한다고 생각합니다.

찬성 네, 다음 질문 드리겠습니다. 현재 사교육이 공교육을 위협하고 있다고 생각하십니까?

반대 네. 그렇습니다.

찬성 얼마나 위협하고 있다고 생각하십니까?

반대 계속, 정도에 그걸 물어보시는데 저도 얼마냐고 물어보신다면, 정확히, 어느정도 숫자적인, 계량적인 수치를 말씀드릴 수 없기 때문에 좀 더 구체적으로 질문해주시기 바랍니다.

※ '얼마나 위협하고 있다고 생각하십니까?'라는 질문에 반드시 계량적인 수치로 답변을 해야 하는 것은 아니다. 반대쪽은 사교육을 일관되게 비판적인 관점에서 보아야 하므로, 그 위협 정도가 심각하다는 관점에서 답변을 하는 것이 적절하다.

찬성 네. 다음 질문드리겠습니다. 어쩔 수 없는 사교육, 반대측에서 말씀하셨습니다. 맞습니까?

반대 네. 맞습니다.

찬성 그럼, 괜히 왜, 어쩔 수 없이 사교육을 선택할까요?

반대 그건 한가지 이유가 아니라, 사회 전반의 복합적인 문제라고 생각합니다.

찬성 그중에서 주된 요인이 무엇이라 생각하십니까?

반대 바로, 개인의 선택 때문이라고 생각합니다.

찬성 개인이 왜 어쩔 수 없이 사교육을 선택해야 하느냐 하는 것이 제 질문입니다.

반대 여러분들은 사회구조적인 모순을, 찬성측에서는 사회구조적인 모순을 탓하실 수 있으실 것입니다. 왜 좋은 대학을 가야 하는지. 왜 좋은 대학을 간 사람만 인정을 받는지? 하면서도 개인은 더 좋은 대학을 가기 위해서 과외하고 사교육을 받고 있습니다. 저는 이런 개인의 모순이, 이런 개인의 모순적인 선택이 사회구조의 모순을 낳고 그것이 문제가 되고 있다고 말씀드리는 것입니다.

찬성 네 다음 질문드리겠습니다. 대학교? 사교육으로 봐야 하나요?

※ 대학교 교육이 사교육이냐는 질문은 부적절한 질문이다. 굳이 하지 않아도 되는 질문을 질문자가 제기할 필요는 없다.

반대 정확히 국립 사립 어떻게 구분 할 수 있는지 정확히 제시해 주십시오.

찬성 네, 국가가 어떻게 사교육에 대한 개인선택권에 개입해야 한다고 생각하십니까?

반대 네. 저희가 앞서 말씀드렸습니다. 제도적, 정치적, 법률적 장치를 통해 헌법에 보장된 개인의 자유를 침해하지 않는 범위 내에서 개인의 선택을 합리적으로 감독, 조절해야 한다고 말씀드렸습니다.

찬성 그럼, 각각의 측면에서, 구체적인 방안, 갖고 계십니까?

반대 정책토론이 아니기 때문에, 구체적인 방안까지 제시하는 건 논외라고 생각합니다.

찬성 네 이상으로 찬성측 두 번째 〈확인질문〉 마치겠습니다.

― 찬성측 두 번째 반론(을)

찬성 찬성측, 두 번째 〈반론〉 시작하겠습니다. 가장 먼저, 북유럽지역 사교육 낮다고 반대측에서 말씀하셨습니다. 왜 그렇습니까? 북유럽지역 공교육, 아주 내실화되어있죠? 그래서 외국에서 유학갈 정도로, 매우 내실화가 높습니다. 그래서 사교육의 정도가 낮은 것이죠. 반대측의 입론 정리해보겠습니다. 제도적인 측면에서 교육방송, 말씀하셨는데요. 교육방송문제 어떻습니까? 2004년 3월 10일자 한겨레신문에 따르면 교육인적자원부가 EBS에서 수능에 대부분을 출제되게 한다고 발표하면서, EBS시청이 대학입시당락에 결정적인 요인이 되었다. 따라서 EBS교육을 위한 새로운 사교육 수요가 생길 것이며, 학교에서도 EBS방송에만 매달리게 되는 가능성이 높다고 지적하고 있습니다. 정책적인 측면으로 공교육강화 말씀하셨습니다. 공교육강화가 오늘의 주제인 사교육에 대한 개인의 선택권에 국가가 개입하는 것과 어떤 관련이 있는지 의구심이 듭니다. 세 번째로 법률의 측면 말씀하셨습니다. 학원설립운영 강화하신다고 하셨는데요. 이것이 시행될 경우, 어떻게 개인의 자유권을 침해하지 않을 수 있습니까? 양극화문제, 두 번째 논거로 말씀하셨습니다. 우리나라의 형평성이라고 볼 수 있겠는데요. 우리나라의 형평성, OECD 담당국장은 학업성취분포 및 학교, 학생에 사회경제적 배경과 학업성취와의 관계분석을 통해서 한국이 높은 학업성취와 동시에 형평성을 유지하고 있다고 밝혔습니다. 이는 한국 학생들의 성적에 학부모의 사회경제적 배경의 영향이 적다는 것을 의미합니다. 경쟁사회로 접어들면서, 이제 평범한 인재가 아니라 장래의 각 분야에서 경쟁력을 갖추고, 국가발전에 기여할 인재가 요구되고 있습니다. 차별화된 인재가 요구되고, 인재의 육성에 가장 큰 통로가 되는 교육분야에서 형평을 외친다는 것, 혹시 평등주의를 내세우고 있는 것은 아닌지? 그래서 똑같은 인재만을 배출하겠다는 것은 아닌지, 걱정이 앞섭니다. 남과 다른 차별화된 교육이 필요한 때입니다.

※ 발언 내용 상 '평등주의'라는 표현보다 '획일주의'가 더 적절할 것이다. 발언을 할 때 그 의미에 적합한 표현을 선택해서 구사하는 것은 반론 뿐만 아니라 토론의 모든 발언에서 유의해야 할 점이다.

사교육 내에서의 다양하고, 자유로운, 개인의 자발적 선택은 최대한의 효과를 발휘하게 될 것이고, 이는 경쟁력 있는 인재를 배출하게 낼 것입니다. 경쟁력 있는 인재, 개인에게만 좋은 일 입니까? 그렇치 않습니다. 국가적인 차원에서도 물론 좋은 일이 될 수 있겠죠? 사교육의 특징이 무엇입니까? 교육 수혜자에 의해 움직인다는 것입니다. 때문에 불필요한 교육은 개인의 자발적인 기능에 의해서 사라지게 된다는 것입니다. 이러한 측면에서 사교육시장은 자율경쟁을 통해 보다 교육수혜자들에게 맞춘 특색있는 교육프로그램을 개발할 수 있을 것입니다. 때문에, 사교육에 대한 개인의 선택권은 보장받아야 하는 것입니다. 사교육이 개개인의 맞춤 효과를 주면서 나타나는 긍정적인 효과 무엇입니까? 2004년 사교육이 학업성취에 미치는 영향이라는 교육재정경제 연구자료에 의하면 학생들의 사교육 의존도가 높을수록 학업성취수준도 높은 것으로 나타났

을 선택하거나 부모님들이 사교육비에 눌려 한숨 쉬는 일이 더 이상 없기를 바랍니다. 국가의 발전은 교육의 발전보다 빠를 수 없다는 말이 있습니다. 특히나 특별한 자원이 없는 우리나라에서 인재는 매우 중요할 것입니다. 그것은 저희측도 인정하는 바입니다. 그러나 현재 우리 국민에게 교육은 희망이나 기회가 아닌, 부담감, 위기로 작용하고 있습니다. 그리고 그 중심에는 개인만으로는 해결할 수 없는 사교육 문제가 자리잡고 있습니다. 이러한 상황에서 사회와 개인, 입시, 사교육, 공교육과 사교육, 이분법적으로 나눌 것이 아니라, 국가의 감독과 조언 아래, 총체적으로 문제를 해결해나가고자 하는 것입니다. 따라서 저희 반대측은 사교육을 개인의 선택에 맡겨서는 안 된다고 주장하며, 〈최종발언〉 마치겠습니다. 감사합니다.

최종발언의 역할에 충실하게 전반부에 토론 내용을 정리하면서 상대측의 부족했던 점을 부각한 것은 적절하다. 특히, 답변을 요구했지만 상대가 답변을 해주지 못한 부분들을 최종발언에서 한번 더 상기시키는 것은 전략적으로 적절한 방법이다. 여기에 더해, 찬성측의 최종발언에서 아쉬웠던 점과 마찬가지로, 상대측의 부족함 뿐만 아니라 우리측이 잘한 점도 강조를 했더라면 더 좋았을 것이다. 최종발언 후반부에서 전체토론 내용을 마무리하는 발언은 적절하게 구성되었다. 특히, 현재 토론자들도 논제가 다루는 문제에서 예외가 될 수 없다는 점을 재확인하면서 토론을 마무리한 점이 좋았다고 판단된다.

2. "인공지능, 미래의 재앙이다"[2]

─ 찬성측 입론(갑)

찬성 찬성측 〈입론〉 시작하겠습니다.

최근 과학 기술의 눈부신 발달로 인공 지능 분야에 상당한 발전이 있었습니다. 특히 지난 4월 알파고와 이세돌의 대국에서 알파고가 이세돌을 누르고 4승 1패로 승리하며 인공 지능이 인간에게 승리할 수 있다는 것을 보여 주었습니다. 여기서 '인공 지능'이란 생각하고 판단하고 학습하는 인간 고유의 지식 활동을 하는 컴퓨터 시스템으로서 자가학습을 하는 것입니다. 또한, 국립국어원의 정의에 따르면 '재앙'이란 뜻하지 아니하게 생긴 불행한 변고입니다.

※ 찬성측 입론의 도입부에 주장이 없어서는 안 된다. 반드시 도입부에 ~한 점에서 ~임을 주장한다고 분명하게 주장을 언급한 후 근거를 주장해야 한다.

이를 염두에 두고 인공 지능은 '미래에 재앙이다.'라는 주장에 대해 다음 세 가지 논거를 제시하겠습니다.

첫째, 사회적인 입장에서 보았을 때 강 인공 지능의 출현을 막을 수 있다는 것은 지나친 낙관주의입니다. 강 인공 지능의 출현을 두려워하는 이유는 인공 지능이 스스로 생각하고 행동하는 능력이 있기 때문입니다. 몇몇 과학자들은 극단적인 경우, 인공 지능을 초기화할 수 있다는 낙관적인 태도를 보이고 있습니다. 그러나 인공 지능 산업은 인공 지능이 인간이 지능을 넘어서는 시점이 온다

---

2 "인공지능, 미래의 재앙이다"는 제15회 숙명토론대회(2016) 논제로서, 관련 결승전 동영상은 https://www.youtube.com/watch?v=bQBEOCOUk94&t=27s 참조할 것

는 특이점 이론이 강하게 적용되는 산업입니다. 현재 개발 단계에서 인간의 의지로 인공지능을 통제할 수 있습니다. 그러나 일정 수준 이상 개발되고 난 뒤에는 인공 지능이 자신의 의지를 가지고 무서운 속도로 발전하게 될 것이며 우리는 이를 되돌릴 수 없는 국면에 마주하게 될 것입니다. 이는 찻잔을 쥐고 가볍게 흔들면 초기에는 찻잔 속에 액체가 쏟아지지 않지만, 계속 흔들면 어느 순간 넘쳐버려 다시 되돌릴 수 없는 것과 같은 것입니다.

※ 이 비유는 적절하지 않다. 지나친 낙관주의와 찻잔 속 액체의 관련성을 찾기 어렵다. 이러한 오류는 유비추리의 오류로 볼 수 있다.

둘째, 경제적인 입장에서 보았을 때 인공 지능은 산업 분야에 근간을 흔들 것입니다. 인터넷의 출현 이후 인간이 종사하고 있는 대부분 직종은 지식 서비스 산업입니다. 이는 정보를 취합하고 분석하여 새로운 방안을 내놓는 것으로 인공 지능은 지식서비스산업을 충분히 대체할 수 있을 것입니다. 만약 지식서비스산업이 인공 지능으로 대체된다면 인간이 종사할 수 있는 직종은 예술적, 창조적인 분야뿐일 것입니다. 그러나 과연 예술적 창조적 분야가 70억 인구의 경제를 지탱할 수 있는 산업 분야일지 생각해 보아야 합니다.

※ 인간이 종사할 수 있는 분야를 예술적, 창조적인 분야뿐일 것이라는 주장은 적절하지 않다. 이는 허수아비 공격의 오류로 볼 수 있다.

또한, 알파고의 바둑알을 놓아주던 인간은 결국 인공 지능의 도구로 사용된 것입니다. 이처럼 예술적 창조적 분야 이외에 새로운 산업 분야가 생긴다고 할지라도 과연 인간이 인공 지능과의 관계에서 중심을 잡고 주체성을 가질 수 있을지 의문입니다.

셋째, 윤리적인 부분에서 보았을 때 인공 지능은 두 가지 문제점을 가지고 있습니다. 바로 인공 지능의 오류 발생 가능성과 그 사용범위 제한이 어렵다는 점입니다. 우선 인공 지능은 슈퍼컴퓨터의 일종으로서 언제나 버그, 오작동 해킹 등의 문제를 지니고 있습니다. 인공 지능이 수술하거나 운전을 하던 중, 인공 지능의 오류로 사고가 발생할 시 이 사고의 책임 주체가 불분명해집니다.

※ 책임 주체는 법률로 정하면 되는 문제로 이 문제가 인공지능의 미래의 재앙이 되는 윤리적인 문제의 타당한 근거가 되기는 어렵다.

두 번째 문제는 인공 지능 사용범위 규정이 모호하다는 점입니다. 성관계형 virtual reality 즉 VR이 그 예시입니다. 단순 인간의 쾌락을 위하여 이용되는 인공 지능으로써 쾌락을 위한 성관계는 생명 탄생이라는 고귀한 인간의 존엄성 영역을 침범하는 행위입니다. 또한, 군사 범위에서 인공 지능의 발달은 상당한 위험성이 존재합니다. 최근 시리아 대전에서 인공 지능 드론을 이용한 무차별 살생이 발생했습니다. 이처럼 정치, 종교 특히 극단적 세력에 의하여 잘못 사용될 경우 대형 테러의 위험이 존재합니다. 또한, 개인정보 학습을 통해 성능을 자체적으로 향상시키도록 설계되어있는 인공 지능 기기를 해킹하여 중요한 개인정보를 유출하는 문제도 발생 가능합니다.

※ 어떤 새로운 도구든지 사용하기에 따라 위험성은 존재한다. 법률적 정교화와 보완을 통해 이 문제를 보완할 수 있기 때문에 인공지능이 재앙이 되는 타당한 근거로 보기 어렵다. 또한 윤리적인 문제와 해킹의 문제는 관련성이 부족하다. 주장과 근거 사이에 긴밀한 연관성이 있어야 주장이 타당성을 가진다.

이 세 가지의 논거를 들어 저희는 인공 지능이 미래 재앙이라는 논제에 찬성하는 바입니다. 이상으로 찬성측 〈입론〉 마치도록 하겠습니다.

찬성입론 근거	주장과 근거의 긴밀성과 타당성 강화	논거의 강화
사회적인 입장에서 강인공 지능의 출현을 막을 수 있다는 것은 지나친 낙관주의다.	강인공지능의 출현이 지나친 낙관주의라는 것을 논거로 내세우기 보다는 강인공지능은 언제든 나타나 인간을 위협할 수 있다고 논거를 강화하는 것이 좋다.	문제점을 드러내어 강조하여야 설득력을 가질 수 있다.
경제적인 입장에서 인공 지능은 산업 분야의 근간을 흔들 것이다.	산업분야의 근간을 흔들어 인간이 인공지능의 도구로 전락할 수도 있다. 라고 주장해야 재앙이라는 주제와 만날 수 있다.	산업분야를 흔든 결과를 드러내 강조해야 설득력을 가질 수 있다.
윤리적인 부분에서 인공 지능의 오류 발생 가능성과 그 사용범위 제한이 어렵다	주장과 근거 사이의 관련성을 더 긴밀하게 하여야 한다. 오류 발생이 윤리적인 문제인지를 고려해야 한다.	사용범위 제한이 어려운 문제점이 배태하는 결과를 강조하여야 설득력을 가질 수 있다.

━ 반대측 확인질문(을)

반대 찬성측 입론 잘 들었습니다. 그럼 지금부터 반대측 〈확인질문〉 시작하겠습니다. 우선 찬성측께서는 첫 번째 논거로 강한 인공 지능이 도래하지 않을 것이라고 생각하는 것은 지나친 낙관주의라고 말씀하셨습니다. 맞습니까?

※ 맞는지 확인하는 이 질문은 불필요하다. "맞습니다"라는 답변이 당연이 나올 것이다. 시간 낭비하지 말고, "~라고 하셨는데, 다음에 바로 두 번째 질문"으로 들어가야 한다.

찬성 네, 맞습니다.

반대 인간의 능력을 넘어서는 인공 지능 즉, 강한 인공 지능의 도래를 예측하셨는데요. 맞습니까?

※ 맞는지 확인하는 이 질문은 불필요하다. "맞습니다"라는 답변이 당연이 나올 것이다. 바로 다음 질문으로 연결하여야 한다.

찬성 네, 맞습니다.

반대 그 말은 곧 인간이 할 수 있는 고유의 영역이 상실된다는 의미로 해석해도 무방하겠습니까?

찬성 다시 한 번 말씀해 주십시오.

반대 그 말은 곧 인간이 할 수 있는 고유의 영역이 인공 지능에 의해서 상실된다는 의미로 해석해도 무방하겠습니까?

찬성 네, 침범한다는 말씀드렸습니다.

반대 네 알겠습니다. 그렇다면 여기서 질문 하나 드리고 싶습니다. 인공 지능 로봇이 죽을 수 있습니까? 또는 자기 성찰할 수 있다고 생각하십니까?

※ 주제인 재앙이 되느냐 아니냐의 문제와 관련이 없는 질문이다. 확인질문은 상대방이 주장한 것의 타당성을 검증하는 데 사용해야 가장 적절하다.

찬성 인공 지능, 강인공지능이 스스로 인식을 하기 시작한다면 그 또한 가능하다고 생각합니다.

반대 알겠습니다. 이에 대한 자세한 근거는 자유토론 때 제시해주시기 바라고요.

※ 자유토론으로 넘기는 말을 하면 안 되고, 상대방의 주장에 대한 타당성을 바로 공략하면서 검증해야 한다.

인간에게만 존재하는 것들이 있습니다. 예컨대 자의식과 자아 정체감, 욕구, 동기 등을 이야기할 수 있습니다. 그런데 인공 지능은 인간의 특성을 보강할 수는 있지만, 그것은 어떤 목적을 가지고 프로그래밍이 된 것일 뿐 결코 인간과 같아질 수 없습니다. 인정하십니까?

※ 논제는 인간과 같아진다는 것이 아니라 '미래의 재앙이다'이다. 논제와 관련이 없는 질문은 삼가는 것이 좋다.

[찬성] 아니오, 인정하지 않습니다.

[반대] 네, 알겠습니다

※ 인정하지 않는다는 데에 대한 추가 질문이 필요하다. 다음 질문으로 넘어가는 것은 질문자가 이에 대한 인정을 하는 것으로 간주된다. 여러 가지 사안을 질문을 하는 것이 중요한 것이 아니라 한 가지 주장이라도 제대로 공략하는 것이 중요하다.

그럼 다음 질문으로 넘어가도록 하겠습니다. 찬성측께서는 인공 지능으로 인한 사회 문제의 심각성에 대해서 언급해 주셨습니다. 맞습니까?

[찬성] 네, 맞습니다.

[반대] 그중 실업 문제에 대해서 언급해 주셨는데요. 청년 실업 문제와 도래하는 초고령화 사회, 양극화 문제 등 세계 경제는 이미 포화 상태입니다. 이를 인지하고 계십니까?

[찬성] 네, 인지하고 있습니다.

[반대] 새로운 기술이 나타나면 우리가 현재로서는 상상할 수도 없는 새로운 분야에 일자리가 창출될 것임에 동의하십니까?

찬성 네, 그 부분은 동의하지만, 차후에 자유토론에서 말씀드리겠지만, 새로운 분야에 발생하더라도 그 분야에서 인간이 도태될 것이라고 생각합니다.

반대 네, 알겠습니다. 인공 지능의 발전이 사회의 판도를 혁신적으로 바꿈으로써 고질적 사회 문제의 돌파구가 될 수 있음을 말씀드리면서

※ 이러한 말은 불필요하다. 상대방을 공략하기만 하면 승리하게 되는 것이지 주장이나 반론을 강화하는 것이 확인질문이 아니다.

　다음 질문으로 넘어가겠습니다. 찬성측께서는 세 번째 논거로 책임 소재 문제 즉, 인공 지능에 의해 발생될 윤리문제에 대해서 언급해 주셨습니다. 맞습니까?

찬성 네, 맞습니다.

반대 그럼 질문을 하나 드리고 싶습니다. 애완동물이 배설을 하거나 사람을 물면 주인이 책임을 져야 합니다. 이것은 사회의 통념이고요. 이에 동의하십니까?

찬성 네, 동의합니다.

반대 그렇다면 인공 지능이 사람에게 해를 입혔을 때, 인공 지능의 소유주인 사람이 책임을 지면 되는 것 아닙니까?

찬성 인공 지능의 소유주가 책임을 진다고 하더라도 그 주체성이 모호하기 때문에 불가능할 것 같습니다.

반대 알겠습니다.

　자세한 근거는 자유토론에서 제시해주시기 바랍니다. 이상으로 반대측 을 〈확인질문〉 마치도록 하겠습니다.

※ '알겠다'는 것은 인정을 한다는 것이다. 이에 대한 공략을 철저하게 하는 것이 중요하다. 자세한 근거를 자유토론에서 제시해 달라는 말은 불필요하다.

> 확인질문은 주장을 펼치는 것이 아니라 상대방 주장의 허점을 공략하는 것이다. 여러 확인질문을 하는 것이 중요한 것이 아니라 하나라도 제대로 결정적인 공략을 하고 상대의 허점을 정교화해서 드러내는 것이 중요하다.

── 반대측 입론(갑)

`반대` 반대측 갑 〈입론〉 시작하겠습니다. 지난 3월 알파고와 이세돌의 대국으로 인공 지능이 뜨거운 사회 이슈로 떠올랐습니다. 인공 지능 알파고가 인간 바둑기사를 꺾는 모습을 보며 사람들은 인공 지능의 빠른 발전 속도를 실감했습니다. 빠르게 부상하여 인간의 생활 영역 곳곳으로 침투하는 인공 지능에 대한 걱정과 두려움의 시선이 다수 존재합니다. 그러나 1997년 인공 지능 딥블루가 체스 대결에서 인간을 이겼을 당시에도 이러한 두려움은 장시간 존재했었습니다. 인공 지능에 대한 두려움은 현재 우리 사회의 배경과 인간의 심리적 특성 등 다양한 맥락에서 기인하는 것으로 실제 그것이 가진 위험성보다 과대평가되어 사람들의 입에 오르내립니다. 이에 저희 반대측은 세 가지 논거를 들어 '인공 지능, 미래 재앙이다'라는 주장을 반대합니다.

※ 도입부에 찬성측과는 달리 주장이 정리돼 있어 설득력이 있다.

첫째, 인간을 뛰어넘는 강한 인공 지능은 등장하지 않을 것입

<u>니다.</u>

※ 등장하지 않은 것이라는 것은 주장을 뒷받침하는 논거가 되기 어렵다. 등장하지 않은 것이 인공지능이 재앙이 아니라는 반대측 주장과는 관련이 적다. 보다 타당한 논거를 제시해야 한다.

인간은 무한한 가능성과 잠재력을 가진 복잡한 존재입니다. 인공 지능 기술의 발전으로 인공 지능과 인간이 공존하며 살아갈 미래사회에도 여전히 인간만이 할 수 있는 고유한 영역들이 존재할 것입니다.

※ 인간의 고유한 영역이 존재한다는 것과 재앙이 되지 않는다는 것과의 관련성이 적으므로 논거로 타당하지 않다. 타당하려면 인간과 인공지능이 다르므로 일자리를 빼앗는 등의 재앙이 될 수 없다라고 주장해야 할 것이다.

예컨대, 인간은 동기와 욕구, 자의식과 정체성을 가지고 있는 반면, 인공 지능은 특정한 한 영역에서 뛰어난 능력을 보여 줄 뿐 결코 인간과 같이 사고하고 행동할 수 없습니다. 또한, 인간의 뇌 구조와 심리에 대해서도 정확하게 규명이 되지 않은 상태에서 인간과 동일한, 혹은 인간을 뛰어넘는 전인적 인공 지능 출현의 위험성에 대해 이야기하는 것은 필요 이상의 지나친 걱정이라고 할 수 있습니다. 인간이 지금까지 그래왔듯이 앞으로도 도구를 사용하고 관리하고 통제하는 주체가 될 것이기에 인공 지능을 장착한 기계가 인간을 지배하는 세상은 결코 도래하지 않을 것입니다.

<u>둘째, 인공 지능은 인간 삶의 질을 향상시킬 것입니다.</u>

※ 삶을 향상시키기 때문에 재앙으로 볼 수 없다는 언급을 분명하게 하는 것이 보다 설득력이 있는 주장이 된다.

자율주행 차의 개발로 운전을 하지 않고도 원하는 곳에 갈 수 있고, 스마트 홈 케어 서비스 덕분에 밖에 있을 때도 집 걱정은 하지 않아도 되는 시대가 도래했습니다. 인공 지능으로 인해 바쁜 현대인들은 노동의 부담을 덜고 더욱 집중을 요하는 개인 작업에 열중할 수 있게 되었습니다. 인공 지능은 우리 삶을 편리하게 만들어 주고 생활환경 수준을 향상시킬 것입니다. 또한, 직장 일과 가사일을 병행하는 것이 선택이 아닌 의무인 사람들에게 이러한 로봇은 큰 도움이 될 것입니다. 어렵고 더럽고 위험해서 사람들이 기피하는 쓰레기 산업, 이 산업을 인공 지능이 대체하게 됨에 따라 노동환경이 크게 개선될 것입니다. 보다 창의적이고 개성적이며 혁신적인 사고를 갖추니까 새로운 사회의 인재상이 될 것이고, 그것은 미래세대가 인공 지능으로 인해 이전보다 더 나은 수준의 삶을 향유할 수 있게 된다는 것을 의미합니다.

<u>셋째, 인공 지능은 미래 난제를 해결하는 실마리가 되어 줄 것입니다.</u>

※ 둘째 논거와 셋째 논거는 모두 유사하여 차별화가 되지 않는다. 셋째 논거는 둘째 논거에 포함된다.

과학기술의 진보는 인류 역사의 필연적인 과정이라고 할 수 있습니다. 생존하고자 하는 인간의 강한 열망이 도구를 만들었고, 도구는 인간의 삶을 이전보다 더 나은 방향으로 이끌었습니다. 물론 도구는 양날의 검과 같아서 적지 않은 부작용을 초래하기도 합니다. 그러나 도구가 가진 잠재적 위험성과 부작용을 최소화할 방안까지도 인간이 강구해 왔다는 사실을 잊어서는 안 됩니다. 인공 지능은 강력한 변혁에 실마리로써 인류가 풀지 못한 많은 문제, 예컨대 의학, 환경, 에너지, 우주산업 등에서의 미해결 과제를 푸는 데 크게 기여할 것입니다. 인공 지능이 인류의 삶을 이전보다 더 나은 방향으로 이끌어 줄 도구라는 사실을 기억해야 합니다. 과학기술이 낳는 윤리문제를 운운하며 기술개발에 중단을 이야기하는 사람은 없습니다. 그것은 궁극적으로 과학기술의 발전 목표가 인간에 있기 때문입니다. 이상으로 반대측 갑 〈입론〉 마치겠습니다.

> 입론의 근거는 항상 논제를 중심으로 해야 한다. 반대측 입론은 주장을 에둘러 표현하여 임팩트가 약한 주장이 되었다.

─ 찬성측 확인질문(을)

찬성 네, 반대측 입론 아주 잘 들었습니다. 몇 가지 궁금한 점에 대해서 질문드리도록 하겠습니다.

※ 확인질문을 궁금한 점에 대해 질문하는 것으로 표현하면 곤란하다. cross examination 즉 교차조사가 직역이며 확인질문은 의역이다. 그러므로 궁금한 점에 대해서 질문드린다는 말은 불필요하다.

첫 번째로 세 가지 논거를 주시기 전에 인간의 심리적 특성 때문에 두려움이 과대평가 되고 있다고 말씀하셨는데 맞습니까?

반대 맞습니다.

찬성 네, 이 점에서 인간의 심리적 특성뿐만 아니라 AI(Artificial Intelligence)가 인간을 모두 죽여야만 지구가 건강할 수 있다라는 판단을 내렸던 적 있었다는 거 알고 계십니까?

반대 알지 못합니다.

`찬성` 네,

※ 질문에 대한 내용, 즉 'AI가 인간을 모두 죽여야만 지구가 건강할 수 있다'에 대해 설명하고, 이런 인공지능의 판단은 인공지능이 재앙이 된다고 볼 수 있지 않습니까라는 질문으로 한번 더 이 사안에 대한 질문을 정교화하는 것이 다음 질문을 하는 것보다 훨씬 더 중요하다.

다음 질문드리도록 하겠습니다. 첫 번째 논거로 강 인공 지능의 도래는 있지 않을 것이라고 말씀하신 점 맞습니까?

`반대` 네, 맞습니다.

`찬성` 네, 이 부분에서 인간은 복잡하고 인간의 뇌 구조조차 파악되지 않은 이 시점에 강 인공 지능이 도래하지 않을 것이라고 주장하신 것도 맞습니까?

`반대` 네, 맞습니다.

`찬성` 이 점에서 또한 도구를 사용하는 주체가 될 것이다. 인간은 개체가 되지 않을 것이라고 주장하신 점 맞습니까?

`반대` 네, 맞습니다.

`찬성` 네, 여기서 인간과 인공 지능이 공존하는 사회에서 동기나 욕구나 자의식은 인간에게 있는 것으로 이 부분 인간만 사고로 할 것이라고 말씀하신 점도 맞습니까?

※ 질문 4개가 모두 반대측이 한 말을 동어반복하면서 낭비하고 있다. 물어볼 필요없이 당연히 맞습니다라는 말밖에 답변 내용이 있을 수밖에 없다. 이런 불필요한 질문은 안 하는 것이 유익하다.

`반대` 네, 맞습니다.

`찬성` 그렇다면 강 인공 지능에는 두 가지 종류가 있다는 점 알고 계십니까?

반대 네, 알고 있습니다.

찬성 강 인공 지능 중에서 두 번째 유형인 비인간형 인공 지능은 인간과 다른 형태의 지각과 사고추론을 발전시키는 컴퓨터 프로그램이란 점, 알고 계십니까?

반대 알고 있지만, 그것이 아직 등장하지 않았다는 것 또한 인지하고 있습니다.

찬성 네, 이 비인간형 인공 지능을 개발하기 위해 많은 과학자가 노력하고 있다는 점 알고 계십니까?

반대 네, 알고 있습니다.

찬성 네, 이 점에서 인간이 두려워해야 할 것은 인간과 같은 사고를 하는 인공 지능이 아니라 인간과 아예 다른 사고를 하는 인공 지능을 두려워해야 한다는 것 인지하고 계십니까?

※ 인공지능이 재앙이라는 점과 강인공지능 두 번째 유형이라는 점 사이에 주장하는 바가 무엇인지, 상대방의 허점과 이 문제가 어떤 관련성이 있는지가 나오지 않은 질문이다.

반대 인지하지 못합니다. 아니, 인정하지 않습니다. 그 부분에 대해서는.

찬성 네, 이 부분에 대해서는 추후 자유토론 시간에 더욱 많은 논의를 해보도록 하겠습니다.

※ 이런 말도 확인질문 시간에는 불필요하다. 상대방의 허점을 공략하는 말을 해야 하는 시간이다.

또한, 질문드릴 점은 도구를 사용하는 주체가 될 것이라고 말씀하셨는데 그렇다면 이건 알파고와 이세돌의 대국에서 과연 알파고의 돌을 놔주던 사람은 알파고의 도구가 아니었다고 생각하십니까?

반대 다시 한 번 말씀해 주시겠습니까?

찬성 대국 중에 알파고의 돌을 놔주는 사람이 있었다는 것 알고 계십니까?

반대 네, 알고 있습니다.

찬성 그 사람은 인공 지능의 도구였다는 점, 인정하십니까?

반대 인공 지능의 도구가 아니라 인공 지능이 그것을 직접 놓을 신체가 없기 때문에 대신해준 것이죠.

찬성 네, 그처럼 인공 지능이 사고하기 시작하면 인간은 인공 지능 아래에서 일하게 된다는 것 인정하시는 것 맞습니까?

반대 인정하지 않습니다.

찬성 네, 이 부분에 대해서도 추후 자유토론 시간에 더 논의해 보도록 하겠습니다. 마지막으로 위험을 최소화하는 방안은 인간은 항상 생각해 왔다고 하신 점 맞습니까?

반대 네, 맞습니다.

찬성 네, 이 부분에서 어느 특정 한계점을 넘어가게 되면 돌이킬 수 없을 만큼 인공 지능이 발전해 있을 거라는 것을 인정하십니까?

반대 인정하지 않습니다.

찬성 여기서 마치도록 하겠습니다.

확인질문을 여러 가지 하는 것이 중요한 것이 아니다. 상대방의 허점을 공략하는 확인질문을 파고 들어가서 적어도 한 질문에 대해 3건 이상의 관련 질문을 통해 상대측의 허점이 스스로 드러나도록 유도해야 좋은 확인질문이라고 볼 수 있다.

— 찬성측 첫 번째 반론(병)

찬성 찬성측 병 첫번째 〈반론〉 시작하겠습니다 우선 반대측에서 말씀해 주신 세 가지 논점 다시 한번 짚어 보도록 하겠습니다. 그리고 그것에 대한 반박 들어가겠습니다.

첫 번째는 AI는 절대 인간보다 우월할 수 없고, 인간이 AI를 지배할 것이다라고 말씀하셨습니다. 그리고 인간은 주체성을 가지고 있고 그 능력을 유지할 수 있다고 말씀하셨는데요. 과연 인간이 그 우월성을 지킬 수 있는지에 대한 염려가 필요한 것 같습니다. 예술 분야를 예로 들겠습니다. 또한, 노동력 대체에 대해서 말씀드리겠습니다.

인간은 현재 심리치료사, 아니면 피아노 선생님 등 다양한 직업군이 있습니다. 하지만 이것을 이 AI가 대체하게 된다면 이 노동력들은 어디로 가게 됩니까? 이 말은 AI가 단순한 영역에 머무르는 것이 아니라 다양한 우리 삶에 있어서 도구로 이용되는 것이고 혹은 그 도구로 이용됨에 있어서 그게 심화되고 또한, 어떤 특이점을 넘게 된다면 다시 돌이킬 수 없는 상황이 온다는 것입니다. 이럴 때 오는 그 노동력 부족 현상과 그런 사람들이 일하지 못할 때 얻는 괴리감과 허탈함은 절대로 우리가 해결할 수 없는 그런 영역이라고 생각합니다.

두 번째로 편리한 세상이 올 것이라고 하셨습니다. 노동력에 너무 국한되지 않고 또한, 창의적인 활동을 더 할 수 있을 것이라고 하셨습니다. 물론 AI를 이용하게 되면 노동시간은 줄어들게 됩니다. 그러면 인간은 행복하게 될까요? 예술 분야로 말씀드리겠습니다. 최근 '프렌즈' 같은 드라마를 각각 해석한 AI가 나왔습니다. 인간이 하나의 아이디어로 던지고, 그에 대한 결과는 AI가 만들게 됩니다. 이런 세상 과연 행복할까요?

※ 논제는 재앙이다 아니다를 주장해야 하는데, 행복이라는 관계가 먼 주장을 들고 있다. 논점일탈의 오류로 볼 수 있다.

세 번째로 난제 해결의 실마리가 된다고 말씀하셨습니다. 그리고 AI의 잠재적 위험성을 최소화하면 된다고 말씀하셨습니다. 하지만 이에 대해서 저흰 윤리적인 문제를 말씀드립니다. 아까 확인 질문 때 그에 대한 책임은 소유주가 마치 애완동물을 주인이 해결하는 것처럼 소유주가 해결하면 되는 것 아니냐고 말씀하셨습니다마는 과연 그 AI의 주인이 누굽니까? 소유주입니까? 개발자입니까? 그것에 대한 책임이 모호합니다.

※ 이에 대해서는 법규로 %를 정하면 된다. 재앙이 되는지 아닌지에 대한 근거를 제시해야 될 것이다.

또한, 자율주행자동차 예로 들겠습니다. 자율주행 자동차는 전형적인 AI입니다. 이 AI를 써서 만약에 윤리적인 문제. 즉, 사고가 나게 된다면 실제로 IBM 왓슨은 여러 사고를 내기도 했습니다. 그런 경우에 있어서 과연 이것을 누구에게 책임을 물을 것이며, 어떤 사람이 이 피해자의 넋을 달래줄 수 있을까요? 이에 대해서 좀 더 다양한 접근이 필요하다고 생각합니다. 이상 병 〈반론〉 마치겠습니다.

> 반론을 할 때는 "인공지능, 미래의 재앙이다"라는 논제를 중심으로 상대측의 주장에 대한 허점을 공략해야 한다. 찬성측의 반론은 책임소재가 모호하다는 이유로 주장하고 있는데, 책임소재가 모호하다고 재앙이 되지는 않으므로 보다 타당한 근거로 주장할 필요가 있다.

━ 반대측 확인질문(갑)

반대 반대측 갑 〈확인질문〉 시작하겠습니다. 병 토론자께서 강한 인공 지능이 등장하지 않을 것이라는 저희 주장에 대한 반박으로 인간이 계속적으로 우월성을 지킬 수 있겠냐고 반문을 하시면서 예술 분야로 이 인공 지능이 침해했다고 말씀하셨습니다. 맞습니까?

찬성 맞습니다.

반대 그런데 예술의 의미는 그 결과에 있기보다는 과정이 있습니다. 인정하십니까?

찬성 인정합니다.

반대 예술은 예술가들이 그 활동, 창조적인 활동을 하면서 자유와 해방감을 느낍니다. 인정하십니까?

찬성 인정합니다. 그 후에 다른 점은 자유토론 때 말씀드리겠습니다.

반대 그런데 로봇이 예술 활동을 하면서 즐기고 누리고 해방감, 자유를 느낄 수 있습니까?

찬성 느낄 수 없습니다. 그렇기 때문에 문제가 되는 것입니다.

※ 해방감, 자유를 느낄 수 없기 때문에 무슨 문제가 되는지, 또한 이것이 재앙과 무슨 관련이 되는지를 말하면서 대답을 해야 한다.

반대 그게 어떻게 문제가 되는지 정확한 주장과 근거를 말씀해 주실 수 있습니까?

※ 확인질문은 3분으로 대화의 시간으로는 상당히 짧다. 답변자가 긴 시간을 사용하지 않고 질문자가 확인질문의 주도권을 갖도록 해야 한다. 그러므로 예, 아니오로 답할 수 있는 닫힌 질문을 해야 한다. 말씀해 주실 수 있느냐는 질문은 확인질문 시간을 상대방에게 내어주는 자살골과 같다.

찬성 지금 말씀드릴까요?

※ 간단히 말할 수 있는데, 답변자가 되묻는 것도 타당한 답변 형태가 아니다.

반대 자유토론 때 자세히 제시해주시기 바랍니다.

※ 말씀해 주실 수 있느냐는 열린 질문을 해놓고 그 근거는 자유토론 때 자세히 말해달라는 말은 앞뒤가 맞지 않는다. 확인질문다운 허점을 공략하는 내용으로 질문을 해야 한다.

찬성 알겠습니다.

반대 윤리문제에 대해서 언급을 해주시면서 AI의 주인이 누구인가? 소유주인가 개발자인가에 관한 문제가 제기될 수 있다고 말씀해 주셨습니다. 맞습니까?

찬성 네, 맞습니다.

반대 그런데 오늘날 상식적으로 앞서 애완동물의 이야기를 들어서 확인질문을 했었는데요. 소유주가 책임을 지는 것. 그 도구를 소유하고 있는 사람이 책임을 지고 있는 게 상식적인 우리의 해결 방안이라는 것. 인지하고 계십니까?

찬성 동의하지 않습니다.

반대 동의하지 않는 근거를 제시하실 수 있습니까?

※ 동의하지 않는 근거를 제시하라고 열린 질문을 하는 것보다는 인공지능의 사고에 대해 소유하고 있는 사람이 책임을 지는 것이 애완동물의 사고에 대해 주인이 책임을 지는 것과는 다르다고 보십니까라는 질문으로 둘의 경우가 같다는 것을 강조하는 것이 더 타당할 것이다.

찬성 나중에 자유토론 때 제시하겠습니다.

반대 네 알겠습니다. 앞서 반론에서 인공 지능에 의해 인간이 도태

반대 될 것이라고 말씀하셨습니다. 맞습니까?

찬성 맞습니다.

반대 인간이 도태된다는 것은 이 사회에서 인공 지능으로 인해 인간이 소외되는 것으로 같은 의미로 봐도 무방합니까?

찬성 네, 그 예시로 디지털 치매로 예시를 들겠습니다.

반대 네, 인간 소외의 정의는 인간이 스스로의 필요에 의해 만든 문화를 지배하지 못하고 오히려 그에 의해 인간이 지배되는 현상을 말합니다. 맞습니까?

찬성 맞습니다.

반대 그렇다면 인간이 인공 지능을 통제하고 지배할 수 있다면 이런 인간 도태되는 현상, 인간 소외현상이 일어나지 않는다고 봐도 됩니다. 이에 동의하십니까?

찬성 만약 그렇게 된다면 그 전제가 옳다면 인정합니다.

반대 인공 지능이 인간의 통제를 벗어나서 인간을 지배할 것이라고 계속 주장하시는데 그 과학적인 근거, 가지고 계십니까?

※ 열린 질문형태이다. 찬성측은 이미 특이점 이론이라는 과학자의 주장을 근거로 들어 2040년에는 강인공지능이 도래할 것이라고 주장한 바 있다. 이것이 과학적인 근거가 아니면 무엇이 과학적인 근거인지. 가능하면 닫힌 질문을 해야 하므로 인간이 통제할 수 있는 인공지능만 개발하도록 국제적인 법적 규제를 하는 것이 가능하다고 보십니까? 라는 질문도 가능할 것이다. 왜냐하면 배아복제 연구도 배아복제 인간을 충분히 만들 수 있는 기술력이 발전적으로 이루어질 수 있지만, 이에 대해서는 국제적으로 법적 규제를 통해 개발하지 못하도록 한 바가 있다.

찬성 네, 가지고 있습니다.

반대 그 근거 자유토론 시간에 제시해 주시기 바랍니다.

※ 확인질문 시간에 벌써 두 번째로 자유토론에서 제시해달라는 언급을 했다. 상대방의 허점을 드러내는 확인질문 시간에 할 말이 아니다.

찬성 네, 알겠습니다.

반대 앞서 일자리 상실 문제를 사회 문제, 인공 지능이 야기할 수 있는 사회 문제로 지적해주셨습니다. 맞습니까?

찬성 맞습니다.

반대 그런데 오늘날 다원화된 사회 속에서 하나의 사회 문제는 다양한 원인이 존재합니다. 맞습니까?

찬성 맞습니다.

반대 그렇다면 미래의 일자리 상실이나 실업 문제의 원인을 오직 인공 지능으로만 볼 수 없습니다. 맞습니까?

찬성 그렇습니다. 하지만 AI가 상당한 부분을 차지하고 있습니다.

반대 여기서 반대측 갑 〈확인질문〉 마치겠습니다.

확인질문은 닫힌 질문을 해야 한다. 반대측 갑은 계속해서 열린 질문을 하며, 제대로된 확인질문을 이끌어가지 못하고 있다. 게다가 닫힌 질문을 하지 못한 채 답변을 자유토론시간에 해달라는 말을 두 번씩이나 하고 있다. 특히 반대측의 가장 난제인 강인공지능에 대한 대비근거를 충분히 가지고 있어야 함에도 찬성측에게 오히려 질문하고 있는 형국이다.

━ 반대측 첫 번째 반론(병)

반대 반대측 병 〈반론〉 시작하겠습니다. 앞서 찬성측께서는 입론에서 강한 인공 지능이 도래하지 않을 것이라고 하는 것은 지나친 낙관주의라고 말씀하셨습니다. 그리고 인공 지능은 스스로 생각하고 추론하는 것이 가능하다고 하셨습니다. 하지만 제아무리 인공 지능이 발전한다고 하여도 인간만의 고유영역이 지켜질 것이라는 과학적 설명 드리겠습니다.

현재 인공 지능의 혁신적인 기능이라 불리는 딥러닝 기술의 원리를 이해하면 인간과 기계의 가장 치명적인 차이를 알 수 있습니다. 딥러닝 기술이란 인간의 뇌 구조를 모방한 인공신경망으로 구성되며 입력된 알고리즘을 이용해 수많은 데이터 속에서 패턴을 발견하고 스스로 추론 및 판단을 하는 자가학습 능력입니다. 하지만 이는 주어진 알고리즘 즉, 주어진 전제를 바탕으로 결론이 참인지 거짓인지를 바라보는 귀납적 추론에 해당합니다. 반면 인간은 이것과 더불어 연역적 추론까지 가능하다는 점에 주목해야 합니다. 연역적 추론이란 두 가지 이상의 일반 법칙을 조합해 새로운 명제를 만들어 내고 무한한 가능성 중에서 유용한 사실을 도출하는 추론을 말합니다. 수많은 가설 중 그럴듯한 가설을 골라내는 능력 즉, 합리성과 비합리성을 적절하게 조합해 판단 내리는 능력 즉, 직관이 있기 때문에 가능한 것입니다. 이뿐만이 아닙니다. 규칙을 깨고 새로운 것을 의식적으로 만들어 내는 창의성, 현실을 능동적으로 구성하고 해석하는 인지능력, 삶의 의미를 찾으려는 욕구와 의지, 자신이 다른 사람과 다른 고유한 존재임을 인식하는 자의식과 정체성들은 모두 주어진 전제와 데이터로 학습하는 기계가 따라할 수 없는 명백한 고유영역입니다. 찬성측께서는 이러한 인간만의 고유영역들을 어떻게 인공 지능 기술이 침해할 수 있는지 그 납득할만한 근거를 제시하셔야 할 것입니다.

※ 과학자들이 특이점 이론을 주장하며 인간을 지배하는 강인공지능이 출현할 것 이라고 주장한 것에 대한 반론도 필요하다.

　　두 번째로 산업분야의 근간이 흔들리며 지식서비스산업과 같은 대부분 인간 일자리가 대체 될 것이라 하셨습니다. 이에 대해 반박하겠습니다. 인간의 고유영역이 존재하는 한 인간만이 계속 맡아서 일할 수 있는 부분은 반대측께서도 인정하셨습니다. 하지만 뿐만 아니라 인간이 결코 내주지 않을 직업 또한 존재합니다. 사회에서 중요한 판단을 내리는 판사나 CEO, 국회의원 등의 의사결정은 결코 인공지능에게 맡겨 두지 않는 것입니다. 그 누구도 인공 지능이 만든 법 아래 살려고 하지 않을 것이기 때문입니다. 그뿐만 아니라 역사적으로 비춰봤을 때, 하나의 변혁적인 새로운 기술이 나타나면 항상 일자리는 생겨났습니다. 자동차 일례를 들어 보겠습니다. 대다수의 사람은 자동차가 등장하며 마부들의 일자리가 사라짐에 따라 노동시장에 커다란 악영향을 미칠 것으로 예측했습니다. 하지만 실제로 어땠습니까? 자동차가 다니기 위한 도로를 깔기 위해, 자동차 에너지를 공급하기 위해, 새로운 법규를 정하고 가르치기 위해 다양한 분야에서 산업이 생겨났고, 그에 따라 필요한 새로운 일자리가 생겨났습니다. 실제로 지금의 사회를 살아가는 우리는 새로운 기술이 가지고 올 변혁을 예측하기 힘듭니다. 그렇기 때문에 새로운 산업의 창출, 패러다임 변화에 따른 그 효용 역시 제대로 견제하지 못하고 있는 것입니다. 이상 반대측 병 〈반론〉 마치겠습니다.

> 　　반론은 철저하게 상대측의 주장이나 확인질문에서 나온 내용을 바탕으로 해야 한다. 특히 특이점 이론에 대해서는 반대측의 치명적인

> 허점이 될 수 있으므로 탄탄하게 근거를 준비했어야 한다. 연역적 추론이 인간만의 것이라는 주장은 공격받기 쉬운 논거이다.

━ 찬성측 확인질문(갑)

찬성 네, 반대측 반론 잘 들었습니다. 몇 가지 궁금한 점이 있어서 〈확인질문〉드리도록 하겠습니다.

※ 몇 가지 궁금한 점이 있어서 라는 말은 불필요하다. 그냥 확인질문 시작하겠습니다 로 시작하는 것이 좋다.

우선 강 인공 지능의 도래에 있어서 딥러닝 기술을 말씀해 주셨는데 맞습니까?

반대 맞습니다.

찬성 인간의 뇌 구조를 모방하는 것이며 알고리즘을 통해 자가학습하는 것이라서 알고리즘은 결국, 귀납적 추론이라는 거 말씀하신 거 맞습니까?

반대 네, 맞습니다.

찬성 또한, 인간은 연역적 추론이 가능하다고 말씀하신 거 맞습니까?

반대 네, 맞습니다.

찬성 그런데 인공 지능이 자율학습을 통해 스스로 정보를 찾아서 학습한다는 것이 연역적 추론이라는 것 인정하십니까?

반대 인정하지 못합니다.

찬성 그렇다면 창의성, 의지, 고유한 존재감을 느끼는 건 인간뿐이라고 말씀하신 것 맞습니까?

찬성 네, 있습니다. 우선 쉬운 예로 들어드리면, 무어의 법칙이란 것이 있는데요. 이것은 CPU(Central Processing Unit) 속도가 약 1.5년에 두 배씩 증가한다는 법칙인데요. 이처럼 인공 지능의 발전은 우리가 예상하는 것보다 훨씬 빨라진다는 것이고, 그 말은 많은 학자들이 현재 예상하기에 강 인공 지능의 도래 연도는 2040년이고 2040년을 지나게 되면 특이점을 넘어서게 된다고 주장했기 때문에 충분히 근거 있는 가설이라고 생각합니다.

반대 네, 알겠습니다. 찬성측께서 말씀해 주신 그 인간의 고유영역이 알파고에 의해 모방이 되었다는 말씀에 대한 반론 이야기하겠습니다. 인공 지능이 현재 뛰어난 것은 지적 추리 능력입니다. 바둑과 예술에서 인간의 창의성이 모방 되었다는 것은 그러한 비합리적 메커니즘이 전부 수리 능력을 번역해 발현된 것이지 어찌 인간을 그것과 같다고 할 수 있겠습니까? 감정을 모방할 수 있을 뿐, 직관을 모방할 수 있을 뿐이지 어떻게 감정을 가질 수 있다고 말씀을 하겠습니까?

※ 인간과 같을 수 없다는 것과 재앙이 된다는 것은 무슨 관계가 있는지 알 수 없다. 자유토론에서는 더 심화된 논거로 토론을 해야 하는데, 찬성측과 반대측 모두 나왔던 내용을 반복한다는 점에서 아쉽다.

그 다음 바로 이어서 다음 질문 넘어가겠습니다. 찬성측께서는 윤리적 문제로 고귀한 인간의 존엄성 파괴로 아, 죄송합니다. 이에 대한 답변 듣고 싶습니다.

찬성 네, 그것에 대해서 답변을 드리자면 AI가 물론 인간이 자기가 일할 수 있는 능력, 그리고 그 범위가 있는 것은 사실입니다. 하지만 그것은 무엇입니까? 그래봤자 예술 분야나 창의력, 그리고 아이디어를 내는 존재 밖에 불가합니다.

※ 인공지능이 할 수 일과 인간이 할 수 있는 일을 너무 단순화시키고 있다. 세상이 바뀌면 새로운 직업이 탄생한다는 것은 자명한 이치이다. 조회수가 많은 유튜버가 직업이 되고 돈을 많이 벌 수 있다는 것은 이전에는 상상도 할 수 없었던 일이다.

하지만 70억 인구가 이것을 대체할 수 있습니까? 그에 대한 과당 경쟁이 일어날 것이고 그것도 역시 티핑포인트, 특이점 이론에 부합합니다. 그것에 대해 어떻게 생각하십니까?

반대 지금 방금 예술 분야나 뭐, 일정 그냥 소수의 분야만 대체할 것이라고 말씀하셨는데 그 예술 분야만 인간이 계속적으로 유지를 하고 나머지는 대체가 될 건데 그것을 어떻게 할 것이냐고 물어보신 것 맞습니까?

찬성 저희가 주장하고 싶었던 바는 예술적 분야나 창조적 분야 빼고는 AI가 많이 대체할 것이라고 생각을 했고 그 때문에 그 두 가지 분야를 제외하고선 인간이 어떤 분야에 종사하게 될지가 의문이 남는 것입니다.

반대 이해했습니다. 그런데 저희는 그 분야만 인간의 영역일 것이고 나머진 다 대체된다는 주장에 동의하지 않습니다. 왜냐하면, 인공지능과 인간이 협업하는 시스템으로 변화될 것이기 때문이죠. 예컨대 변호사 일자리 대체 될 거라고 예측이 나오고 있고, 의사 대체될 거라고 예측이 나오고 있는데 그 의료분야, 법조계 분야 가운데서도 인간만이 할 수 있는 일이 존재할 것입니다. 예컨대 사람과 얼굴을 맞대고 소통하는 일이라든지, 어떤 가치 판단을 내리는 일이라든지 인간이 할 수 있는 분야가 반드시 존재한다는 말이죠. 예컨대 우리는 진료를 받을 때 차가운 기계가 우리의 병명을 말하는 것을 원하지는 않을 것입니다. 그렇기 때문에 인간이 할 수 있는 분야가 계속적으로 존재할 것이고, 완전한 대체는 일어나지 않을 것입니다. 그리고 패러다임을 전환할 필요가 있는데요. 지금 청년실업 문제 심각합니다. 실업자 너무 많고 양극화도 심각합니다. 새로운 시장이 도래할 것입니다. 인공 지능이 등장을 하게 되면. 그럼 새로운 시장이 도래함에 따라 새로운 일자리가 창출될 것이고 그렇게 되면 경제적으로 불평등이 심화되고 실업이 증가할 것이라는 찬성 측 주장에는 문제가 있는 것으로 생각합니다. 이에 대해 어떻게 생각하십니까?

찬성 네, 직종 내에서 같이 협업을 하면서 발전한다고 말씀해 주셨는데요. 그럼 직종 내에서 같이 협업하면 노동 시간이 감소하겠죠? 그렇다면 노동의 신성성에 대한 침해라고 생각합니다. 또한, 직종 내 양극화 문제를 생각해 볼 수 있는데요. 협업의 성공에 대해서 말씀해 주셨는데 이는 인공 지능도 가격대에 따라서 좋은 인공 지능이 있고 나쁜, 그 질이 조금 떨어지는 인공 지능이 있을 것입니다. 그렇다면 지식서비스산업이나 이런 분야에서 현대 사회 중산층들의 각각의 그 직종 내에서도 비싼 걸 사는, 협업에 성공하는 분야는 더 성장할 것이고, 그렇지 않은 사람들은 더 많이 떨어질 것입니다. 그렇다면 직종 내 양극화 문제까지 발생하게 되는데 이는 재앙이라고 할 수 있지 않나요?

반대 먼저 노동의 신성성에 관해 이야기 하셨는데 그 부분에 대한 반론 먼저 하겠습니다. 노동을 신성성이 있다, 자아실현 수단으로써 효과적이다, 이런 이야기 나옵니다. 하지만 노동을 잃는다고 해서 인간이 살아가는 의미를 상실하는 것은 아닙니다. 이것은 자본주의 사회가 만들어 낸 환상에 불과하다는 의견 말씀드리고 싶습니다. 지금 노동하면서 자아실현 하는 사람, 고행복과 보람을 느끼는 사람이 과연 그렇지 않은 사람보다 얼마나 더 많을까요? 지금 우리 사회에 만연한 문제는 과잉노동입니다. 한병철의 『피로사회』에 의하면 현대인들은 과한 업무 때문에 항상 피로해 합니다. 너무 현 사회를 이상적으로 보고 있는 것이 아닌가 하는 질문을 드리고 싶습니다. 그리고 양극화 이야기하셨습니다. 양극화에 대한 이야기 먼저 드리기 이전에 우리는 기존의 양극화와 그리고 인공 지능이 도래함에 따라 생겨날 기술 양극화 구분해야 한다고 생각합니다. 기술과 자본의 속성차이 때문에 생겨나는 차이인데요. 기존의 양극화는 소득에 대한 어떤 그런 양극화로 설립에 대상이 되는 소득이 그 가치를 보전하고 있을 그 소득을 소유할 때 그 가치를 보존하는 속성이 있습니다. 하지만 기술 양극화는 나눴을 때 그 가치가 배가되는 기술의 속성을 가지고 있습니다. 그렇기 때문에 기술을 가진 자는 그것을 나누고 가치를 창출하려 할 것이기 때문에 극심한 기술의 독점, 예방될 수 있을 것입니다. 이에 대해 어떻게 생각하십니까?

찬성 네, 일단 앞서 질문해 주신 새로운 시장의 도래로 인하여 일자리가 창출되고 그것은 청년실업 문제를 해결할 것이라는 반대측의 주장에 대한 말씀드리겠습니다. 일단 새로운 시장이 도래할 것이라는 점, 저희도 인정합니다. 그리고 우리가 예측하지 못할 만큼 새로운 시장이 열릴 것이라는 점 인정합니다. 하지만 과연 이런 시장을 인공 지능과 인간의 비율이 어느 정도로 적정선을 맞춰서 만들어지는지 아무도 모르는 일입니다. AI는 굉장히 똑똑한 인공 지능이기 때문에 우리의 역할을 많이 대체하게 될 것이고, 예를 들면 인공 지능이 12시간 일한다면 인간은 2시간만 일을 해야 될 수도 있습니다. 이때 우리가 우려하는 것은 24시간 중 2시간 일을 하고, 일곱 시간을 잠을 자게 될 경우에 남은 시간 동안 어떤 식으로 자아를 실현하고 살 것인지 전혀 아무런 대안이 없다는 것입니다. 아무리 여가생활을 즐긴다고 하더라도 그것에는 한계가 있고 자신의 꿈을 향해서 달려 나가는 일자리에 대한 자아실현은 꼭 필요하다고 생각합니다.

※ 인공지능이 자아실현을 방해하여 재앙이 된다는 것은 설득력이 약하다. 보다 설득력이 있는 논거가 필요하다.

찬성 네, 추가적으로 제가 다시 답변해 드리면.

반대 저희 지금 저희 발언 시간이어서.

찬성 질문이 2개 아니었나요? 발언하세요.

반대 이에 대해서 반론 드리고 싶습니다. 지금 찬성측께서는 계속 새로운 사회가 도래돼도 일자리, 새로운 시장 창출되는 거 인정한다. 그것을 역사적으로 앞서 우리가 마부와 그런 마부의 사례를 들어줬을 때도 그것은 마부뿐만 아니라 많은 1차, 2차, 3차 산업혁명에서 우리가 누누이 생각할 수 있듯이 그렇게 창출되었던 새로운 시장은 분명히 창출될 것입니다. 이것은 확실한 사실이고요. 하지만 찬성측은 이러한 확실한 사실은 도외시하고 그저 이런 확실한 사실이 있기는 하지만 우리는 미래에 인공 지능에 의해서 비율이 인공 지능과 인간의 비율이 어떻게 될지도 모르고 이런 예측 불가능한 그런 확실하지도 않은 가설만을 가지고 이를 도외시하고 있습니다. 저희가 생각할 때는 그런 확실한 사실이 중요한 것이 아니라 지금 현재 일자리 문제 심각합니다. 과연 그럼 확실하지도 않은 증명되지 않은 사실을 가지고 그 돌파구를 여기서 찾는 것이 잘못된 일이 아니라고 생각합니다. 꼭 필요한 일이라고 생각합니다. 그럼 찬성측께서는 어떤 다른 그런 확실하지 않은 사실에 대한 대안, 돌파구가 이런 인공 지능이 될 수 없다고 생각하시는 것입니까?

찬성 그것에 대해서 답변 드리겠습니다. 물론 AI가 새로운 산업을 창출할 것이고 새로운 세계에 들어갈 것입니다. 하지만 과연 어떤 문제가 생길까요? 네, 마부 얘기 예시로 들어주셨습니다. 물론 마부가 있기 전에 자동차가 생기면서 도로가 생겼고 많았습니다. 하지만 지금 현재 우리 자전거, 차 없으면 살 수 있을까요? 지금 출장 가는 사람들 자동차 없으면 큰일 납니다.

　　자유토론 시간에는 그동안 논의됐던 부분에서 추가로 논의가 필요했던 논의나 논거에 대해 논의하는 시간이다. 그런데 찬성팀과 반대팀 모두 기존에 이미 논의가 되어 결론이 난 부분에 대해서 동어반복을 하고 있는 셈이다. 그리고 토론에서는 항상 이 논의나 주장이 "인공지능, 미래의 재앙이다"와 관련이 돼 있어야 하는데, 논제와 관련이 적은 논거를 가지고 주장을 하다보니 설득력이 약할 수밖에 없다.

— **찬성측 두 번째 반론(을)**

찬성 찬성측 〈재반론〉 시작하도록 하겠습니다. 우선 우리는 오늘 '인공 지능 과연 미래에 재앙인가' 대한 토론을 이어왔습니다. 이 부분에서 반대측 입장 하나하나를 짚어 보고자 합니다. 첫 번째로 말씀해 주신 점은 강 인공 지능의 도래는 있지 않을 것이라는 말씀을 해주셨습니다. 이에 대해 저희는 이것은 지나친 낙관주의라는 점 다시 한 번 강조하고 싶습니다.

※ 반론은 자신의 팀의 주장을 한번 더 강조하는 것이 아니고 상대방 팀의 주장에
   대한 반박을 하는 것이다. 마지막 을의 반론은 반대측의 주장에 대한 것이나,
   그동안 자유토론에서 나왔던 반대측의 주장에 대한 반론을 해야 한다. 여기서
   찬성팀의 주장을 한번 더 강조하는 것은 감점 요소이다.

충분히 알파고는 약 인공 지능으로 만들어졌다 하더라도 강 인공 지능으로 진화하려는 모습을 많이 보여 왔고, 또한, 마이크로소프트나 아니면 다른 회사들에서 개발했던 인공지능들도 강 인공 지능의 형태를 띠는 경우가 굉장히 많았습니다. 이는 강 인공 지능이 도래할 것이라는 점에 대한 충분한 그런 뒷받침이 된다고 생각합니다. 따라서 지나친 낙관적 태도는 여기서 굉장히 위험하다고 생각합니다. 또한, 도구를 사용하는 주체가 될 것이다 인간은 객체가 되지 않을 것이다라는 주장에 대해서 반대하는 바입니다. 인간은 현재에도 알파고에 돌을 놔주는 그런 형태를 통해 충분히 도구가 될 수 있다는 조그만 현상을 보였습니다. 이러한 현상이 나중에 퍼지게 된다면 나비효과처럼 걷잡을 수 없이 퍼져 나갈 것입니다.

※ 동어반복은 삼가는 것이 좋다.

두 번째로 인공 지능은 삶의 질을 향상 시켜줄 것이라고 말씀하셨습니다. 또한, 3D 산업을 인공 지능이 대체하게 되어 굉장히 많은 편리성을 가져다줄 것이라고 말씀하셨습니다. 과연 인공 지능이 개발되어 우리 뇌에 침투하게 된다면 과연 인간은 인공 지능의 지배를 받지 않고 살아갈 수 있을까요? 식물인간을 돕기 위해 뇌에 시냅스를 읽는 인공 지능이 생겼다고 생각해 봅시다. 이 인공 지능이 스스로 발달하기 시작하여 인간에 대한 악의를 품는 순간 우리는

걷잡을 수 없게 됩니다. 과연 3D 산업을 대체하고자 소탐대실을 일어나게 할 것인지 이 점도 생각해봐야 할 부분입니다.

　　세 번째로 여러 가지 문제들의 실마리가 될 것이다 특히 청년 실업이나 일자리 문제에 대해서 많이 말씀을 해 주셨는데요. 이 부분에서도 과연 인공 지능 산업 분야를 연다고 하면 이런 실업 문제가 모두 다 해결될 것일까? 이것도 생각을 해 봐야 합니다. 청년들은 현재 인공 지능에 대한 정확한 이해가 많이 이루어지지 않고 있다고 생각합니다. 과연 이 자리에 있는 분들 중에 AI가 어떤 방식으로 작동하는지 알고 계신 분이 100%일까요? 저는 그렇게 생각하지 않습니다.

※ AI가 어떤 방식으로 작동하는지 아는 것과 재앙이 되는 것과는 무슨 관계가 있다고 주장을 하는 것인지, 이는 재교육을 하면 되는 것이지 재앙이 되는 것과는 관련이 없으므로 타당성이 있는 반론이라고 하기 어렵다.

　　이 부분에서도 재교육이 이루어져야 하며 또한, 인공지능산업의 도래로 인하여 윤리적인 책임을 져야 할 시기가 오면 과연 일자리 창출이 큰 문제가 될까요? 아니면 윤리적 책임이 큰 문제가 될까요?

※ 이 문제도 재앙이 된다는 것과 무슨 관련이 있는지 근거를 대고 주장을 해야 할 것이다.

　　우리는 재앙을 그 전제로 깔고 어떤 게 재앙이 될지에 대해서 더 많이 구분을 해보고 우리가 작은 것을 얻기 위해 큰 것을 버릴 것인가 고민해야 합니다. 여기서 〈재반론〉 마치도록 하겠습니다.

찬성측 반론은 자신들의 입론을 가져와서 반론을 하고 있는데, 반론을 할 때는 상대방 입론과 확인질문을 공략하는 데만 초점을 맞추어야 한다. 그리고 반론은 항상 논제인 "인공지능, 미래의 재앙이다"와 계속해서 관련을 지을 필요가 있다.

━ 반대측 두 번째 반론(을)

반대 네, 반대측 을 두번째 〈반론〉 시작하도록 하겠습니다. 우선 찬성 측께서는 첫 번째 논거로 강 인공 지능은 도래하지 않을 것이라는 저희 측의 주장에 계속해서 지나친 낙관주의라는 말만 일관하고 계십니다. 하지만 저희가 계속해서 앞선 자유토론에서 이에 대한 전문가들의 예측, 의견 말고 또 다른 어떤 구체적인 과학적인 메커니즘에 근거가 있는가라고 질문했는데 이에 대한 정확한 알파고 이외에 사례는 들지 않았으며, 과학적인 근거 또한 말씀해 주시지 않았습니다. 그리고 또한 저희가 자유토론에서 앞서 논의 드렸던 양극화 문제에 대해 좀 더 자세히 반론 드리고자 합니다. 저희가 누누이 인공 지능이 양극화 문제에 돌파구가 될 수 있었다는 점은 바로 이런 점 때문입니다. 저희는 자본주의의 속성에 대해 다시 한 번 생각해 보아야 합니다. 모두가 알다시피 기업은 이윤을 추구하는 주체입니다. 그렇다면 한번 생각해 봅시다. 기술을 소유한 기업이 기술 독점하고, 극심한 양극화가 일어날 것이라고 우려하셨습니다. 하지만 기업이 인공 지능을 개발하는 이유가 무엇입니까? 그것은 바로 저희 모두가 알고 있듯이 강한 자, 약한 자 모두 상관없이 인공 지능이 이 세상에 범용화되는 것입니다. 기업은 그것을 목표로 선정하는 것이고요. 그렇기 때문에 자신의 제품을 소비할 잠재적 수요자가 만일 직업을 잃게 된다면, 기업은 어떻게 될까요? 아무도 기업이 만든, 구글이 만든 인공 지능 소비하지 않게 되겠죠. 따라서 기업은 그것을 소비할 잠재적 수요자가 직업을 잃도록 절대 방치 하지 않을 것입니다. 오히려 그들의 소득을 보장해 주도록 일자리를 보장해 주도록 열심히 노력할 것입니다.

또한, 앞서 찬성측께서 입론에서 말씀해 주신 윤리적 문제, 오류의 문제에 대해서 반박하고자 합니다. 자율 주행차의 사고 문제, 이 세상에 갑자기 자율주행차가 모두 멈춰버리는 사고 문제, 일어날 수 있습니다. 하지만 과연 이것이 매우 자주 발생할 수 있는 그런 일이라고 생각할 수 있을까요? 그렇지 않습니다. 이것은 극히 일어나기 드문 일입니다.

※ 극히 드문 일이라고 재앙이 되지는 않는다. 다른 주장을 해야 될 것이다.

또한, 저희는 인간이 가져올 오류와 인공 지능이 가져올 오류, 과연 그 두 오류 중에 어떤 오류가 더 클까요? 인간이 주는 오류가 더 클 것입니다.

※ 인공지능이 재앙이라는 주장과 강한 관련이 있어야 한다. 인간이 주는 오류가 크다는 주장은 인공지능이 재앙이 아니라는 근거가 될 수 없다.

따라서 우리가 인공 지능을 발명하는 이유 또한 인간이 어떤 오류를 발생시켰을 때 그것보다 더 훨씬 발전되고 뛰어난 그런 효용을 줄 수 있는 인공 지능을 개발하는 것입니다. 인간은 끊임없이 오류를 빚고 그 오류를 수정할 수 있는 사회적 시스템 또한 구축하기 마련입니다. 인공 지능 역시 오류를 수정할 사회적 시스템을 가지고 있습니다. AI 윤리위원장, IT 법학 이런 것들이 바로 그것이고요. 따라서 항상 기술의 발전은 그것의 안정감과 함께 도래하며, 인간은 항상 1차, 2차, 3차 그리고 인공 지능이 가져올 4차산업혁명까지 그 기술의 발전과 함께 제도의 정리도 함께 구축해 나갈 것입니다. 이상 〈재반론〉 마치도록 하겠습니다.

※ 마무리 발언은 항상 논제인 "인공지능, 미래의 재앙이다"와 관련지어 언급해야 한다.

> 반대측 반론 역시 논제와 깊은 관련성을 가지고 반론을 펼쳐나가야 한다. 찬성측과 반대측 모두 반론다운 반론을 펼치지 못했다. 반론은 상대방의 주장에 대한 반론이라는 점을 잊으면 안 된다.

― 찬성측 최종발언

찬성 찬성측 병 〈최종발언〉 시작하겠습니다. 오늘 이 자리에서 우리는 우리 인류의 미래 인공 지능이 어떤 역할을 하는지에 대해 토론을 이어나갔습니다. 반대측께선 계속해서 AI에 대한 염려는 불필요하며 인간의 협력자이다 라고 말씀하셨습니다. 하지만 반대측에서는 이것이 구체적으로 과연 예측 불가능 속에서 오는 두려움의 한 결과인 재앙에 왜 부합하지 않는지 어떤 기준으로 부합하지 않는지에 대한 언급이 없으셨습니다. 물론 과학은 우리의 삶을 윤택하게 만든다는 점 인정하는 바입니다. 하지만 저희가 지금 보고 있는 AI는 미래를 향한 과학이고 그러한 과학을 윤리적으로나 경제적으로나 사회적으로 책임을 지지 못할 때 나오는 문제점은 저희가 해결을 해야 할 것입니다. 오늘 저희는 대립되는 세 개의 논점이 있었습니다. 그것을 천천히 살펴보고자 합니다.

첫 번째는 지나친 낙관주의라고 하는 저희의 논점에 있어서 인간 능력을 비하하면 안 되고 이것에 있어서 AI는 통제 가능하다. 그런 딥러닝에 대한 개념을 설명해 주셨습니다. 하지만 그 부분을 다시 말씀드립니다. AI는 자율학습이 가능합니다. 또한, 문제제기가 불가능합니다. 문제 제기가 불가능할 시 잘못된 알고리즘을 형성하고 그것이 자가학습으로 발달되어 더 심각한 그런 상황에 왔을 때 티핑 포인트를 넘었을 때, 우리가 책임을 지지 못하면 통제하지 못하면 그것은 재앙이라고 부를 수 있을 것입니다.

두 번째로 인간 고유의 영역에 대해 설명하셨습니다. 인간 고유의 영역에 대해 설명하실 때 예술 분야를 예로 드셨는데요. 최근 '프렌즈' 아까 말씀드렸다시피 '프렌즈'에서는 다양한 종류의 '프렌즈' 드라마를 AI가 만들어 냈습니다. 인간은 지금 말씀하다시피 예술은 과정에 있어서 중요성이 있다고 말씀하셨지만,

※ 예술은 과정이 중요하다는 것이 "재앙"이라는 논제와 무슨 상관이 있다는 것인지 긴밀하게 연결할 필요가 있다. 그렇게 할 수 없다는 이 주장은 논점 일탈의 오류일 수밖에 없다.

만약 이렇게 '프렌즈'처럼 다양한 분야의 그런 예술작품들을 만들어 냈을 때, 과연 그 과정이 우리가 인정하고 그에 대해서 존중하게 될 것인지에 대해서 염려가 필요합니다.

※ 이 문제 또한 '재앙'과의 관련성이 희박하다. 관련성이 희박한 내용 역시 논점 일탈의 오류인 것이다.

또한, AI에 대해서 과다의존하는 것에 대해서 말씀드렸습니

다. 자동차를 예시로 들어보죠. 그리고 에너지에 대해서 예시를 들수 있습니다. 우리가 현재 에너지나 자동차 이용하면서 더 나은 사회를 만들게 됐습니다. 하지만 이것을 너무나 의존한 나머지 우리가 이것 없이는 살 수 없는 사회가 되었습니다. 이것에 있어서 AI가 만약 이런 새로운 세계, AI가 또 다른 의존의 한 형태로 나타난다면 이것에 있어서 우리가 통제를 못 하게 될 시 그것이 재앙이 될 것이라고 저희 측은 생각합니다.

마지막으로 윤리적인 문제에 있어서 설명해 드리고 싶습니다. 난제를 해결할 것이라고 하셨는데요. 과연 AI가 난제를 해결하고 우리가 그 AI에 있어서 윤리적인 문제를 최소화할 수 있을까요? 우리나라에 있는 윤리위원회, 다양한 IT 법학자들이 많은 비판을 내리고 있습니다. 또한, 현재 우리는 노동력에 다시 말씀드리고 싶습니다. 노동력이 대체될 것이고 우리가 더 나은, 더 다양한 것을 AI를 통해 이루어 낼 수 있다고 하셨는데요. 우리가 노동하지 않는 사회가 과연 행복할 것인지에 대한 생각이 필요합니다.

※ 행복에 대한 것이 논제가 아니다. 재앙이냐 아니냐의 논제를 두고 행복을 언급하는 것은 논점일탈의 오류이다.

최근 반영된 영화, 그녀(HER)를 보면 가정과 직장에서 소외감을 느끼며 끊임없이 갈등하는 한 남자가 있습니다. 그 남자가 AI와 사랑에 빠지게 되고 자신의 삶이 좀 더 안정화되며 그리고 그 AI에게 사랑을 주게 됩니다. 하지만 그 AI가 떠나고 그리고 그 AI가 다른 사람들과 똑같이 사랑에 빠진다는 걸 자각하게 될 시, 그 남자의 인생은 파괴되고 맙니다. 저희가 의미하는 사회는 그런 사회입니다. 이상 〈최종발언〉 마치겠습니다.

※ 영화 〈그녀〉은 인공지능이 재앙이라는 것을 말하는 영화가 아니다. 인공지능 시대에 과연 진정한 사랑의 의미는 무엇인가를 말하는 영화다. 유비추리의 오류이다.

> 최종발언은 자신들의 주장을 정리하고 상대방이 어떤 허점을 가지고 있는지를 강조하여야 한다. "인공지능, 미래의 재앙이다"라는 논제와 관련하여 찬성측은 계속 인공지능이 인간과 같지 않다는 점을 들면서 인고 있다. 인간과 인공지능이 다르기 때문에 재앙이 된다는 것인가. 다르기 때문에 재앙이 되지 않을 수도 있는 것이다. 또한 재앙을 논하는 자리에 인간의 행복을 가져와서 논거로 삼는 이유는 행복하지 않으니 재앙이라고 주장하는 것인가. 논점일탈이나 유비추리의 오류를 범하면 타당성을 가진 주장이 될 수 없다.

— 반대측 최종발언

`반대` 반대측 병 〈최종발언〉 시작하겠습니다. 최종발언에 앞서 짚고 넘어가고 싶은 점이 있습니다. 찬성측께서는 인공 지능이 도입됨에 따라 생겨날 어떤 윤리적 문제가 더욱 크고 소탐대실이라는 이야기를 하시면서 얻게 되는 것보다 잃게 되는 게 더 많다는 이야기를 해주셨습니다. 하지만 예를 들어 하나 설명해보겠습니다.

자율주행 차와 같은 로봇이 도입되면 윤리적 결정 내릴 문제 많다고 이야기 드립니다. 가령, 교통사고 발생 시 인공 지능은 탑승자와 보행자 중에 누구를 구해야 할 것인가와 같은 윤리적 판단 기준이 매우 모호한 질문이 생겨날 것입니다. 그러나 이 부분은 인간에게 있어서도 모호한 문제일 뿐 아니라 오히려 인간은 그런 상황이 오면 겁에 질려 장애물을 피하는 데 급급할 것입니다. 즉, 탁상

공론에 불과하다는 이야기입니다. 이러한 수많은 윤리적 물음에도 불구하고 자율주행 자동차가 전체 교통사고 사망자 수를 크게 줄여 줄 것은 명백합니다. 그 사용에 있어 효용이 훨씬 크다면, 인간은 기술을 이용하게 될 것입니다. 여러분 브레이크 잠김 방지장치인 ABS가 처음 도입되었던 때를 기억하시나요? 자동차가 미끄러지면서 바퀴가 잠기는 문제를 해결하기 위해 도입된 이 기술은 당시에 큰 논란이 되었습니다. 어떻게 브레이크 제어를 기계에 맡기느냐? 하는 것이 대다수의 생각이었는데요. 현재 ABS 기술이 없는 차를 생산하기는 힘듭니다. 새로운 기술과 혁신적인 도구가 도입될 때마다 사람들은 그것이 초래할 부작용을 우려합니다. 그러나 당장에 시급한 문제를 인지하지 못하고 미래에 발생할 것이라고 예측되는 문제만을 극대화하여 보는 것은 바람직한 태도가 아닙니다. <u>인간을 지배할 전인적 인공지능이 출연하는 공상 과학 영화의 한 장면이 곧 펼쳐질 것만 같아 상상만 해도 두렵습니다.</u>

※ 이 내용은 찬성측이 언급하는 내용이다. 두렵습니다라고 하는 것보다 두려워 할 수도 있습니다로 표현하는 것이 바람직하다.

　　하지만 인간은 무한한 가능성을 지닌 복잡한 존재입니다. 자신의 유익을 위해서 무엇이든 할 수 있는 합리적 인간인 동시에 타인의 고통에 연민을 느끼고 때로는 비합리적 행동을 불사하는 모순적 존재이기도 합니다. 수많은 과학자, 철학자, 예술가들이 인간을 정의 내리기 위해 일생을 바쳤지만, 결코 하나의 답을 완성할 순 없었습니다. <u>인간도 알 수 없는 인간을 뛰어넘는 기계, 과연 인간이 만들어 낼 수 있을까요?</u>

※ 이러한 인공지능이 바로 강인공지능이다. 강인공지능이 40년 이내로 만들어
　진다고 과학자들이 예측하고 있는데 이것이 불가능하다는 말을 주장하는 것인
　가. 강인공지능이 만들어질 수 있다는 주장을 반박할 만한 과학적 근거 제시가
　필요한 부분이다.

　　여러분은 현재 삶에 만족하시는지요? 만연한 청년실업 문제와
도래하는 초고령화 사회 고질적인 양극화 문제 등 세계 경제는 이
미 포화상태입니다. 이러한 위기를 해결하기 위한 돌파구로써 폭발
적인 편리함을 제공할 유용한 도구이자 인류의 난제를 해결할 변혁
의 실마리로서 인공 지능은 효과적으로 기능할 것입니다. 인공 지
능을 재앙의 씨앗으로만 볼 것이 아니라 현재 사회를 더 발전시킬
축복의 지름길로 보아야 할 것입니다. 절대 현혹되지 마라. 최근 개
봉 열흘 만에 관객 500만을 돌파하며 흥행 가도를 달리고 있는 영
화 '곡성'의 메시지입니다. 특정 개체에 대한 공포가 한번 시작되면
확신으로 바뀌고 그 확신은 곧 현실이 됩니다. 지나치게 낙관적인
믿음도 지양해야 하지만 공포감이 결코 발전에 도움이 되지 않는다
는 것을 잊지 말아야 할 것입니다. 이상 반대측 병 〈최종발언〉 마치
겠습니다.

　　반대측 최종발언 역시 논제와 깊은 관련성을 가지고 펼쳐나가야
한다. 최종발언에는 한번 더 반대측 주장을 강조하며 상대방에 대한
반론을 타당하게 펼쳤음을 강조하고, 찬성측 주장의 허점을 한번 더
강조해야 하는 것이 키 포인트이다. 반대측 최종발언은 강인공지능이
만들어질 수 없다는 것만을 강조했지 그 이유나 근거에 대해서는 언
급을 못하고 반대측 최종발언 역시 논제와 깊은 관련성을 가지고 펼

쳐나가야 한다. 최종발언에는 한번 더 반대측 주장을 강조하며 상대방에 대한 반론을 타당하게 펼쳤음을 강조하고, 찬성측 주장의 허점을 한번 더 강조해야 하는 것이 키 포인트이다. 반대측 최종발언은 강인공지능이 만들어질 수 없다는 것만을 강조했지 그 이유나 근거에 대해서는 언급을 못하고 만들어낼 수 있을까요? 라는 질문을 할 뿐이다. 그리고 마지막 임팩트 있는 에피그램으로 주장을 강조해야 하는데, "절대 현혹되지 마라"라는 믿음을 가지라는 것을 언급함으로써 재앙이 아니라는 주장을 강화하는 데 기여를 하지 못했다.

※ 영화 〈곡성〉에서의 "절대 현혹되지 마라"는 자기 확신을 가지라는 것이다. 믿는다는 것과 재앙이 아니라는 것과는 관련이 없다.

〈리처드 폴(Richard Paul)의
'비판적 사고' 모형에 접목한 찬반입론 분석〉

리처드 폴은 모든 추리적 사고에는 사고의 요소들이 잠재돼 있다는 것을 잊지 말아야 한다고 하며 "Elements of Thought"[3]를 제시했다. 이것은 목적, 질문, 정보, 해석과 추론, 개념, 전제, 함축과 결과, 관점으로 이루어져 있다.

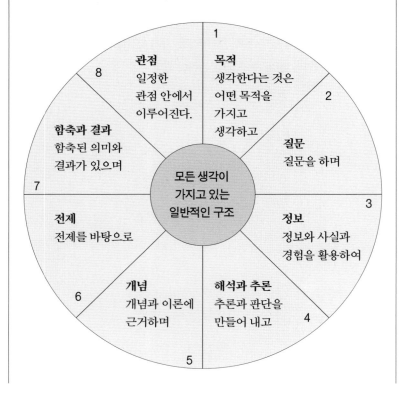

---

3 리처드 폴·린다 엘더, 박진환·김혜숙 옮김, 『생각의 기술 논술의 기술1』, HOTEC, 2006.

인공지능 개발이 지니고 있는 문제를 '인공지능, 미래의 재앙이다'라는 논제로 구성하여 진행된 제15회 〈숙명토론대회〉 결승전의 찬성과 반대 주장을 리처드 폴의 형식에 적용해 보면 다음과 같다.

〈찬성측 입장〉

1. 목적: 강인공지능이 나타나서 인류를 위협할 수 있기 때문에 인공지능은 미래의 재앙이다.
2. 질문: 인공지능이 인류의 재앙이 되는 이유는 세 가지로 정리할 수 있다.

   첫째로 사회적인 입장에서 보았을 때 강 인공지능의 출현을 막을 수 있다는 것은 지나친 낙관주의 아닌가?

   둘째로 경제적인 입장에서 보았을 때 인공지능은 산업 분야의 근간을 흔들지도 모른다. 인류의 직업의 많은 부분이 없어질 수 있다.

   셋째로 윤리적인 부분에서 보았을 때 인공지능은 두 가지 문제점을 가지고 있다. 하나는 인공지능의 오류 발생 가능성과 사용 범위 제한이 어렵다는 점이며, 또한 인공지능의 사용 범위 규정이 모호하다는 점이다.
3. 정보: 인터넷의 출현 이후, 인간이 종사하고 있는 대부분의 직종은 지식 서비스 산업이다. 이는 정보를 취합하고, 분석하여 새로운 방안을 내놓는 것으로 인공지능은 지식 서비스 사업을 충분히 대체할 수 있을 것이다.
4. 해석/결과: 2016년 알파고와 이세돌의 대국에서 알파고가 이세돌을 4승 1패로 승리하며 인공지능이 인간에게 승리할 수 있다는 것을 보여주었다. 인공지능이 인간을 넘어설 수 있다.

5. 개념: 인공지능이란 생각하고, 판단하고, 학습하는 인간 고유의 지식 활동을 하는 컴퓨터 시스템으로써 자가학습을 하는 것이다.

6. 함축/결과: 개인 정보 학습을 통해 성능을 자체적으로 향상시키도록 설계되어 있는 인공지능 기계를 해킹하여 중요한 개인정보를 유출하는 문제도 발생 가능하다.

7. 관점: 인공지능이 일정 수준 이상 개발되고 난 뒤에는 인공지능이 자신의 의지를 가지고 무서운 속도로 발전하게 될 것이며 되돌릴 수 없는 재앙을 맞이하게 될 것이다.

〈반대측 입장〉

1. 목적: 인공지능에 대한 두려움은 현재 우리사회의 배경과 인간의 심리적 특성 등 다양한 맥락에서 기인하는 것으로 실제 그것이 가진 위험성보다 과대평가되어 사람들의 입에 오르내린다.

2. 질문: 인공지능이 인류의 재앙이 되지 않는 이유 세 가지는 다음과 같다.

첫째로 인간은 무한한 잠재력과 가능성을 가진 복잡한 존재이다. 인공지능 기술의 발전으로 인공지능과 인간이 공존하며 살아갈 미래사회에도 여전히 인간만이 할 수 있는 고유한 영역들이 존재 할 것이다.

둘째로 인공지능은 우리 삶을 편리하게 만들어 주고, 생활환경 수준을 향상시킬 것이지 재앙이 아니다.

셋째로 인공지능은 미래의 난제를 해결하는 실마리가 되어 줄 것이다. 과학기술의 진보는 인류 역사의 필연적인 과정이라고 할 수 있다.

3. 정보: 어렵고, 더럽고, 위험해서 사람들이 기피하는 산업을 인공지능이 대체하게 됨에 따라 노동환경이 크게 개선될 것이다.

4. 해석/결과: 1997년 인공지능 딥블루가 체스 대결에서 인간을 이겼을 당시에도 이러한 두려움은 장시간 존재했다. 그러나 인공지능은 인류에게 더 많은 도움을 주기 때문에 재앙이 아니다.

5. 개념: 인간은 동기와 욕구, 자의식과 정체성을 가지고 있는 반면 인공지능은 특정한 한 영역에서 뛰어난 능력을 보여줄 뿐 결코 인간과 같이 사고하고 행동할 수 없다.

6. 함축/결과: 인간의 뇌 구조와 심리에 대해서도 정확하게 규명이 되지 않은 상태에서 인간과 동일한, 혹은 인간을 뛰어넘는 전인적 인공지능의 출현에 대해 이야기하는 것은 지나친 걱정이다.

7. 관점: 인간은 지금까지 그래왔듯이 앞으로도 도구를 사용하고 관리하고 통제하는 주체가 될 것이기에 인공지능을 장착한 기계가 인간을 지배하는 세상은 결코 도래하지 않을 것이다.

3. "4차 산업혁명시대에 긱 경제 적극 수용해야 한다"[4]

─ 찬성측 입론(갑)

<u>찬성</u> 찬성측 〈입론〉 시작하겠습니다. 이제 우리는 '제4차 산업혁명' 시대에 들어섰습니다. 이 시기는 창조와 붕괴가 동시에 발생하는 빅뱅 파괴의 시대입니다. 이는 기존의 제품이나 서비스를 개선하는 데 그치지 않고 인공지능, 사물 인터넷 등 새로운 시작을 창조하고 기존 질서를 깨뜨리는 혁신을 의미합니다. 4차 산업 혁명 시대에 우리는 해당 산업 현장에 관련인과 필요에 따라 임시로 계약을 맺고 이를 맡기는 형태의 '긱 경제'를 적극 수용해야 합니다. 여기서 저희 측이 말하는 '적극 수용'이란 사전적 의미에서 드러난 바와 같이 긍정적인 방향으로 능동적으로 거두어들여 사용한다는 것임을 밝힙니다. 저희 찬성측은 "4차 산업혁명 시대의 긱 경제, 적극 수용해야 한다"에 다음과 같은 세 가지 논거를 들어 찬성합니다.

첫째, 긱 경제는 사회구성원에게 긍정적인 요인으로 작용하여 경제성장을 이루게 합니다. 4차 산업혁명 시대의 도래로 기업의 수명이 단축되고 있음에 반해, 생명 공학의 발달에 따른 인류 수명은 증가하고 있습니다. 즉 기존의 노동시장은 해체되며 이는 개인의 역량에 기초한 직업을 중심으로 재편됩니다. 이때 연령에 관계없이 오직 개인의 포트폴리오만이 계약과 임금에 직접적 영향을 미치는 긱 경제는 개개인들로 하여금 차별성 전략을 추구하게 합니다. 이

---

4 "4차 산업혁명시대에 긱 경제(Gig Economy) 적극 수용해야 한다"는 제16회 숙명토론대회 (2017) 논제로서, 관련 동영상은 https://youtu.be/-PfpB4Cpibw를 참조할 것.

과정에서 이전에는 크게 두드러지지 않았던 개인의 성향이나 성격 등이 하나의 생산 요소로 변모되어 새로운 부가가치를 창출할 수 있습니다. 기존의 일에 인간의 경험과 체험이 결부됨에 따라 일이라는 개념은 보다 더 다양화, 세분화될 것이며, 이는 전체적인 소비 진작과 공급자의 소득 활동 촉진으로 이어질 수 있습니다. 이렇듯 긱 경제는 침체된 경제 시장에 활력을 불어넣고 저성장 시대를 극복하는 원동력으로 작용할 것입니다.

둘째, 긱 경제는 융합에 의한 급진적 기술의 변화에 발 빠른 대처가 가능한 효율적 경쟁구조입니다. 4차 산업혁명 시대는 이전과는 비교할 수 없는 속도로 기술의 진보 및 정교화가 이루어짐에 따라 소비 트렌드는 더욱 짧은 시간을 주기로 변화될 것이며, 생산자는 이러한 소비 트렌드에 민첩하게 반응하고 대비해야 합니다. 이때 생산자는 긱 경제 내의 수요자로서 원하는 주기로, 원하는 기간과 정도에 공급을 제공받아 트렌드에 즉각적인 대응을 할 수 있습니다. 결과적으로 긱 경제는 소비자의 요구사항과 생산 형태의 불일치로부터 발생하는 비효율을 줄일 수 있습니다. 소비자는 소비의 만족도를 높일 수 있고 생산자는 자신이 제공하는 노동의 가치를 온전히 평가받을 수 있습니다.

셋째, 긱 경제는 인간 고유의 가치를 실현하게 하며 궁극적으로 건강한 노동시장을 이룩합니다. 4차 산업혁명 시대에 인간은 필연적으로 인공 지능, 즉 기계에 의한 일자리 대체를 겪게 됩니다. 그러나 이때 인공 지능이 대체할 수 없는 인간 고유의 가치는 인간의 능동성입니다. 긱 경제는 인간의 능동성이 가장 잘 발휘될 수 있는 여건을 조성합니다. 긱 경제에 한해서 일단은 자신이 하고 싶은 일을 하고 싶을 때, 하고 싶은 만큼 선택적으로 취할 수 있습니다. 긱 경제를 통해 인간은 노동자의 위치에서 가장 능동적인 주체로서 존재할 수 있고, 이전의 산업 혁명 때와는 차원이 다른 권리 신장을 이룰 수 있습니다. 이에 따라 투쟁과 무산이 반복되던 기존의 수직적인 노사 관계는 해체될 것이며, 이제 수요자와 공급자 모두 동등한 위치에서 화합과 조정을 도모할 수 있습니다. 이렇듯 긱 경제는 인간 고유의 가치인 능동성을 가장 잘 발휘하게 하는 구조로서 노사상 관계 재정립을 통해 건강한 노동시장으로 나아가는 방향의 길을 제시합니다. 이러한 세 가지 논거로 저희 찬성측은 "4차 산업혁명의 긱 경제, 적극 수용해야 한다"에 찬성하는 바입니다. 찬성측 〈입론〉 마치겠습니다.

찬성측 〈입론〉은 토론의 문을 여는 첫 발언이기에 지금 이 자리에서 토론을 하게 되는 이유와 배경을 설명하며 시작하는 게 필요하다. 〈입론〉을 통해 기본적으로 논제에서 언급된 단어들에 대한 개념 정의를 제시해야 한다. 찬성측 〈입론〉을 보면 '4차 산업혁명', '긱 경제', '적극 수용'에 대한 사전적 정의로 시작하고 있음을 알 수 있다. 찬성측은 새로운 변화를 지향하는 진보적인 입장을 갖고 있기에, 긱 경제를 적극 수용해야 하는 이유로 3가지를 제시하였다. 저성장을 극복하고, 수요에 따른 즉각적인 공급이 가능하고, 인간의 능동성을 발휘할 수 있는 긍정적 측면을 주장하며, '첫째', '둘째', '세째' 등을 붙여 두괄식 구조로 논거를 제시함으로써 청중들이 알아듣기 쉽게 전달하고 있다.

토론은 막연한 주장이 아니라 자신의 입장을 뒷받침하는 논거와 증거를 통해 정당화하는 말하기라는 점에서 〈입론〉을 통해 논증의 중요성을 살펴볼 수 있다. 찬성측 〈입론〉은 청중들이 발언 내용을 얼핏 들었을 때 찬성측 주장이 타당하다는 느낌을 이끌어내는 '이미지 심기' 전략이 필요하다. 또한 토론은 논증과 수사라는 언어적 측면만이 아니라 음성과 같은 준언어, 몸짓이나 태도 등의 비언어적 측면이 모두 종합적으로 요구된다. 좋은 <입론>은 청중을 대상으로 논제에 대해 이해하기 쉽도록 설득력 있게 설명하며 자신의 주장을 강화하는 것이기에, 첫 번째 토론자인 <갑>의 경우 주장의 전달력을 높여주기 위해 내용 못지않게 목소리 크기, 발음, 속도 등의 요소도 유념해야 한다.

<입론>의 경우 특히 간결하고 명확한 내용 구성과 자신의 주장을 또박또박 힘 있게 전달하는 스피치 역량이 중요하다. 청중은 해당 논제에 대해 막연하게 알고 있을 수 있기에 <입론>을 통해 체계적으로 쟁점을 정리해 이해시키고 자신의 주장을 납득시키기 위해서는 <입론>을 하는 첫 번째 토론자인 <갑>의 연설능력과 프레젠테이션 능력이 설득력을 높일 수 있다.

━ 반대측 확인질문(을)

반대 찬성측 갑 입론 잘 들었습니다. 그럼 반대측 을 <확인질문> 시작하겠습니다. 긱 경제는 사회적 합의에 의해 도출된 하나의 시스템입니다. 맞습니까?

찬성 네, 맞습니다.

반대 그렇다면 긱 경제는 정부정책과 사회적 합의에 의해 그 수용을 얼마든지 선택할 수 있는 고용 시스템의 일종일 뿐입니다. 맞습니까?

찬성 네, 부분 인정합니다.

반대 그렇다면 기술이 어디에 활용될 것인가는 결국 우리 사회가 스스로 결정해야 될 문제입니다. 맞습니까?

찬성 네, 맞습니다.

반대 이 실례로 미국의 여러 지방과 영국, 네덜란드, 독일 등 많은 선진국들은 긱 경제를 규제하고 있습니다. 그렇다면 긱 경제는 사회가 선택할 수 있고 규제할 수 있는 하나의 시스템이 아닙니까? 이에 동의하십니까?

찬성 네, 부분적으로는 인정합니다.

반대 그렇다면 사회의 주체는 사회구성원이지 시스템이 아닙니다. 따라서 시스템은 인간이 선택하는 분야라고 말씀드리며, 다음 질문으로 넘어가겠습니다. 사회적 시스템은 그 자체로 가치판단의 대상이 아닌 우리가 그 시스템을 어떻게 사용하느냐에 따라서 그 시스템의 가치가 결정됩니다. 맞습니까?

찬성 네, 맞습니다.

반대 그렇다면 긱 경제도 그 고용 시스템입니다. 맞습니까?

찬성 네, 맞습니다.

반대 그러면 긱 경제를 어떻게 사용하는지에 따라 승패가 결정되기 때문에, 그 어떻게 잘 사용하기 위해서는 적절한 규제를 해야 된다는 데에 동의하십니까?

찬성 네, 부분 인정합니다.

반대 그러면 그 적절한 규제를 한다는 것은 지금 찬성측에서 주장하시는 적극 수용과 반대되는 말 아닙니까?

찬성 그러한 규제를 바탕으로 저희 찬성측은 얼마든지 긱 경제를 적극 수용할 수 있고, 이에 장점을 실현시킬 수 있다고 생각합니다.

반대 네, 알겠습니다. 긱 경제를 도입한다면 경제성장이 이루어진다고 말씀하셨습니다. 맞습니까?

찬성 네, 맞습니다.

반대 그 말은 일이 세분화되고 결국 그 일자리의 수요가 많아진다는 논리를 바탕으로 한 것 맞으시죠?

찬성 네, 맞습니다.

반대 하지만, 긱 경제를 도입하게 되면 저임금 임시직의 일자리는 늘어나지만, 안정적인 일자리는 줄어듭니다. 동의하십니까?

찬성 저희 찬성측은 평생직장의 개념 자체가 긱 경제 하에서는 상실된다고 생각합니다.

반대 그렇다면 설령 긱 경제를 통해서 일이 늘어난다고 할지라도 그것은 일이 기존에 있던 일이 쪼개지는, 단발성 임시직으로 일이 쪼개져서 일의 수요가 늘어나는 것이지 일자리 자체가 늘어나는 것은 아니기 때문에, 그것은 곧 일의 수요가 증진돼서 경제성장이 이룩되는 것은 아니지 않습니까?

찬성 하지만 4차 산업혁명의 도래로 인해 일자리는 줄어들고 있습니다.

반대 그 구체적 근거를 〈자유토론〉 시간에 제시해 주시기 바랍니다.

찬성 네, 제시해 드리겠습니다.

반대 그렇다면 찬성측께서는 긱 경제를 적극 수용해야 한다고 지금까지 계속 말씀하셨습니다. 동의하십니까?

찬성 네, 적극 수용해야 합니다.

반대 하지만 찬성측께서 적극 수용이라고 주장하시는 것은 적극적인 제재는 아니지 않습니까? 제재이긴 하지만 제재라기보다는 그 제재를 바탕으로 하는 적극 수용에 더 중점을 맞추신 것 맞으시죠?

찬성 네, 부분 인정합니다.

반대 네, 이상으로 〈확인질문〉 마치겠습니다.

　　반대측 〈확인질문〉은 찬성측 〈입론〉을 듣고 이루어지기에 발언 순서에 따라 차례로 짧게 질문을 던지는 것이 바람직하다. 확인질문의 목적은 상대 팀 주장의 허점을 반박할 수 있는 단서를 이끌어내기 위한 것으로, 다음에 이어지는 반대측 〈입론〉 구축에 유리하게 활용될 수 있도록 하기 위함이다. 이에 찬성측 〈입론〉을 들으며 특히 주목했던 내용을 집중적으로 겨냥해 마치 유도심문처럼 확인질문을 던지는 전략이 요구된다.

　　반대측은 '긱 경제'가 4차 산업혁명의 자연스러운 흐름이라기 보다 정부와 사회가 선택한 고용시스템이고, 문제가 발생할 경우 규제할 수 있다는 논증을 전개하기 위해 의도적인 질문을 던지고 있음을 보여주었다. 또한 찬성측 〈입론〉에서 주장한 경제성장의 논거를 무너뜨리기 위해 저임금, 임시직 일자리만 양상되고 있음을 강조하는 질문들을 제시하고 있다. 이러한 반대측의 〈확인질문〉에 대해 찬성측은 반대측 〈을〉의 숨은 의도를 고려하여 '부분적'으로만 인정한다며 확정적인 답변을 교묘하게 피해가고 있다. 〈확인질문〉을 할 때는 토론의 입장과 쟁점 차이를 보여주며 동시에 상대의 오류와 약점을 파고드는 예리한 그러면서도 정중한 질문을 던지는 자세가 필요하다.

— 반대측 입론(갑)

반대 반대측 〈입론〉 시작하도록 하겠습니다. 최근 4차 산업혁명의 시대가 도래하면서 새로운 고용 형태가 발생했습니다. 온라인 또는 앱 플랫폼을 통해 고용주와 임시 계약직 노동자를 일회성으로 연결해주는 긱고용이 등장하게 된 것입니다. 특정 학자들은 긱 경제를 피할 수 없는 흐름이라고 바라보고 있기도 하지만, 과연 긱 경제가 옳은 것인지, 그리고 그 수용이 불가피한 것인지에 대해서 의문을 제기하는 바입니다. 이에 대한 구체적 근거는 다음과 같습니다.

첫째, 긱 경제는 막을 수 없는 하나의 흐름이 아닌 인간이 주체적으로 선택할 수 있는 대상입니다. 긱 경제는 기본적으로 기술발전의 산물이라기보다 정부 정책의 산물입니다. 실제 미국의 여러 지방과 유럽 및 대만에서는 기존의 노동법 등에 위배된다는 이유로 우버를 금지하고 있습니다. 기술이 무엇을 위해 어떻게 사용될 것인가는 인간의 영역입니다. 헌법 119조 "국가는 균형 있는 국민경제의 안정을 유지하고 국민의 적정한 소득 분배를 유지하며 경제를 위하여 규제 및 조정을 할 수 있다"만 보더라도 인간이 사회를 위해서 규제를 할 수 있음은 자명합니다. 또한 긱 경제는 과거 자유 시장으로부터 상품 자리에 인간을 대신 놓은 형태입니다. 상품 간의 경쟁이 인간으로까지 확대되어 개개인이 선택을 받기 위해 치열한 경쟁을 하게 되는 것입니다. 이는 사회가 경제에 종속되어 버린 시장 자유주의가 극에 달한 모습이라고도 볼 수 있습니다. 우리는 사회가 경제에 종속되기보다도 경제가 사회를 살찌우도록 하는 방향으로 인간이 선택을 해야 하고, 그렇지 않고 흐름에 단순히 맡기는 것은 인간의 이러한 능동성을 간과하는 것입니다.

둘째, 사회적 양극화가 심화됩니다. 4차 산업혁명 자체는 이미 심각한 양극화를 수반하고 있습니다. 미래 사회에서 중숙련 업종 중 단순 반복적으로 자동화되기 쉬운 업종들은 전부 다 인공 지능으로 대체되게 되면서 저숙련으로 대거 이동하게 됩니다. 저숙련 속에서 과열한 경쟁이 발생하게 되고, 이는 저임금 확산으로 이루어집니다. 어떻게 보면 4차 산업혁명 이후에 시대는 저숙련 노동자에 대한 도전이 절실한 시점이라고도 볼 수 있습니다. 그러나 긱 경제는 본질적으로 임시성이라는 점에서 저숙련 노동자를 더욱 힘들게 할 뿐입니다. 이는 결코 무시돼서는 안 될 문제일 것입니다. 또한, 미래에 플랫폼과 노동자의 간극도 결코 무시할 수 없는 문제입니다. 미래에서의 플랫폼은 현재의 대형 기업보다도 더 막대한 영향력을 휘두를 수 있을 것입니다. 이러한 부정적인 영향들 또한 우리가 간과해서는 안 되는 문제입니다.

※ '주어'를 생략한 상태에서 두번째 논거를 제시하였다. '긱 경제는 사회적 양극화를 심화시킵니다'라는 식으로 표현하는게 논의의 명확성을 위해 필요하다.

  셋째, 노동자 개개인의 일자리의 질과 안정성을 보장해주지 못합니다. 우선 질적인 측면에서 노동자는 충분한 보장을 받기 어렵습니다. 근로자들은 프리랜서의 개념으로 4대 보험에서 제외됩니다.

※ 주어가 생략됨으로써 셋째 논거에서 말하는 노동자에 대한 논의가 명확하지 않다. '긱 경제'를 수행하는 노동자/근로자가 처하게 되는 어려운 상황임을 알 수 있도록 '긱 경제'를 반드시 언급해 주어야 한다.

  업무 도중 사고가 났을 때, 혹은 일을 지속적으로 하기 어려운 경우에 어떠한 보장도 받지 못 하게 되는 것입니다. 개인의 부담은 커지고 기업의 부담은 줄어드는 과거의 갑과 을 관계가 다시금 반복될 수도 있습니다. 또한 노동자들이 계약한 일이 끝나고 나면 다시금 일을 찾아야 하는 불안정한 고용 환경 속에 놓이게 됩니다. 그러나 일의 종류에 따라 다양한 환경에 영향을 받기 일쑤이고, 일의 공급이 충분하다가도 일이 부족해지는 등 지속적으로 일하는 것에는 어려움이 따릅니다. 기존의 정규직이 이로부터 어느 정도의 방패막을 제공 받았다면, 긱 경제에서의 근로자들은 이에 무방비하게 노출되는 것입니다. 이처럼 긱 경제가 가져올 파장은 명백합니다. 이상으로 반대측 〈입론〉 마치겠습니다.

반대측 〈입론〉은 찬성측 〈입론〉을 듣고 발언하는 것이기에 가급적 찬성측과 어떤 점에서 동의하지 않는지 청중에게 명확하게 다른 입장을 전달해야 한다. 찬성측에서 제시한 논제에 대한 개념 정의에서부터 다른 시각이 있다면 〈입론〉에 포함해야 한다. 사전적 정의가 아니라 조작적 정의에 기초해 찬성측이 논제 설명을 하고 있어 반대측에게 불리한 경우라면 이에 대한 이견을 제시하며 논제의 재개념화를 할 수 있다.

토론에서 사용하는 용어를 정의할 때 면밀하게 점검하는 이유는 찬반 입장에 따라 해석이 다를 수 있기 때문이다. '사전적' 정의, '조작적' 정의의 측면에서 각각의 입장에 따라 유리하게 개념을 정의할 수 있기에 반대측 〈입론〉을 시작할 때 반드시 점검하는 것이 필요하다. 그러나 동의할만한 개념 정의일 경우 위의 〈입론〉 사례와 같이 생략해도 무방하며 이 경우 핵심 논점으로 바로 들어갈 수 있다.

반대측은 긱 경제가 하나의 흐름이 아니라 선택 가능한 것이며, 양극화가 심해지고, 노동자의 일자리의 질과 안정성을 담보할 수 없다는 3개의 논거를 들어 제시하고 있다. 이처럼 〈입론〉은 논점 분석했던 것에 바탕을 두어 3~4개의 중요한 논거를 통해 청중이 자신들의 입장을 쉽게 이해할 수 있도록 체계적으로 내용을 구성하는 것이 중요하다. 토론과정 자체가 문제해결의 시작이라는 점에서 반대측에서 어떻게 해당 논제를 풀어갈 것인지 〈입론〉의 핵심 논거를 통해 보여주는 것이 무엇보다 중요하다.

─ 찬성측 확인질문(갑)

찬성 지금부터 찬성측 〈확인질문〉 시작하겠습니다. 먼저 반대측 입론 잘 들었습니다. 이에 몇 가지 궁금한 사항이 생겨 질문 드리도록 하겠습니다. 오늘 토론 논제 배경은 4차 산업혁명 시대입니다. 맞습니까?

> ※ 확인질문은 상대방 발언의 진위여부를 조사하는 기회라는 점에서 단순히 궁금한 점을 묻는 자리가 아니다. 그런 점에서 "이에 몇 가지 궁금한 사항이 생겨 질문드리도록 하겠습니다."와 같은 표현은 불필요하다.

반대 네, 맞습니다.

찬성 네, 4차 산업혁명 시대의 도래로 인공 지능에 의한 대체, 실업 문제가 대량 발생할 것입니다. 인정하십니까?

반대 일시적인 실업에 대해서는 인정하지만, 저희는 4차 산업혁명이 오히려 일자리 창출할 것이라고 봅니다.

찬성 네, 일자리를 창출할 것이라고 말씀하셨습니다. 다음 질문 드리겠습니다. 평생직장이라는 개념이 줄어들고 있는, 사라지는 추세입니다. 인정하십니까?

반대 네, 비정규직이 늘어나고 있는 추세입니다.

찬성 네, 그렇다면 직장 중심의 노동 구조가 해체될 것이라는 점도 인정하십니까?

반대 노동 구조가 정확히 어떻게 해체된다는 말씀입니까?

찬성 직장 중심이 아닌, 업 중심으로 재편된다는 말입니다. 인정하십니까?

반대 비정규직이 늘어남으로써 이것이 업 중심으로 이뤄진다고 말씀하고 계시는 것입니까?

찬성 4차 산업혁명의 도래로 필연적으로 임시성이 도래되어, 업 중심으로 재편한다는 것을 말씀드리는 것입니다.

반대 저희는 그것이 필연적이라고 보지 않습니다.

찬성 임시성이 필연적이지 않다고 보시는 겁니까?

반대 그 임시성이 곧 긱 경제를 의미하시는 거고, 이 긱 경제가 필연적인 것이 아니라는 것을 말씀드리는 것입니다.

찬성 네, 저희는 임시성을 긱 경제라고 정의하지 않았으며, 4차 산업혁명으로 인해 지금 추세에 따라 평생직장이 해체되는 개념에 따라서 임시성이 도래됐다고 말씀드린 것입니다. 반대측에서는 평생직장이 해체된다고 하셨지만, 직업 중심으로는 재편되지 않는다고 하셨는데 이런 논리에 대해 오류를 지적합니다. 다음 질문 드리겠습니다. 반대측에서는 노동자의 혜택이 줄어든다고 하셨습니다. 맞습니까?

반대 노동자의 혜택이 줄어든다

찬성 4대 보험 등을 받을 수 없다고 하셨습니다.

반대 네, 기존에 보상받아야 될 것을 보장받지 못한다고 말씀드린 것입니다.

찬성 4대 보험 중 어떤 것들을 구체적으로 긱 근로자가 받지 못하는지 알고 계십니까?

반대 네, 산재보험이나 연금이나 그 고용연금 같은 것을 얘기하시는 겁니까?

찬성 네, 국민연금을 말씀하시는 거 맞습니까? 국민연금은 개인이 가입할 수 있는 거 알고 계십니까?

반대 네, 개인이 가입할 수 있습니다.

찬성 네, 개인이 가입할 수 있기 때문에 기업 안에서만 굳이 가입하지 않아도 되는 점 말씀드리고 싶습니다. 또한 산재 보험도 사고의 책임은 긱 공급자도 온라인 플랫폼과 긱 경제 안에서도 사고의 책임이 보장되고 있다는 점 지적드리며 다음 질문 드리겠습니다. 4차 산업혁명 시대는 초연결, 초국가의 개념이 도입됩니다. 맞습니까?

반대 네, 맞습니다.

찬성 네, 알겠습니다. 초연결, 초국가 인정하셨습니다. 다음 질문 드리겠습니다. 반대측에서는 일자리를 유지하는 것의 안정성을 말씀하셨습니다. 맞습니까?

반대 일자리를 유지하는 것에 대해서 말씀하시는 겁니까?

찬성 네, 임시성에 대해서 지적하시면서 안정성을 일자리를 유지하는 것이라는 개념으로 보셨습니다. 맞습니까?

반대 네, 지속적으로 임금을 보장받는다는 점에서 불안정성을 말씀드리는 것입니다.

찬성 네, 알겠습니다. 4차 산업혁명에서는 안정성의 개념이 바뀐다는 점 지적 드리면서, 이상 〈확인질문〉 마치겠습니다.

　찬성측의 첫번째 〈확인질문〉은 반대측의 〈입론〉을 듣고 이루어지는 말하기다. 명확하게 이해할 필요가 있는 부분, 상대방 발언에서 오류가 있는 지점들을 질문을 통해 집중적으로 부각시킬 필요가 있다. 그런 점에서 〈확인질문〉에 답변을 할 때도 단순히 '예, 아니오'로 하기보다는 적극적으로 자신의 입장을 고려해 방어적 차원에서 답을 해야 한다.

위의 사례에서도 반대측 〈갑〉이 확인질문을 받고 답변하기에 앞서 찬성측 〈을〉의 질문을 다시 명확하게 이해하기 위해 재확인하고 있음을 보여주고 있다. 찬성측 〈을〉은 예리한 질문을 통해 자신들의 입장에 유리하게 사용될 수 있는 '임시성'과 '업', '안정성'의 측면과 관련해 언급하며 추후 〈반론〉에서 유리하게 사용할 수 있는 지점을 확인하고 있다.

찬성 찬성측 〈숙의시간〉 요청하겠습니다.

〈숙의시간〉은 자신의 발언에 앞서 일종의 작전타임을 요청하는 것이다. 상대방의 말에 어떻게 대응하는 게 좋은지 세 명의 토론자가 서로 논의할 수 있는 숙의 시간을 가짐으로써, 팀의 집단 지성을 발휘해 토론에 보다 효과적으로 대응하려는 것이다. 짧은 숙의시간을 제대로 활용하기 위해서는 메모를 한 포스트잇을 활용하거나 키워드를 중심으로 소통할 수 있도록 평소 팀워크를 다져놓는 것이 필요하다.

진행자(청) 지금부터 1분간 숙의시간을 갖습니다. 숙의시간이 끝났습니다.

— **찬성측 첫 번째 반론(병)**

찬성 찬성측 병 〈반론〉 시작하겠습니다. <u>먼저 긱 경제에 대해서 막을 수 없는 흐름이 아님을 말씀하시면서, 긱 경제는 어떻게 이용하는 것인가에 대해서 주장하셨습니다.</u> 저희는 긱 경제가 막을 수 없는 흐름이 아님에는 동의합니다. 그러나 긱 경제가 4차 산업혁명을 배경으로 했을 때 가장 최선의 대응임을 저희는 주장하는 바이며, 이에 따라 긱 경제의 적극 수용을 주장하는 바입니다.

※ <반론>에서는 상대방 논의의 어떤 부분을 무슨 이유로 동의할 수 없는지 명확히 제시해야 한다. 그런 점에서 반대측 첫번째 논거에 대해 어떤 측면에서 반박하는지가 불분명하다. 반대측이 긱 경제를 '정부정책의 산물'이라고 주장하고 있기에, 이 점을 지적하며 4차산업혁명의 특성상 긱 경제가 불가피하다는 것을 구체적인 이유와 사례를 들어 논증을 하면 설득력이 있었을 것이다.

두 번째는 노동에 있어서 상품화가 된다고 말씀하셨습니다. 그러나 저희의 입장은 현재의 노동자가 더 상품으로 여겨진다고 생각합니다. 매번 일을 잘하고 일을 못하고로 구분 짓는 노동자야말로 공장에서 파는 상품과 다름이 없다는 뜻입니다. 저희의 논거 첫 번째에 따르면, 개인이 가진 특질을 포함하여 성격, 성향 등이 모두 차별화 전략에 이용될 수 있습니다. 이는 노동을 통해서 그냥 일을 잘하고 말고가 아닌, 내가 어떤 사람인지 드러낼 수 있는 기회가 된다는 점을 말씀드리며 상품화에 대해서 동의하지 못하는 입장입니다.

세 번째는 저숙련 노동자를 얘기하면서 이들의 처우에 대해 말씀하셨습니다. 저희는 이 점에 대해 긱 경제의 정의를 기반해서 계약 이야기를 좀 하고 싶습니다. 계약이란 먼저 계약은 자신의 의사 표시를 통해서 공급자와 사업자 간 이루어지는 행위입니다. 또한, 이 계약은 계약자유의 원칙과 불가분의 관계에 놓여 있습니다. 그 내용으로는 계약체결의 자유, 상대편 선택의 자유, 내용 결정, 방식의 자유 등이 있습니다. 따라서 일방적으로 이루어지는 계약의 경우는 지킬 의무도 성립할 수 없고 성립되지도 않습니다. 이에 따라 저숙련 근로자는 자신에게 가해지는 불합리한 상황에 대해 계약이란 특성을 이용해서 이를 막을 수 있습니다. 또한, 현재는 전통적 고용 관계에서 이 본질이 제대로 지켜지지 않아 노동법이나 근로기준법이 생긴 것입니다. 그러나 긱 경제 하에서는 이 계약의 본질 자체를 추구할 수 있습니다. 더구나 긱 경제 시장 내에서는 공급자 또한 선택하지 않을 권리를 가지고 있습니다.

즉 긱 경제는 이를 고용하는 사람뿐만 아니라 고용이 되는 사람의 입장에서도 자신에게 불합리한 처우를 매우 강조하는 그런 사업자는 선택하지 않을 수 있는 것입니다. 따라서 매번 근로자에게 말도 안 되는 요구를 하는 기업일 경우 그 시장 내에서 퇴출 될 것을 저희는 예견합니다. 이에 따라 저희의 논거 세 번째인 건강한 노동시장이 마련될 수 있음을 말씀드립니다. 또한 안정성을 말씀하셨습니다. 실제로 2016년 8월 통계청에 따르면 근속년수가 현재 현저히 줄고 있습니다. 안정성은 현재는 가장 큰 가치일 수 있습니다. 그러나 상황이 변함에 우선 장치는 고정불변의 것이 아니며 이는 변할 수 있다는 사실입니다. 다시 말해, 안정성을 보장해 줄 기업도 일터도 그 어느 곳에서도 없다면 안정성을 요구하는 사람은 없으며, 이것은 현재 자료에 국한되는 매우 단기적인 시각임을 저희는 말씀드리는 바입니다. 이상 찬성측 〈반론〉 마치겠습니다.

찬성측 〈반론〉은 반대측의 논거를 하나씩 무너뜨리면서 동시에 자신의 주장을 강화하는 기회이다. 숙명토론대회의 경우 〈입론〉의 두 배에 해당하는 시간을 〈반론〉에 할애하고 있는 것은 어떤 주장을 하는가 보다 그 주장이 과연 타당한가, 어떤 근거를 가지고 주장을 하는가를 검증하는 것이 더 중요하다는 점을 보여주는 것이다. 그런 점에서 찬성측 〈반론〉은 반대측이 말했던 핵심 논지를 요약하고 이에 대해 동의하지 않는 이유를 제시하고 구체적인 증거를 통해 논박하는 과정이 중요하다. 〈반론〉을 할 때는 상대방이 〈입론〉에서 언급하지 않은 내용을 〈반론〉할 수 없으며, 〈확인질문〉에서 발견된 반대측의 약한 고리를 집중 겨냥하여 논의를 풀어가는 것이 중요하다.

위의 〈반론〉에서 주목할 부분은 찬성측이 '계약'을 논거로 긱 경제가 좀 더 건강한 노동시장이 될 것임을 다시 한번 강조하고 있는 점이다. 또한 '안정성'의 개념이 4차산업혁명 시대에는 바뀌고 있다는 점을 청중들에게 각인시키면서 반대측에서 제시하고 있는 우려의 시각을 전환하고 있다는 점이다. 토론의 꽃은 〈반론〉이라는 점에서 위의 〈반론〉의 경우 첫 번째 논거에서부터 좀 더 강력하고 구체적인 자료들을 제시해 반박했다면 더 좋은 반론이 되었을 것이다.

— **반대측 확인질문(갑)**

반대 찬성측 반론 잘 들었습니다. 반대측 〈확인질문〉 시작하도록 하겠습니다. 찬성측께서는 현재 노동자가 더 상품화된 상태라고 말씀하셨습니다. 맞습니까?

찬성 네, 맞습니다.

반대 긱 경제 하에서는 개개인이 모두 다 자영업자의 형식으로 모든 이들이 값을 제시하고, 값이 수요와 공급에 의해서 결정이 됩니다. 맞습니까?

찬성 값을 제시하는 건 현재와 다를 바 없으며, 저희는 긱 경제 하에선 개인이 가진 성향과 성격이 드러남에 따라 상품화와 멀어진다는 입장입니다.

반대 네, 앞으로는 예, 아니오로 대답해 주시면 감사하겠습니다. 그러면 노동자가 직접적으로 값이 매겨지고 그것이 플랫폼을 통해서 거래된다는 점, 인정하십니까?

※ 확인질문을 하는 사람이 상대방이 '네, 아니오'로 짧게 답변하도록 질문을 구성하는 것이 필요하다. 지금처럼 "앞으로는 예, 아니오로 대답해주시면 감사하겠습니다."라는 식으로 말하는 것은, 적극적으로 질문에 대한 답변을 할 수 있는 답변자의 권리를 제한하는 것으로 부적절한 표현이다. 질문자가 유도심문을 하듯 효과적인 질문을 던져서 답변자가 단답형 답변을 하게끔 이끌어내는 질문방식이 중요하다.

찬성 인정하며, 계약에 의해 이루어집니다.

반대 다음 질문으로 넘어가도록 하겠습니다. 다음으로 저숙련 노동자 처우에 대해서 개개인의 산재 보험 등 능동적으로 대처하실 수 있다고 말씀하신 점 맞습니까?

찬성 네, 산재 보험은 지금 플랫폼도 지키고 있는 부분입니다.

반대 예, '네, 아니오'로 대답해 주시면 감사할 것 같습니다. 그러면은 개개인의 산재 보험은 개개인의 돈을 들여서 보험을 드는 것을 의미합니다. 맞습니까?

찬성 네, 맞습니다.

반대 이전에는 이러한 산재 보험이 국가와 기업이 동시에 부담하는 형태였습니다. 맞습니까?

찬성 더 자세히 설명해 주시기 바랍니다.

반대 네, 기존에 4대 보험 같은 경우에는 국가와 기업이 공동 부담하여 내는 것으로 되어 있었습니다. 그런데 말씀하시는 이제 개개인이 산재 보험 비용을 부담하는 것은 이것은 개인의 부담이 더 커진다는 것을 말씀드리며 다음 질문으로 넘어가도록 하겠습니다. 다음으로 찬성측께서는 선택하지 않을 권리가 있다, 얼마든지 계약을 내가 원하면 파기할 수 있다고 말씀하셨습니다. 맞습니까?

찬성 네, 맞습니다.

반대 그러나 이러한 것들은 선택할 수 있는 권리가 있다는 것은 내가 그만큼의 여유가 있다는 것을 의미합니다. 맞습니까?

찬성 고용 공급자에도 똑같이 해당되는 점이라는 주장입니다.

반대 이것이 모두에게 다 통용될 수 있는 권리라고 말씀하신 것 맞죠?

찬성 네, 저희는 계약을 기반으로 모두에게 통용된다는 입장입니다.

반대 네, 모든 사람들이 선택할 수 있는 권리로 같다고 말씀하신 점 확인하였습니다. 그리고 이러한 선택할 수 있는 권리는 즉, 자율성을 말씀하시는 거 맞으십니까?

찬성 네, 자율성도 포함됩니다.

반대 자율성이란 내가 원하는 것을 선택하고 조정할 수 있다는 것 맞습니까?

찬성 네, 맞습니다.

반대 긱근로에서 지속적인 일자리를 담보 받을 수 있는 것은 굉장히 어려운 일입니다. 맞습니까?

찬성 지속적 일자리는 4차 산업혁명 시대의 사라지는 추세이며, 긱 경제도 오히려 임시직을 통해 여러 번 고용될 수 있습니다

반대 네, 알겠습니다. 일정한 일자리를 어쨌거나 담보 받을 수 없다는 점 동의하시는 거 확인하였습니다. 이처럼 긱 경제 하에 긱근로자들은 원하는 것을 선택한 또한 이런 것들이 전부 다 수요와 공급에 의해서 결정되는 것이 맞죠? 계약을 통해서 매개가 되는 것은 맞지만 이런 것들이 전부 다 수요와 공급이 만나서 이루어지는 것 맞죠?

찬성 수요자와 공급자의 계약입니다.

반대 네, 그리고 이러한 수요는 언제나 지속적이지 않은 것 맞습니까?

찬성 저희는 긱 경제가 적극 수용되면 더 많은 수요자가 들어올 것으로 생각하는 입장입니다.

반대 그렇다면 긱 경제가 수용한다는 것은 적극 수용한다는 정의가 모든 분야에 다 확산되는 것을 의미하는 것 맞으시죠?

찬성 전체 영역에서 확산될 것으로 예상하는 입장입니다.

반대 네, 확인하였습니다. 감사합니다.

〈확인질문〉은 일종의 '기싸움'이다. 위의 사례에서 반대측 〈갑〉이 〈확인질문〉을 하면서 계속해서 상대방에게 '예, 아니오'로만 답변해 달라고 요구하고 있는 것을 보더라도 알 수 있다. 법정에서 사용하는 유도심문처럼 〈확인질문〉은 상대방의 허점을 공략하기 위한 질문이라는 점에서 답변을 하는 경우 신중하게 응해야 하고 적극적으로 자신의 입장을 방어하며 대답할 필요가 있다. 찬성측이 답변하면서 긱 경제는 '계약'에 의한 거래라는 점을 재차 강조하고 있는 점도 이러한 맥락에 기초한다. 따라서 반대측 〈갑〉이 〈확인질문〉 하는 입장에서 상대방이 '예, 아니오'로 답변할 수밖에 없도록 요령 있게 폐쇄형 질문(닫힌 질문)을 던질 필요가 있다.

─ 반대측 첫 번째 반론(병)

반대 반대측 병 〈반론〉 시작하겠습니다. 찬성측께서는 긱 경제가 수용되었을 때 경제가 성장할 것이라고 말씀하셨습니다. 하지만 이는 상상의 억측에 불가합니다. 샌프란시스코 연방은행이 밝힌 '임금은 왜 오르지 않는가'의 보고서에 따르면 긱 경제가 많이 수용되고 있는 미국의 경우 실업률이 4%까지 떨어졌음에도 임금 상승률은 7년째 정체 중이라고 밝혀졌습니다. 또한 긱 경제는 양극화를 심화시킴으로써 경제 속에 부의 재분배가 이루어지지 않으므로 경제가 불균형하게 성장할 것입니다. 제이피 모건 체이스(JP Morgan Chase)의 보고서에서는 고소득층이 가장 많이 온라인 플랫폼을 통해 이득을 보고 있다고 보도했습니다. 2014년 10월에서부터 2015년 9월 미국 소득 상위 20% 근로자들이 긱 이코노미 플랫폼을 통해 더 많은 소득을 올린 것으로 나타나는 것만 보아도 긱 경제에서 부의 계층화가 이루어지고 있음을 알 수 있습니다.

또한 찬성측께서는 기술의 변화에 따른 발 빠른 대처가 될 것이라 말씀하셨습니다. 기술 변화에 발 빠른 대처도 중요하지만 그런 효율만을 바라보고 이를 받아들이기에는 일으킬 수 있는 부작용이 너무나도 많습니다. 먼저 긱 경제에서 일한 긱근로자는 시장에 독립적으로 나오게 되며 불경기, 정치적 상황, 수요의 급감 등에 직접적인 타격을 받게 됩니다. 또한 시장의 수요에 의해 임금이 결정되기 때문에 공급은 적고 수요가 많은 비전문직은 경쟁이 심화되고 임금이 하락하게 될 것입니다.

마지막으로 찬성측께서는 건강한 노동시장을 이룰 것이라 말씀하시며, 하고 싶을 때에 하고 싶은 만큼, 일을 할 수 있을 거라 말씀하셨습니다. 하지만 앞서 찬성측께서는 긱 경제는 소비자의 요구에 빠르게 대처할 수 있는 방안이라고 말씀하셨습니다. 이는 곧 소비자의 수요에 긱 근로자가 많은 영향을 받을 것이라고 볼 수 있는 것입니다. 긱 근로자는 소비자의 수요에 직접적인 영향을 받습니다. 그러므로 긱 근로자는 선택을 할 수 있는 입장이 아니라 선택을 받는 입장이라는 것입니다. 언제 수요가 급변할지 모르는 상황 속에서 하고 싶을 때, 하고 싶은 만큼 일을 하기란 어렵습니다. 수요 상황과 소비자들의 니즈에 민감한 긱근로자의 근무 형태가 이러한 자율성을 가질 수 있을지 의문입니다. 이상 반대측 〈반론〉 마치겠습니다.

반대 〈반론〉은 찬성측이 말했던 내용을 순서에 따라 정확하게 요약하며 차례차례 조목조목 반박하는 것이 필요하다. 위의 사례를 보면 구체적이고 실증적인 자료에 근거하여 찬성측이 주장한 3개의 논거들이 부적절하다는 점을 설득력 있게 제시하고 있다. 이처럼 〈반론〉을 펼 때는 상대방의 말을 간략하게 요약하고, '하지만~'으로 시작하는 문장에 이어지는 내용들은 자신의 주장을 뒷받침하는 내용으로 청중이 알아듣기 쉽게 설명하는 방식이 요구된다.

위의 〈반론〉의 경우 첫 번째 논거에서 제시한 것처럼 두 번째, 세 번째 논거에서도 최근의 데이터와 현실적인 자료들을 바탕으로 자신의 주장이 더 타당하다는 점을 충분히 입증했으면 반박과 함께 더 알찬 〈반론〉이 되었을 것이다. 이를 통해 〈반론〉은 충실한 자료조사를 통해 논거카드로 잘 정리해야 하고 이를 적절히 사용할 수 있도록 체화되어야 함을 알 수 있다. 〈반론〉을 펼 때 관련 내용을 암기할 필요는 없고 정리된 논거카드를 활용해 자료를 통해 상대방 주장을 공략하고 자신의 주장을 충실하게 방어하는 것이 중요하다.

━ 찬성측 확인질문 (갑)

찬성 찬성측 〈확인질문〉 시작하겠습니다. 우선 반대측 반론 잘 들었습니다. 몇 가지 의문이 드는 점이 있어 질문 드리도록 하겠습니다. 반대측께서는 저희 측에 경제성장에 관한 논거에 대해 반론해 주셨습니다. 맞습니까?

반대 네, 맞습니다.

찬성 그 반론에서 임금상승률이 정체되고 있다라는 자료를 제시해 주셨습니다. 맞습니까?

반대 네, 맞습니다.

찬성 임금 상승률이란 임금이 상승하는 그 정도를 의미합니다. 맞습니까?

반대 네, 맞습니다.

찬성 이는 임금상승률이 정체되어 있다는 점은, 임금이 상승하긴 하지만 그 상승되는 정도가 소폭적으로 축소되고 있다는 점을 의미합니다. 인정하십니까?

반대 다시 한번 말씀해 주시겠습니까?

찬성 임금상승률이라는 것의 정의는 임금이 상승하는 정도이기 때문에 이 점이 정체되어 있다는 것은 임금이 저하되는 것이 아니라 상승되는 그 정도가 조금씩 약해지고 있다는 것입니다. 맞습니까?

반대 네, 그 점은 맞습니다.

찬성 네, 이 점 인정하셨습니다. 이는 임금 저하를 의미하진 않습니다. 맞습니까?

반대 네, 맞습니다.

찬성 임금 저하가 이루어지지 않는다는 점에 대해 인정하셨습니다. 다음 질문드리겠습니다. 다음으로 반대측께서는 양극화를 근거로 반론해 주셨습니다. 맞습니까?

반대 네, 맞습니다.

찬성 그러한 양극화에는 온라인 플랫폼과 공급자 간의 양극화 또한 해당 되었습니다. 맞습니까?

반대 네, 맞습니다.

찬성 기본적으로 온라인 플랫폼은 경제 활동의 주체입니다. 맞습니까?

반대 온라인 플랫폼이...

찬성 네, 경제 활동을 주도하는 주체입니다. 맞습니까?

반대 네, 맞습니다.

찬성 경제 활동의 주체라 함은 이윤추구를 목표로 합니다. 맞습니까?

반대 네, 맞습니다.

찬성 그렇다면 반대측께서는 온라인 플랫폼과 공급자 간의 양극화가 온라인 플랫폼이 공급자를 노동 착취하기 때문에 일어나는 것이라고 하신 것입니까?

반대 제가 말씀드린 것은 온라인 플랫폼을 통해서 고소득층이 저소득층에 비해 더 많은 부를 양산하고 있다고 말씀드린 것이었습니다.

찬성 알겠습니다. 그 점에 관해서는 자세히 자유토론 때 제시해 주시기 바랍니다. 반대측께서는 긱 경제가 기술의 변화에 발 빠른 대처가 가능한 효율적 경제구조라는 저희의 논거에 대해 부작용이 많다고 반론해 주셨습니다. 맞습니까?

반대 네, 맞습니다.

찬성 현재 4차 산업혁명의 시대는 도래했습니다. 맞습니까?

※ 상대가 당연히 동의하는 내용의 경우 확인질문에서 물어볼 필요가 없다. '4차 산업혁명 시대가 도래했다'는 점은 찬성과 반대 모두 공유하는 인식이기 때문에, 이러한 질문은 확인질문 시간을 허비하는 불필요한 사례다.

반대 네, 맞습니다.

찬성 그에 따라 기술의 변화 또한 굉장히 빠른 속도로 발전되고 있습니다. 인정하십니까?

반대 네, 인정합니다.

찬성 소비자의 수요는 역시 이와 마찬가지로 정교화되고 수요 변화의 주기도 이에 따라 짧아질 것입니다. 맞습니까?

반대 네, 맞습니다.

찬성 그렇다면 수요에 맞추어 공급도 더욱 짧은 주기에 맞춰 변화하고 대응해야 합니다. 맞습니까?

반대 네, 맞지만 그걸 꼭 긱 경제로 할 필요는 없다고 생각합니다.

찬성 네, 그렇다면 긱 경제가 아닌 빠른 공급에 대응책을 자유토론 때 제시해 주시기 바랍니다. 이상으로 찬성측 〈확인질문〉 마치겠습니다.

　　찬성측의 〈확인질문〉이 예리하게 전개되고 있다. 찬성측은 '임금상승률 저하'가 '임금저하'가 아니라는 점을 지적하였고, '수요변화 주기'가 짧아지고 있다는 점에 대해 반대측이 동의할 수밖에 없는 답변을 얻어내었다. 또한 〈확인질문〉을 통해 반대측이 〈자유토론〉에서 반드시 답변해야 할 의무를 지워주고 있다. 예를 들어 '온라인 플랫폼에서 고소득층이 저소득층보다 더 많은 부를 양산하고 있다'는 반대측 주장과, '긱 경제가 아닌 빠른 대처방안이 무엇이 있는지'에 대해 '자유토론'에서 반대측이 반드시 답변하도록 숙제를 주었다는 점에서 찬성측 〈갑〉이 효과적으로 확인질문을 활용하였음을 알 수 있다.

　　이처럼 토론과정에서 가장 흥미로운 부분이 〈확인질문〉이라고 볼 수 있다. 즉석에서 상대방 말을 듣고 〈확인질문〉을 하는 것이 아니라 사실상 토론을 준비하는 과정에서 상대방 주장을 예상하고 〈확인질문〉을 위한 체크리스트를 마련한 상황에서 이루어지는 것이다. 이를 통해 실제 토론에서 상대방 발언을 집중 경청하며 가장 약한 고리를 중점적으로 질문하는 것이며 단계별로 질문을 이어가는 것이 좋다. 자신이 준비한 〈반론〉을 의도한 〈확인질문〉이라는 점에서 상대의 오류를 부각시키기 위한 목적을 위해 상대방이 짧게 답변할 수 있는 폐쇄형 질문을 던져야 주어진 시간을 효과적으로 사용할 수 있다. 상대방 주장을 듣고 비판적으로 사고하면서 예리하게 질문을 던지는 능력이 사실상 아카데미 토론의 질을 결정한다고 볼 수 있다.

진행자(청) 자 이제 지금부터 1분간 지정 숙의시간을 갖습니다. 숙의시간은 1분입니다. 숙의시간이 끝났습니다. 자 이제 〈자유토론〉을 시작하겠습니다. 시간은 12분입니다. 반대 팀이 먼저 발언해주시기 바랍니다.

※ 숙명토론대회 토론모형의 경우 〈자유토론〉의 앞 뒤에 지정 숙의시간을 두어 두 팀이 효과적으로 토론을 준비하고 마무리하도록 하였다.

一 자유토론

반대 을 네, 찬성측께서는 4차 산업혁명에서 긱 경제가 최선이라고 말씀을 하셨는데 그것은 IT 업계 라든지 예술 분야, 번역, 차량 공유, 숙소 공유 이런 분야, 틈새적인 분야에서는 4차 산업혁명에서 긱 경제가 최선인 분야가 분명 존재할 수는 있습니다. 하지만 이제 점점 사회가 초연결, 초사회 시대로 가면서 점점 긴밀한 협력, 소통이 업무에서 점점 더 많이 중요해지고 있습니다. 예시를 하나 들어 보자면 최근 발생한 랜섬웨어(ransomware)와 같은 엄청난 컴퓨터 바이러스 있지 않습니까? 전 세계가 점점 유기화되어 있고 4차 산업혁명이 되면서 점점 연결이 되고 있기 때문에, 한 분야에서 어떤 업무적 위험이 발생한다면 그것이 어떠한 파급력을 미칠지 모르는 상황이 지금 현재 미래의 4차 산업혁명입니다. 따라서 저희는 긱 경제는 4차 산업혁명에서 최선이 아닌 그중 틈새시장에서 활용할 수 있는 분야이고, 그런 복잡해진 사회 속에서 보다 긴밀한 협력과 소통이 더욱 더 그러한 일자리 형태가 중요시된다 보는데 이에 대해서 어떻게 생각하십니까?

※ 자유토론의 경우 토의식 토론으로 운영되고 있기에 상대에게 질문을 할 때 <확인질문>의 형태가 아니라 "어떻게 생각하십니까?"와 같은 열린 질문 방식으로 논의를 주고 받아도 된다.

찬성 을 긱 경제 내에서 긴밀한 협력과 소통이 되지 않는다고 말씀하시는 겁니까?

반대 을 네, 긱 경제 내에서는 이제 긱이라는 것을 하나의 플랫폼을 이용해서 노동자와 고용자가 이제 임시직인 저임금 임시직 형태로 계속해서 공급이 아까 빨라졌다고 하셨기 때문에 빠른 흐름으로 채용하는 것 아닙니까? 그렇다 보면 이제 소통도 조금 긴밀하지 못할 것이고 단발적으로 계속 고용을 하다 보니까 그렇게 될 것이라고 생각합니다.

찬성 을 네, 단발적으로 고용을 하기 때문에 긴밀한 대화와 협력이 없을 것이라고 얘기하는 것은 긱 경제의 정의에 대해서 잘 이해하지 못한다고 논리적 오류를 지적하고 싶은데요. 긱 경제는 현재 미국 상무부의 정의에 따르면 수요자와 공급자의 피드백이 가능합니다. 그렇기 때문에 이는 지금 있는 종속관계에 있는 수요자와 공급자, 생산자보다 훨씬 더 긴밀한 협력과 소통이 가능함을 말씀드리면서 저희 측에서도 질문 드리도록 하겠습니다. 긱 경제 내에서는 노동이 상품화된다고 하셨습니다. 맞습니까?

반대 을 네, 맞습니다.

찬성 을 네, 그리고 선택을 할 수 없다고 하셨습니다. 맞습니까?

반대 갑 선택하기 어려운 환경에 놓인다고 말씀드렸습니다.

찬성 을 네, 그렇다면 지금은 선택하기 쉬운 구조입니까?

반대 갑 그렇게 보다 긱 경제에 놓이게 되면 선택을 할 수 없는 구조가 저숙련, 저임금 노동자에게 더 확산된다는 점 저희는 말씀드리고 싶습니다. 그들은 저임금이기 때문에 자신의 수입원이 불안정해지면 그만큼의 수입을 위해서 더 많은 일들을 해야 하고, 그러나 과연 그 많은 일들이 언제나 지속적으로 수요를 제공해주는지 의문이 드는 바입니다.

찬성 병 저희는 저임금에 대해서 다시 한 번 반론에서 제시한 계약을 들어서 설명하겠습니다. 계약이라는 것은 서로의 의사에 협치가 이루어지는 과정입니다. 그 어떠한 합리적 공급자도 자신이 허용할 수 없는 가격, 혹은 자신이 제공하는 능력에 비해 훨씬 떨어지는 가격을 수용할 수 없다는 점을 말씀드리면서 한 가지 덧붙여 더 말씀드리겠습니다. 아까 임금 상승률에 대해서 말씀을 하시면서 이건 비정상적인 형태라고 말씀하셨습니다. 이에 대해서 저희는 기존의 혁명과 구조하에서 만들어진 이론을 대입하여서 앞으로 일어날 4차 산업혁명의 변화에는 이것이 적절한 이론이지 않다고 생각합니다. 2017년 최근 자료에 따르면 샌프란시스코 연방은행은 고임금에 익숙한 미국 베이비붐 세대가 속속 은퇴하는 대신 저임금 근로자 위주로 고용이 일어나면서 임금 상승세에 제약되고 있다고 진단하고 있습니다. 이것은 2017년 이번 해에 일어난 자료입니다. 따라서 임금 상승세에 제약이 되는 것이 단지 긱 경제 도입, 긱 경제 적극 수용, 긱 근로자에 의한 점은 아니라는 점 다시 한 번 말씀드리고요. 그리고 아까 효율적인 대응구조가 있다고 말씀하셨는데 이에 대해 저희가 어떤 구조인지 들어 보고 싶습니다. 대량 수용이 발생했을 때와 연관해서…

반대 을 효율적인 구조 물으셨는데, 미래 사회에는 효율성보다는 현재 미래 사회가 사회적 흐름을 그 사회 구성원을 원하는 것이라고 생각합니다. 그리고 시대는 점점 양극화되고 있고, 현재 일자리 말씀하셨는데, 실업률 우리나라 굉장히 높지만, 막상 중소기업 채용률을 보자면 10개 중의 8곳은 채용 난을 겪고 있습니다. 이것은 곧 우리의 사회가 이런 긱 경제와 이런 것을 원하는 것이 아닌 우리 사회가 원하는 시대적 흐름은 보다 더 안정적인 일자리, 질 좋은 일자리를 원하는 것에 대한 증명이라고 볼 수 있고요. 아까 그 임금상승률 이야기하셨는데 이게 필립스 곡선(Pillips Curve)을 저희가 그러면 차용을 해서 말씀드리고 싶습니다. 필립스 곡선이란 실업률과 임금상승률이 역의 관계에 항상 있어 왔는데요. 그렇다면 실업률이 준다면, 임금상승률은 아까 임금상승률이 정체되는 것이기 때문에 그래도 오른다고 말씀하셨는데 그 긱 경제가 수용되기 전에는 그보다 더 올랐습니다. 그 원하는 수준까지 올라서지 못했다는 말씀입니다.

찬성 병 제가 말씀드리는 이론도 필립스 곡선이었고요. 앞에 세 차례의 혁명과 4차 산업혁명은 매우 다르다는 자료가 많이 나오고 있으며, 기하급수적인 변화라고 이릅니다. 따라서 저희는 그 세 차례의

혁명을 기반으로 한 이론의 대응이 적절치 못했다는 점을 지적드리면서 질문 하나 하겠습니다.

찬성 갑 앞서 저희가 말씀드린 것은 임금상승률이 정체되어 있다는 게 임금 저하와 이어지지 않는다는 주장이었는데요. 임금이 저하될 것이라고 말씀을 하셨는데 그에 대한 구체적인 자료가 있으신지 여쭙고 싶습니다.

반대 갑 네, 임금상승률이 전혀 미동이 없다는 것은 임금이 그냥 멈춰있는 상태이기 때문에 저하를 의미하지 않는다고 말씀하신 것 맞으시죠?

찬성 갑 임금 상승률이라는 것에 정의 자체가 상승하는 정도가 정체되어 있는 것이기 때문에 상승은 한다는 것을 전제로 하고 있습니다.

반대 갑 네, 그러나 이는 사회적으로 인플레이션이나 사회적인 다양한 형태를 고려하지 않는 임금상승률만 독단적으로 본 결과라고 생각합니다. 저희도 질문 하나 드리도록 하겠습니다. 또한 이제 계약직을 통해서 원하는 노동자는 얼마든지 계약을 파기할 수도 있다라고 말씀하셨는데 과연 그럴 수 있을까요? 예를 들어서 내가 당장 지금 먹여 살려야 하는 딸이나 자식이 있다고 생각을 해 봅시다. 그러나 내가 당장 할 수 있는 운전밖에 없거나 아니면 청소밖에 없어요. 그러면 이 청소밖에 못 하는데 안타깝게도 이것에 대한 임금이 굉장히 낮은 상태라고 가정을 해 봅시다. 지금 내가 지금 이 시간에 당장 일을 하려면 이 임금을 제시하는 사람과 연결될 수밖에 없는 것입니다. 그러면 이 사람은 이것을 원하지 않더라도 수용할 수밖에 없겠지요. 그러나 하층 저숙련, 저임금 노동자들의 상황을 간과한 것은 아니십니까?

※ 반대측에서 제시한 긱 경제하의 저숙련, 저임금 노동자 상황에 대한 예시는 청중에게 정서적인 호소를 통해 자신의 주장을 효과적으로 전달할 수 있다. 즉 청소와 운전만 할 수 있는 노동자를 청중에게 생각해보도록 함으로써, 이 경우 긱 경제에서 얼마나 불리한 상황에 놓이게 되는지를 청중들이 공감하도록 유도하고 있다.

찬성 을 저임금 노동자는 4차 산업혁명 시대에 실업을 맞게 됩니다. 맞습니까?

반대 갑 일단 4차 산업혁명 시대에 어떤 식으로 대체되는지부터 저희가 먼저 말씀을 드리고 싶은데요. 우선 제조업으로 대표되는 중숙련 노동자부터 사라지고 육체노동 같은 저숙련은 그 뒤에 사라지게 됩니다.

찬성 을 4차 산업혁명 시대의 저숙련 노동자들이 사라지면 그들은 어디에서 종사하게 됩니까? 저희는 이 점을 주목하고 싶습니다. 그들은 긱 경제가 아닐 경우에 일자리를 잃게 되는 사람들입니다. 그런데 그들이 저숙련 노동자라고 해서 긱 경제 내에서 저임금을 받는 더 열악한 대우를 받는다고 말하는 것은 논리적으로 타당하지 않다고 지적하고 싶습니다.

반대 을 그들이 긱 경제가 없으면 일자리를 잃는 사람들이 아니고요. 그들은 일자리를 더 좋은 질에 안정적인 일자리를 가지고 싶지만 일을 할 수 있는 곳이 없기 때문에 어쩔 수 없이 긱 경제를 택해야 되는 체념의 경제속에 발생하는 일자리 노동자들이라는 점을 말씀드리고 싶습니다. 또 저희가 질문 하나 드리고 싶은데요. 그렇다면 긱 경제는 사회적 양극화를 굉장히 많이 초래한다는 문제점들이 현재 많습니다. 현재에도 사회적 불평등이 만연해져 있는데 실제로 이제 긱 경제가 사용이 된다면 어떤 대형 플랫폼이 생기겠죠? 그러면 그 대형 플랫폼은 기존에 있던 어떤 다른 대형 자본들과 같이 독과점을 하거나, 그러게 되면서 긱 워커들이 아니라 긱 플랫폼에게만 자본이 쏠리면서 그들에게만 이익이 모두 가는 것입니다. 이러한 부의 양극화 어떻게 해결하실 생각이십니까?

찬성 을 플랫폼과 긱 공급자의 양극화를 말씀하시는 것 맞습니까?

반대 을 네, 맞습니다.

찬성 을 플랫폼은 공급자와 수요자를 연결하는 역할을 합니다. 맞습니까?

반대 병 네, 맞습니다. 그런데 아까 말씀하셨다시피 아까 〈갑〉께서 경제 주체는 플랫폼이라 말씀하셨습니다. 그에 따라서 경제 그런 시장을 주도할 수 있다는 게 플랫폼이라는 의미 아닙니까?

찬성 을 온라인 플랫폼이 4차 산업혁명 시대에는 경제 주체가 된다는 점을 말씀드린 것입니다.

찬성 병 덧붙여서 한 마디 더 드리자면 온라인 플랫폼 경제는 이윤 추구할 수 있습니다. 왜냐하면 그러기 위해서 경제 시장에 뛰어든 것이니까요. 다만 온라인 플랫폼이 합리적이고 합법적인 방향으로 자신의 이익을 추구하는 것은 비난의 대상이 될 수 없습니다. 덧붙여서 지금의 현재 플랫폼을 봐도 플랫폼이 원하는 방향으로 공급자가 선택하지 않았다 하여 공급자에게 가해지는 그 어떠한 불이익도 없기 때문에 저희는 이점에 대해서 지적드리고 싶고요. 덧붙여서 근로자의 처우가 계속 안 좋아짐을 지적하시는데요. 우리나라의 경우만 봐도 1953년에 근로기준법이 세워졌고요. 그 이후에 22차례 개정이 이루어졌습니다. 그러나 지금 상황은 어떻습니까? 계속해서 노동자들은 투쟁과 무산을 반복하고 있지 않습니까? 이렇게 오랜 시간 동안 투쟁을 해 왔음에도 불구하고 아직도 노동자들은 투쟁의 길에 들어서고 있습니다. 이것이 과연 근로자의 처우를 개선하는데 가장 적절한 패러다임이라고 저희는 말씀드릴 수 없고요. 계약이 그것의 하나의 해결책으로 제시되고 있는 바입니다.

반대 갑 네, 우리나라의 사회의 사례에 대해서 말씀해주셨습니다. 그러나 국가 주도, 혹은 인간이 능동적으로 대처할시 일자리는 얼마든지 좋은 질을 양산할 수 있다는 점을 말씀드리며, 이것에 대한 통계자료를 말씀드리도록 하겠습니다. 특히 OECD 통계자료인데요. 이제 고용률이 상위 국가일수록 국가 주도의 적극적 노동시장 정책 지출 비용이 굉장히 높은 것으로 나타났습니다. 이들이 꽤 안정적이고 질이 좋은 노동들을 제공했었구요. 단순히 한국의 예시를 들어서 긱 경제가 새로운 패러다임이고 이를 적극 수용해야 한다는 것은 비약의 논리라고 생각하는 바입니다.

찬성 을 저희 측에서도 당연히 한국의 예를 들어서 말씀드리는 건 아니고요. 초국가, 초연결 사회에서 그런 4차 산업혁명이라는 배경하에서 논의 드린 것입니다. 추가적으로 질문을 드리자면,

찬성 병 여기서 저희의 자료를 하나 제시하겠는데요. 맥킨지(McKinsey) 보고서에 따르면 현재의 기업 수명도 15년에 불과합니다. 이 상황이고, 이것이 4차 산업혁명에서는 더 가속화될 것이라고 맥킨지는 말하고 있습니다. 이러한 상황에서 어떠한 안정성을 제고해 줄 수 있다는 말입니까? 사회가 어떠한 자리를 안정성 있는 일자리로 재고할 수 있다는 말인지 듣고 싶습니다.

반대 을 네, 찬성측께서 말씀하신 것처럼 이제 사회는 점점 고도화되어 갈수록 이제 일과 일자리, 고용, 채용, 실업, 이러한 분야에 차원

의 논제보다는 이제 우리가 한정된 부를 어떻게 가장 공평하고 공정하게 재분배할 수 있을까? 이게 가장 근본적인 문제이고 최후의 문제로 남을 것입니다. 하지만 저희 측은 이 긱 경제를 통해서는 지금 가장 그 일자리의 근본적인 문제, 우리가 부를 어떻게 공평하게 재분배할 수 있을까? 이것에서 완전히 역행하는 흐름이라고 말씀드리고 싶은 겁니다.

찬성 병 재분배하는 과정에 대해서는 법적 제도도 현재 많이 논의가 되어있는 바입니다. 즉, 재분배와 관련한 법적 제도는 기반이 없는 제도가 아니라 기반이 있다는 뜻입니다. 그래서 저희는 이 법적 제도를 개정하는 것에 대해서 말씀을 드리는 것이 아닙니다. 기반이 있기 때문에 그것을 확대하고 개정하는 과정은 매우 쉽습니다. 그러나 어떤 변화가 올지 모르는 4차 산업혁명에 대비가 안 되어 있는 것이 더 시급한 문제라는 뜻입니다.

반대 을 네, 법적 제도 할 수 있으시다고 말씀 하셨는데, 그럼 당장 찬성측께서는 긱 경제를 도입한다면 그 긱 경제를 개인 계약자로 보실 것입니까? 아니면 피고용자로 보실 것입니까?

찬성 을 개인 계약자로 본다고 말씀드렸습니다. 또한 이와 관련해서 개인 계약자에 대한 처우 개선이나 법적 제도 마련 등이 현재 이루어지고 있는 실정입니다. 또한, 반대측에서는 효율적인 대책 구조를 4차 산업혁명 시대에 효율적인 대안을 말씀해 주신다고 하셨습니다.

〈자유토론〉은 토론자의 역할이나 발언순서 및 기회에 구애받지 않고 참가자들이 상대측의 논리를 논파할 수 있는 발언을 자유롭게 구사함으로써 박진감 있게 토론할 기회를 제공한다. 〈자유토론〉에서 논제에 대한 질문과 대답이 빠른 속도로 오고 가는 모습을 통해 보다 활발한 토론 과정을 지켜볼 수 있다. 〈숙명토론대회〉의 경우 〈자유토론〉은 자유롭게 서로의 생각을 나눌 수 있는 장이고 평가 배점도 10점으로 높다는 점에서 팀원들과 협력하여 골고루 발언이 진행될 수 있도록 노력하는 것이 바람직하다.

그런 점에서 찬성측 토론자 3명의 경우 유기적으로 토론과정에 참여하고 있는 반면 반대측은 〈병〉의 참여가 상대적으로 저조하고 〈을〉이 주로 토론을 이끌어가고 있음을 알 수 있다. 〈자유토론〉에서는 팀의 입장이 확고하게 서 있어야 하고, 상대팀의 주장에 적절히 반박하며 토론을 이끌어가기 위해 경청하는 태도와 메모하는 습관이 중요하다. 상대팀 토론자가 발언할 때 핵심 키워드를 잡아 팀원들과 적절히 소통하면서 자유토론의 주도권을 잡는 것이 필요하다. 〈자유토론〉을 효과적으로 이끌기 위해서는 〈입론〉과 〈반론〉의 과정에서 발견한 상대방의 약한 부분을 집중적으로 공략하면서 〈확인질문〉에서 요구받은 답변의 의무를 다하는 것이 중요하다.

위의 토론을 보면 반대측에서 〈자유토론〉을 시작하며 제기한 문제가 그다지 효과적이지 않았음을 알 수 있다. '긴밀한 소통과 협력의 측면이 긱 경제에서는 어렵다'는 반대측주장에 대해 찬성측이 미국 상무부의 자료를 통해 오히려 긱 경제하에서 효과적으로 피드백이 가능하다는 점을 들어 반박하고 있어 기선 제압의 측면에서 찬성측이 유리하게 토론을 전개하였다. 또한 〈자유토론〉의 마지막 부분에서 4차 산업혁명 시대 효율적인 대안을 말해준다고 했는데, 반대측이 이 부분을 얘기하지 않았음을 상기시키면서 찬성측이 토론을 마무리하고 있어 찬성측이 〈자유토론〉을 유리하게 활용하였음을 알 수 있다. 이처럼 숙명토론대회에 〈자유토론〉을 포함함으로써 다른 아카데미 토론 형식보다 형식에 갇히지 않고 좀 더 유연하게 토론과정을 이끌어가면서 논의를 보다 깊고 풍부하게 풀어가는 기회를 제공하였다. 이를 통해 청중들도 폭넓게 사안을 보도록 유도할 수 있는 이점이 있다.

이것으로 〈자유토론〉이 끝났습니다. 지금부터 1분간 지정 숙의시간을 갖겠습니다. 숙의시간이 끝났습니다. 다음으로 찬성팀 재반론이 있겠습니다. 찬성팀 발언해 주십시오.

━ 찬성측 재반론 (을)

찬성 찬성 팀 〈재반론〉 시작하겠습니다. 먼저 앞서 논의했던 필연에 대해서는 충분히 설명했다고 생각을 하고 긱 경제는 필연이 아니라 최선이라는 점, 다시 한번 강조하면서 넘어가겠습니다. 먼저 선택이 불가능하다고 하셨습니다. 긱 경제 공급자는 자신이 놓인 처우 때문에 자유로운 선택이 불가능하다 하셨지만, 긱 경제의 공급자들은 지금의 근로자들과 다르게 일방적으로 업무 시간을 배당받지 않습니다. 또한 업무 장소도 일방적으로 배정받지 않습니다. 이러한 상황은 긱 경제를 공급자들이 충분히 자유와 선택권을 가지고 있음을, 그리고 최소한 지금의 근로자들보다는 자유로운 상황임을 다시 한번 강조드리겠습니다.

또한, 반대측의 논리적 오류를 지적하고 싶습니다. 반대측에서는 저숙련자에 대한 대책을 긱 경제에 대해서는 저숙련자에 대한 처우가 더 좋지 않아질 것이라고 말씀하셨습니다. 하지만 저숙련자는 긱 경제가 낳은 저숙련자가 아니라 4차 산업혁명이 낳은 실업자가 될 수도 있는 위기에 놓여져 있습니다. 즉, 고숙련자에 대해서 저숙련자는 취약 계층에 놓일 수 있다는 말입니다. 저희가 말하는 4차 산업혁명은 기계들이 인공 지능이 인간의 일자리를 대체한 상황입니다. 이런 상황에서 저숙련자가 실업 되는 것보다는 긱 경제 내에서 자신의 상황에 맞게 최선을 선택하는 것이 저희는 효율이라고 보고 있습니다. 또한, 반대측에서는 안정성이라는 개념을 계속해서 언급하시면서 긱 경제 내에서는 불안정한 일자리를 근로자들이 갖게 될 것이라고 하셨습니다. 하지만 이 안정성이라는 개념을 다시 정의하고 싶습니다. 현재의 안정성은 기존 평생직장을 가지고 고정된 수입을 받는 것이 안정적이라고 할 수 있습니다. 하지만 4차 산업혁명에서는 '업' 중심의 재편이 일어나게 되고 평생직장의 개념은 없어지게 됩니다. 따라서 안정성은 직장을 계속 가지고 고정된 수입을 받는 것이 아니라 계속해서 일을 할 수 있는 것이라고 개념이 바뀌게 됩니다. 그렇기 때문에 반대측에서 말하는 불안정성에 대해 4차 산업혁명에 맞지 않는 개념임을 지적하고 싶습니다.

다음으로 반대측에서는 지금은 자본의 재분배가 우선 되어야 한다고 하셨습니다. 하지만 이는 오히려 자본을 가진 자와 가지지 못한 자의 양극화를 더 심화시키는 반대측의 주장이라고 지적하고 싶습니다. 즉 반대측은 실업에 대한 어떠한 대책 없이 자본의 재분배를 주장하셨습니다. 이에 저희는 현재의 경제 저성장을 더 심각한 이유로 들고 긱 경제가 저성장을 해결할 수 있는 최선의 대책임을 다시 한번 강조 드리고 싶습니다. 즉 저성장의 고리를 먼저 끊어야 한다는 말씀을 드리고 싶습니다. 또한 긱 경제의 근로자, 공급자에 대한 처우를 말씀하셨지만, 현재 긱 경제를 보호하고 육성할 수 있는 세 가지 정책, 미국에서는 세 가지 정책을 시행하고 있습니다.

※ 미국에서 시행하고 있다는 긱 경제 관련한 3가지 정책이 무엇인지 구체적으로 언급하며 반론을 마무리 지을 필요가 있다. 반론은 구체적인 자료와 예시를 통해 상대방 주장을 공략하고, 자신의 주장을 강화하는 자리라는 점을 유념한다면, 미국에서 시행중인 정책에 대한 설명이 없이 상대방 주장이 타당하지 않다고 반론을 마치는 것은 적절하지 않다.

따라서 긱 경제 공급자가 보호되지 않는다는 것은 논리적으로 타당하지 않다고 지적드리며 〈재반론〉 마치겠습니다.

찬성측 〈재반론〉은 자유토론 과정에서 나온 반대측 주장의 문제점을 충실하게 반박하고 있다. 예를 들어 "반대측의 논리적 오류를 지적하겠다"는 발언을 함으로써 청중으로 하여금 반대측의 주장에 문제가 있음을 인식하도록 한 점도 효과적인 재반론 전략이라고 하겠다. 특히 4차 산업혁명 시대에는 '평생직장'이 아니라 '업'중심으로 재편되고 '안정성'의 의미도 달라질 수 있다고 하며 계속해서 찬성측의 일관된 논리를 제시하여 설득하고 있다. 또한 자본의 재분배 문제에 대해 반대측이 아무런 대책이 없다는 점을 지적하며 청중들에게 반대측 논리의 취약함을 환기시킴으로써 효과적으로 재반론을 마무리하고 있다.

이처럼 치열한 반론, 재반론 과정을 통해 형식적인 토론대회라는 인상은 사라지고 주제에 대해 깊은 논의를 풀어가는 장임을 청중들이 발견하도록 한 부분이 재반론의 묘미다. 찬반 입장이 다르다고 다투듯이 논쟁하는 토론이 아니라 정반합의 문제해결과정으로서 접근하는 자세를 통해, 상대방 주장을 경청하고 예리하게 비판하며 동시에 자신의 의견을 정중하게 피력하는 것이 재반론을 펼 때 특히 더 요구된다.

반대 반대측 을 〈재반론〉 시작하겠습니다. 먼저 찬성측에서는 긱 경제가 4차 산업혁명에서 최선이라고 말씀하셨지만 저희측은 4차 산업혁명에서 최선이 아니고 긱 경제 없이도 4차 산업혁명은 충분한 성과를 거둘 수 있다고 말씀드리며 그 사례를 제시하겠습니다. 독일 스마트 공장 도입 사례입니다. 독일 자동차회사에서 2011년에

스마트 공장을 건립하였지만 일자리 상실에 대한 우려에도 어떤 임시직이나 일자리를 해고하지 않고 오히려 직업 교육을 늘렸습니다. 그에 따라서 오히려 생산성이 향상했고 직업 교육의 시간이 감축되면서 더 큰 성과를 거두어 내는 실례가 있습니다. 또한 스웨덴은 지금 4차 산업혁명의 시대임에도 불구하고 저임금 임시직 고용자를 늘리는 것이 아닌 꾸준하게 일자리를 고도화시키며 고숙련 고소득 근로자의 숫자를 꾸준히 늘리고 있습니다. 오히려 막강한 노조의 힘으로, 저임금 임시직 노동자, 긱 고용자들의 수를 억제하고 있습니다. 따라서 이는 굉장한 성공이라고 평가받고 있는 사례를 들어 4차 산업혁명은 긱 경제 없이도 잘 시행되고 충분한 성과를 거둘 수 있다는 점 말씀드리겠습니다.

※ 반대측은 긱 경제와 관계없이 4차산업혁명의 성과를 도출하고, 고소득 근로자 숫자를 늘리고 있는 독일과 스웨덴의 구체적인 사례를 보여주며 효과적으로 반론하고 있다. 이처럼 반론은 단순히 논리만이 아니라 실증적인 자료와 데이터, 예시 등을 활용하여 상대의 주장을 무력화할 필요가 있다.

또한 저희 반대측에서는 이제 4차 산업혁명에서 역량은 긱 경제를 통해서만 주요 4차 산업혁명이 원하는 역량을 실행할 수 있다고 말씀드렸는데, 저희는 앞서 말했듯이 4차 산업혁명의 시대에서는 이제 점점 초연결, 초사회로 가면서 업무숙련도, 소속감, 충성심과 같은 역량들이 중요하게 된다고 생각하는 바입니다. 실제로 미국의 IBM이 21년만에 재택근무, 원격근무를 폐지했습니다. 그리고 또 뱅크오브아메리카(Bank of America Corporation), 보험회사 에트나(Aetna, Inc.)도 이와 같은 재택근무를 폐지했습니다. 이것만 보더라도 이제 기업들도 4차 산업혁명시대로 가면서 점점 긴밀한 협력과 그

일의 숙련도, 일에 대한 전반적인 이해가 중요하고, 단발적인 고용인 긱 경제는 사회적 흐름이 아니라는 점을 또한 말씀드리고 싶습니다.

또한 제가 자유토론에서 그 노동자들을 독립 계약인으로 볼 것인지, 피고용인으로 볼 것인지 물었을 때 독립 계약인이라고 말씀하셨지만, 이러한 개념 정의는 지금까지도 분쟁 중이고, 쉽게 결코 해결될 수 없는 부분입니다. 실제로 많은 재판들이 있고 런던고용재판소라든지 우버(Uber)의 두 명의 운전수들이 재판은 했지만 계속 우버가 불복하는 등과 같은 많은 판례들이 계속해서 분쟁들이 지금도 진행 중입니다.

또한 우리나라의 대표적인 업체인 '배달의 민족'에서 운전수가 사고를 당했음에도 불구하고 대법원이 그 운전수는 긱 경제 하에 고용인이기 때문에, 피고용인이 아니기 때문에 충분한 보상을 못하는 사례 또한 있습니다. 따라서 긱 경제가 도입되었을 때, 더 거대 자본이 그 긱 경제에 투입되었을 때, 과연 자본가와 그 자본가의 긱 경제 플랫폼과 노동자 사이의 공평한 그러한 협의와 그런 판결들이 내려질 수 있는지에 대해서 저희 측은 의문을 가지면서 이상 〈재반론〉 마치겠습니다.

반대측 〈재반론〉은 찬성측의 주장을 무너뜨리기 위해 독일과 스웨덴의 현실 경험을 들어 긱 경제가 시대적 흐름이라는 찬성측 입장을 공략하고 있다. 또한 긱 경제 노동자의 위상이 독립계약인인지 여부는 여전히 논쟁중이며, 플랫폼과 노동자 사이에 불평등한 관계가 발생할 수 있어 사회적 문제가 심각해진다는 점을 들어 〈재반론〉하고 있다. 즉 반대측은 청중들이 피부로 느끼는 생생한 현실 사례들을 동원하여 긱 경제가 없이도 4차 산업혁명은 가능하고, 또한 긱 경제가 가져올 어두운 이면을 청중들에게 다시 생각해 보도록 유도하고 있다. 이처럼 토론의 설득력을 높이기 위해서는 예리한 논변과정이 중요하고 자신의 주장을 뒷받침하는 충실한 자료조사가 밑바탕이 되어야 함을 〈재반론〉을 통해 알 수 있다.

― 찬성측 최종발언

찬성 찬성측 병 〈최종발언〉 시작하겠습니다. 앞서 반대측 을께서 말씀하신 반론에 대해 먼저 말씀드리겠습니다. 저희는 긱 경제 적극 수용에 대해 논의하고 있으며 4차 산업혁명이 도래했을 때, 즉 흔히 말하는 특이점에 도래했을 때도 고려해야 됩니다. 따라서 현재의 좋은 사례만을 들어 긱 경제가 대안이 아니라고 말씀하신 것에 대해서 저희는 반대하는 바입니다. 또한 독립 계약인에 대해서 말씀하셨습니다. 현재 긱 경제의 대표적인 우버 같은 경우는 독립 계약인으로 판정이 난 바 있습니다. 또한 독립 계약인 즉, 계약의 특성을 이용해 공급자들이 낮은 임금을 받을 수 없다는 주장에 대해서 저희는 이미 앞서 제시한 바 있습니다.

저희의 논거 중 경제성장이 되지 않는다는 결론에 대해서만 반박하셨을 뿐 차별화 전략, 혹은 새로운 생산 요소의 등장으로 인한 부가가치 생산에 대해서는 어떤 지적도 하지 못하셨음을 지적드리는 바입니다. <u>그럼 이제 찬성측 최종 발언 시작하겠습니다.</u>

※ 이미 최종발언을 시작하겠다고 처음에 말했음에도 중간에 "그럼 이제 찬성측 최종발언 시작하겠습니다"라고 다시 언급하는 것은 부적절하다. 뒤에 오는 아

포리즘을 포함한 발언 성격을 염두에 두고, 앞에서 언급한 반론과 구분하기 위해 이러한 표현을 사용한 것으로 보이나, 이미 전체 발언이 <최종발언>이기에 불필요한 표현이다.

큰 파도가 밀려올 때 배가 어떻게 살아남는지 혹시 아십니까? 바로 다가오는 큰 파도의 물결을 타는 것입니다. 그 큰 파도의 방향과 함께할 때 배는 비로소 앞을 나아갈수도, 뒤를 돌아볼 여유도, 옆을 둘러볼 기회도 있는 것입니다. 4차 산업혁명의 대비도 마찬가지입니다. 네 번째 물결에 먹히지 않으려면 우리의 배는 파도를 타야만 합니다. 물론 긱 경제 적극 수용에 있어 확신을 가질 때까지 그 판단을 유보할 수는 있습니다. 그러나 반대측은 확신이 서는 시기를 명확히 할 수 없다는 점을 인지해야 하며, 무엇이 시급한 문제인지 판단할 때입니다. 변화에 맞춘 경제구조의 대응은 취업의 문턱이 눈앞에 있는 우리는 물론 이곳에 계신 모든 분들에게 필요한 과정이자 더 나아가 우리 후손들이 도태되지 않도록 하는 방안이기에 매우 중요합니다. 우리는 세 차례의 산업 혁명을 거쳐왔으며, 기존에 존재하지 않았던 분야에 개척을, 수많은 일자리를 양산해 냈습니다. 그러나 4차 산업 혁명은 앞의 혁명과 확연히 다른 융합 중심임에 주목해야 할 것입니다. 눈앞에 새로이 창출되는 일자리의 수가 빠른 진보에 비례하지 못하는 현실이 있으며, 뒤로는 인공 지능이 인간의 일자리를 위협하고 있습니다.

그렇다면 이렇게 급변하는 사회에 대한 가장 최선의 대응이 현재의 상태를, 현재의 틀을 유지하는 것이라고 진정 생각하십니까? 더욱이 긱 경제의 도입으로 경제성장은 물론 개인의 공급은 온전히 능력으로 인정받는 노동, 효율적인 노동으로 대우받을 것입니다.

더 나아가 현 근로자는 수동적 노동자가 아닌 능동적 생산자로 노동시장에서 자리매김할 것입니다. 그럼에도 긱 경제의 적극 수용이 미뤄져야 한다고 말할 수 있을까요?

※ 최종발언에서 찬성측에서 던지고 있는 질문들은 청중들로 하여금 논제에 대해 생각해 보도록 하고 자신의 입장을 강조하는데 활용되고 있다는 점에서 효과적인 전략이라고 하겠다.

　'머뭇거림', 말이나 행동 따위를 선뜻 결단하여 행하지 못하고 자꾸 망설인다는 뜻입니다. 부인할 수 없는 시대의 흐름 안 머뭇거림은 변화에 대한 두려움을 포장하는 단어이자, 변화 속 능동적 주체의 모습을 포기하는 것입니다. 따라서 저희는 긱 경제의 적극 수용을 통해 미래 혁명을 기회로, 그리고 희망으로 쟁취하길 강력히 바라며, 이상 찬성측 〈최종 발언〉 마치겠습니다.

　　찬성측 병의 〈최종발언〉은 마지막으로 자신들의 주장을 강조하며 토론에서 막판 굳히기를 하는 중요한 기회다. 칼 포퍼식 토론에서 세 번째 토론자의 발언이 한 번뿐이라는 점에 착안하여 숙명토론대회의 경우 최종 발언을 둠으로써 갑, 을, 병이 동등하게 2회씩 발언할 수 있는 기회를 부여하였다. 〈최종발언〉을 통해 병은 찬성측의 주장을 한 번 더 확고히 정리하고 감정적 호소를 함으로써 청중의 마음을 움직일 수 있는 기회를 갖고 있다.

　　반대측의 〈재반론〉에 바로 이어서 찬성측의 마지막 발언 기회인 〈최종발언〉이 진행되기에, 위의 사례에서 보듯이 먼저 〈반론〉할 점들을 지적하고 중간부분에서야 '최종발언을 시작하겠다'고 언급하고 있는데, 이는 그다지 적절하지 않은 방식이라고 하겠다. 이미 찬성측 병이 발언을 처음할 때부터 사실상 최종발언이 시작된 것이기 때문이다.

최종발언 과정에서 4차 산업혁명을 큰 파도로 비유하는 등 아포리즘을 활용해 논의를 전개한 점이 돋보이고, 시대적 흐름에 머뭇거리지 말고 긱 경제를 활용해 능동적으로 대처해야 한다는 찬성측 주장을 인상 깊게 펼치고 있다. 또한 두 세 차례 질문을 던짐으로써 청중들이 토론 주제에 대해 다시 생각해 보도록 하면서 자신의 논의를 마무리하고 있어 호소력이 높게 최종발언을 하였다고 평가할 수 있다.

— 반대측 최종발언

반대 반대측 〈최종발언〉 시작하겠습니다. 증기기관의 기반으로 기계가 이루어진 1차 산업혁명 전기 에너지를 기반으로 한 2차 산업혁명, 인터넷, 컴퓨터 기반의 3차 산업혁명, 그리고 현 21세기, 우리는 4차 산업혁명의 단계로 접어들고 있습니다. 이는 기술의 발달과 함께 이루어지는 자연스러운 흐름이며 우리가 적응해 갈 새로운 변화입니다. 그리고 그 변화에 적응하고자 긱 경제라는 새로운 패러다임이 등장했습니다. 혹자는 이 패러다임이 사회 변화에 가장 빠르게 대응할 수 있게 해 줄 방안이라고 말합니다.

우린 더 이상 시간에, 장소에 얽매이지도 않고 한 가지의 직업만이 아닌 내가 꿈꾸던 다양한 일을 시도할 수 있을 것이라고 하죠. 우리는 이제 새로운 사회로 이전과는 다른 사회로 나아가자고 합니다. 그런데 그 사회가 그들이 말하는 것처럼 지금의 경제 시장을 활성화하고 개개인의 역량을 살려 자율적으로 그런 그를 두 팔 벌려 맞이해 줄 그런 사회인가요? 저는 그들의 그 낙관적인 태도가 불러올 억측이 너무나도 걱정스럽고 그렇게 다가올 미래가 두렵습니다. 긱 경제의 수용은 근로자들을 어떠한 보호막도 방패도 없이 시장에 뛰어들게 하며 불경기, 정치적 상황, 수요의 급변 등에 직접적인 타격을 받는 위치로 그들을 내몹니다. 우리는 고정적 소득도 없이 불안정한 상태로 그 시장 속에서 경쟁하게 될 것입니다. 사람들은 소비자와의 거래를 위해 플랫폼에 의지하게 되고 플랫폼과 소프트웨어를 소유한 기업은 시장이 주체가 되면서 우리는 시장에 상품으로, 기업의 소모품으로 전락할 것입니다.

"역사의 대상은 인간이다." 프랑스 역사가 마르크 블로크가 한 말입니다. 여러분, 역사를 구성하고 시대를 이끌어가는 것은 어떤 기술도, 산업도 아닙니다. 발전하는 사회 속에서 결정하고 그 흐름을 주도하는 것은 인간입니다. 4차 산업혁명이라는 흐름에 어떤 피해자가 발생할지도 모를 긱 경제를 수용하자 하는 것은 우리가 이 사회를 주도하는 주체임을 부정하는 것입니다. 효율성만을, 경제의 성장이라는 큰 그림만을 바라보고 지금 그 안에 노동자를 놓치고 있는 것은 아닐까요? 우린 이 사회의 주체로서 이 문제를 더 '심사숙고' 해야 할 것입니다. 이상으로 반대측 〈최종발언〉 마치겠습니다.

반대측 병의 〈최종발언〉은 마지막으로 자신의 주장을 강조하며 인상 깊은 표현을 통해 토론을 최종 정리하는 역할이다. 병은 일종의 토론 팀의 주장처럼, 전체적으로 토론의 큰 흐름을 정리하고 논의를 결정적으로 마무리하는 역할을 담당하게 된다. 위의 사례에서 반대측은 청중의 마음에 남을 수 있도록 1차 산업혁명을 거론하며 발언을 시작하여 프랑스 역사가의 말을 인용하며 논의를 마무리하고 있다. 이를 통해 일관성 있게 '역사'적 관점에서 4차 산업혁명 시대 긱 경제 현상에 대해 청중들로 하여금 생각해 보도록 유도하고 있음을 알 수 있다. 나아가 긱 경제 하에서 피해자가 될 수 있는 '사람'들의 문제를 놓치고 있는 것은 아닌지 묻는 질문을 통해 반대측 주장의 의미를 다시금 생각해 보도록 하고 있다.

　토론 팀의 이름이 '심사숙고'라는 점에서 〈최종발언〉의 마지막 문장에서 이 표현을 활용한 센스가 인상적이다. 반대측 〈최종발언〉은 후광효과를 가질 수 있는 이점이 있기에 병의 발언은 이러한 측면을 고려해 표현된 것이라고 하겠다. 이처럼 좋은 토론은 논증과정만이 아니라 수사적 표현도 중요하다는 점을 발견할 수 있다. 〈숙명토론대회〉를 통해 학생들은 단지 토론의 기술과 방법을 익히는 것만이 아니라 사회적으로 무엇이 중요한 현안인지 공부하며 토론을 준비하는 과정에서 문제의식을 키우고 숙고하는 능력을 키우는데 교육적 목적이 있음을 토론자의 〈최종발언〉을 통해 새삼 발견할 수 있다.

4. "코딩교육, 대학 교양필수 교과에 포함시켜야 한다"[5]

진행자(청) '4차 산업 혁명 시대, 코딩 교육을 생각한다'라는 주제 안에 제기된 "코딩 교육, 대학 교양 필수 교과에 포함시켜야 한다"는 논제로 숙명토론대회 결선 토론회를 시작하겠습니다.

지금부터 결선 토론을 시작하겠습니다. 토론은 숙명토론 방식으로 진행됩니다. 토론자들은 이미 숙지하고 있는 숙명 토론 방식의 규칙을 준수하여 토론을 해 주시기 바랍니다. 참고로, 자유토론의 경우 1인 1회 발언 시간은 2분 이내로 제한되며, 발언을 교차로 진행하는 것을 원칙으로 합니다. 혼란이 있을 경우, 적절히 조정하도록 하겠습니다. 그러면 토론을 시작하겠습니다. 찬성측, 입론 시작해 주십시오.

― 찬성측 입론(갑)

찬성 찬성측 〈입론〉 시작하겠습니다.

찬성 빅데이터, IT(Information Technology) 등 4차 산업혁명이 빠르게 진행되고 있습니다. 이 모든 소프트웨어는 코딩에 기반을 두고 있기에, 코딩 교육은 이미 전 세계적인 흐름이 되었습니다. 따라서 저희는, 코딩 교육을 통해 미래의 역량을 개발하고, 융합적 인재를 양성할 수 있음을 들어, 코딩 교육을 대학 교양 필수 교과에 포함해야 한다고 주장하는 바입니다.

5　"코딩교육, 대학 교양필수 교과에 포함시켜야 한다"는 제18회 숙명토론대회 (2019) 논제로서 관련 동영상은 https://youtu.be/Ez9fLby9Fcw 참조할 것.

첫째, 코딩은 컴퓨팅적 사고 함양에 가장 효과적인 방법입니다. 4차 산업 혁명의 등장으로 소프트웨어의 중요성과 함께, 컴퓨팅적 사고의 필요성이 대두되었습니다. 컴퓨팅적 사고는 알고리즘적 사고와 같은 의미로, 패턴화를 통해 문제 해결을 간소화하는 논리적 사고의 일환입니다. 코딩은 원하는 결과 값을 얻기 위해 컴퓨터 친화적인 언어로 바꾸어 활용하는 작업으로, 절차적 문제 해결 능력을 기를 수 있어 컴퓨팅적 사고 함양에 가장 효과적인 방법이라고 할 수 있습니다. 또한, 알고리즘 교육은 코딩과 연계되어 진행되기에 알고리즘의 필요성을 논함에 있어 코딩을 배제할 수는 없다고 생각합니다. 따라서 코딩은 컴퓨팅적 사고를 함양하는 교화적인 도구로서 우리가 반드시 배워야 할 미래의 역량입니다.

둘째, 코딩은 미래의 주요한 문식력이 될 것입니다. 과거에는 문식력이라 하면 단순히 글을 읽고 쓰는 능력에만 국한되어 있었지만, 현재에는 전자 기기를 통한 정보 활용 그리고 미래에는 프로그래밍을 이해하는 행위까지 문식력으로 점차 확대될 것입니다. 다가올 미래에는 개성이 곧 개인의 경쟁력으로, 회사들은 다양한 인터페이스 옵션을 제공하고 있지만 그에는 한계가 있기 마련입니다. 아무리 사용자들의 유형을 분류하여 다각화된 기능을 제공한다고 하더라도, 결국 사용자 자체를 분석하여 맞춤화된 기능을 제공할 수는 없습니다. 하지만, 저희가 코딩을 배운다면 우리는 프로그램 개인화를 통해 자신에게 최적화된 기능을 사용할 수 있고, 타인의 도움없이 적시에 자신의 알고리즘을 구현하여 자신에게 필요한 정보를 찾아 사용할 수 있습니다. 또한, 코딩은 더 이상 전문가의 전유물이 아닙니다. 최근 들어, 업무 상의 비효율성 등을 이유로

SQL(Structured Query Language) 등의 데이터 베이스 언어를 사용하는 비전공자 관리자가 증가하고 있습니다. 이처럼 코딩 프로세스가 간소화됨에 따라 점차 비전공자들의 접근성이 높아지고 있는 실정에서 코딩 교육을 생략하는 것은 곧 핵심 역량의 미달로 이어질 수밖에 없다고 생각합니다.

셋째, 코딩 교육을 통해 융합적 인재를 기를 수 있습니다. 우리나라는 인적 자원을 바탕으로 성장한 국가이기에 다가오는 4차 산업혁명에서 우위를 점하기 위해서는 그에 걸맞은 역량을 지닌 인재들을 개발해야 합니다. 융합형 인재는 사물과 기술에 대한 접근 방식을 새로운 방식으로 결합하여 독자적인 창출물을 만들어내는 사람으로서, 새로운 문제 해결 접근 방식인 코딩을 통해 양성할 수 있습니다. 기업들은 코딩 능력을 지닌 사원들을 채용하거나 기존 직원들에게 코딩 교육을 진행하는 등 이미 코딩 교육의 중요성을 인지하고 행동으로 옮기고 있습니다. 즉, 코딩 교육은 개인의 경쟁력이자 기업의 경쟁력이며 국가의 경쟁력이라고 볼 수 있습니다. 핵심 역량 개발을 통해 인재를 양성하는 교육기관인 대학교에서 시대의 흐름에 따라 대학생들의 전공과 코딩 교육을 접목하여 융합적인 인재를 양성하고자 함은 시대의 흐름에 따른 당연한 수순이라고 생각됩니다.

따라서 저희는 코딩 교육을 대학 교양 필수 교과에 포함해야 한다고 주장하는 바입니다. 감사합니다.

입론에서 용어의 개념을 밝히는 일은 중요하다. 논제에 나타난 용어의 개념이 논의의 쟁점의 성격과 토론의 범위를 정해줄 수 있기 때문이다. 이 입론에서는 주요 용어에 대한 정의를 밝히려고 노력한 점이 있다.

그런데 우리나라 대학에서의 코딩교육의 도입과 그 배경을 좀 더 구체적으로 언급하고 코딩 교육의 위상이 달라지고 있는 국내, 국외의 현상에 대해 객관적 자료를 제시하는 등 이 논의에 대해 깊이 있게 살폈음을 보여줄 수 있었다면 코딩 교육을 필수 교양과목에 포함시켜야 한다는 정책 논제의 중요성을 강조하는 데 더 좋았을 것으로 생각된다.

그리고 용어를 밝히면서 가장 중요한 '코딩'에 대해서는 제대로 설명하고 있지 않다. "원하는 결과 값을 얻기 위해 컴퓨터 친화적인 언어로 바꾸어 활용하는 작업" 이라는 설명으로는 부족하다. 코딩도 '소프트웨어 코딩'과 '하드웨어 코딩'이 다르며 창의적 프로그래밍을 행하는 수준이 있는가하면 특정 기술을 읽고 쓰는 능력만을 익히는 수행 학습의 수준이 다르다. 이 논의 전체에서 매우 중요한 개념이고 입론에서 제대로 해명하지 않으면 안 되는 부분인데도 누락되어 있다.

찬성측의 〈입론〉은 논의의 초점과 화두를 제시하는 토론의 출발점이므로 매우 신중히 선정해야 한다. 찬성측은 입론에서 제4차 산업혁명 시대 컴퓨팅적 사고가 중요하고 그 함양에 ①코딩 교육이 가장 효과적이며, ②미래의 주요한 문식력이 되고, ③융합인재를 기를 수 있다는 3가지 논거로 코딩교육을 대학 교양, 필수 교과에 포함되어야 한다고 주장하였다.

①, ②논리의 정당성을 지키는 것도 중요하나, ③융합인재는 무엇이며, 코딩 교육이 융합인재를 키울 수 있는지, 코딩 교육을 과연 대학 교양 필수 교과로 할 것인지가 공방의 핵심이 될 것이다. 공방의 초점을 파악하고, 공격방어의 순서와 논리, 증거를 미리 확보하는 것이 매우 중요하다.

진행자(청) 반대측 확인질문 시작해 주십시오.

— 찬성측 확인질문(을)

찬성 찬성측 입론 잘 들었습니다. 반대측 〈확인질문〉 시작하겠습니다. 우선 찬성측께서는 코딩이 컴퓨팅적 사고를 함양시킴에 따라 교양 필수로서 적절하다고 말씀해 주셨습니다. 맞습니까?

찬성 맞습니다.

반대 일상생활과 모든 분야에 적용되는 말하기와 글쓰기와, 컴퓨터 언어를 기반으로 명령하는 코딩은 적용되는 방식과 교육하는 목적에 있어서 차이가 있습니다. 맞습니까?

찬성 적용되는 방식에 따라서 차이가 있지만, 결과적으로 코딩 역시 미래의 문식력이 될 것이며 사회 전범위에 적용될 것이라고 생각합니다.

반대 충분한 답변 감사합니다. 코딩 교육에 대한 효과로 컴퓨팅적 사고를 언급하셨습니다. 맞습니까?

찬성 맞습니다.

반대 컴퓨팅적 사고, 즉 문제해결력은 창의성, 논리성과 비슷하게 지속된 사고 과정 속에서 발달되는 점, 인정하십니까?

찬성 인정합니다.

반대 이에 따라 필수 교양으로서 코딩 교육은 장기간에 걸친 단계적, 지속적 교육이 아니기 때문에 컴퓨팅적 사고를 기를 수 없고, 컴퓨팅적 사고 향상이라는 교육적 효과가 발생하지 않음에 따라 교양 교육으로서 또한 적합하지 않음을 말씀드리며 다음 질문으로 넘어가겠습니다.

※ 코딩 교육이 컴퓨팅적 사고를 기를 수 없고, 컴퓨팅적 사고 향상이라는 교육적 효과가 발생하지 않는다는 반대측의 생각을 기정사실처럼 말하고 있다. 대학

필수 교양으로서의 코딩교육에서 "컴퓨팅적 사고 향상이라는 교육적 효과가 발생하지 않는다"는 것은 반대측의 주장인데, 주장을 단정적으로 내세우는 것보다는 보편적으로 동의할 수 있는 근거를 제시하는 편이 더 좋다. 찬성측에서 문제해결력은 창의성, 논리성처럼 지속된 사고과정 속에서 발달된다는 사실을 인정했다 하더라도 그것을 코딩교육에 적용하여 자신의 주장을 강화하는 반대측의 주장을 인정한 것은 아닌데, "이에 따라 코딩 교육은 장기간에 걸친 단계적, 지속적 교육이 아니"라는 흐름으로 바로 이어지는 것도 맞지 않다. 또한 반대측은 "교양교육으로서 적합하지 않다"는 말을 했는데 교양교육이 갖추어야 할 요건이 무엇인지에 이 발언에서 설명하는 바가 없기 때문에 설득력이 부족하다. 충분한 근거를 제시하지 않고 자기 입장만 단정적으로 말하면 상대 입론의 취약한 부분을 부각시키는 확인질문의 효과를 거두기 어렵다.

찬성측께서는 또한 컴퓨팅적 사고가 알고리즘적 사고와 같다고 말씀하시면서 논리적 사고의 일환이라고 말씀하셨습니다. 맞습니까?

찬성 맞습니다.

반대 현재 교양 교육의 입지가 좁고, 교육 인원이 계속 대형화된다는 점을 인정하고 계십니까?

찬성 부분 인정합니다.

반대 특히 학생들의 수업 참여도가 중요한 교양 교육은 대형화가 진행될수록 교육의 질은 감소한다는 점 또한 인정하십니까?

찬성 인정하지만, 현재 우리 학교에서 진행되고 있는 교양 필수 교과목의 경우에는 대형화로 진행된다고 생각하지 않기 때문에 찬성측의 주장이 틀렸다고 생각합니다.

반대 〈비판적 사고와 토론〉 수업과 같은 경우는 적절하다고 생각하는 인원이 10명에서 20명 내외인데, 현재 30명을 넘어가는 실정에 따라 대형화되고 있음을 말씀드리고 싶습니다. 그리고 기존 교양 필수 교육의 열악한 환경 속에서 코딩 교육이 추가적으로 들어온다면, 기존 교양 필수 과목에 대한 인프라 요소는 축소될 것입니다. 이 점은 인정하십니까?

찬성 인정하지 않습니다. 우선 순차적으로 말씀을 드리고자 하면, 실제로 중앙대학교에서는 코딩 교육을 40명 내외로 운영하고 있지만,

반대 관련 정보는 자유토론 때 마저 말씀해주시길 바랍니다. 즉, 이는 코딩 교양 필수화가 교양 교육 환경을 더 악화시킴을 의미하며, 기존 교육과 코딩 교육 모두 효과적이지 않음을 말씀드리면서 다음 질문으로 넘어가겠습니다. 찬성측께서는 두 번째 근거로서 미래의 중요한 문식력으로서 코딩을 언급하셨습니다. 맞습니까?

※ 앞에서와 마찬가지의 문제가 다시 발생하고 있다. 찬성측의 말을 잘라버리고 "코딩 교양 필수화가 교양 교육 환경을 더 악화"시킨다고 단정적으로 주장하고 있다. 가능한 상대팀이 짧게 말하도록 해야 하는 것이 확인질문의 원칙이므로 상태팀의 설명이 길어질 경우 단호하게 중단시킬 필요가 있기는 하지만, 중단하고 다음 질문으로 바로 넘어가는 편이 더 나았을 것이다. 상대측이 인정하지 않았는데 바로 이어 "즉, 코딩 교양 필수화가 교양 교육 환경을 더 악화시킴을 의미하며, 기존 교육과 코딩 교육 모두 효과적이지 않음을 말씀드린다"고 강조해버리면 상대에게 자기주장을 강요하는 인상을 줄 수 있다. 또 확인질문 시간에 자기주장을 하는 것은 맞지 않다.

찬성 맞습니다.

반대 문식력과 문해력은 글을 읽고 쓰는 능력이 맞습니까?

찬성 맞습니다.

반대 코딩은 4차 산업 혁명 시대에서 언어로서, 기계와 인간이 의사소통하기 위해서는 기본 언어인 코딩을 알아야 합니다. 맞습니까?

찬성 맞습니다.

반대 이에 따라 코딩에 대한 리터러시 교육은 ICT(Information and Communications Technology) 이해를 위해서는 무조건적으로 알아야 하는 것이기 때문에, 초·중·고등학교에 대한 의무화가 도입된 점 알고 계십니까?

찬성 네, 알고 있습니다.

반대 이에 따라 대학에서는 리터러시 교육이 아닌, 활용과 응용에 초점을 맞춰야 되는 것을 강조하며 이상 반대측 〈확인질문〉 마치겠습니다.

※ 대학 이전 코딩 리터러시 교육이 의무화되었음을 제시하고 대학에서는 활용과 응용에 초점을 맞추어야 한다는 지적은 대학에서 과연 코딩 교육을 필수화할 필요가 있는지 의문을 갖게 만드는 좋은 공격 포인트의 제시라고 하겠다.

찬성측의 입론에 대한 반대측의 〈확인질문〉은 입론의 취약고리를 파악하여 향후 반대측이 제시할 입론과 반론의 정당성을 강화하기 위한 포석이다. 확인질문에서 코딩교육이나 융합인재의 개념등을 따져 물어 코딩교육만으로 융합인재가 양성되지 않는다는 것을 부각하는 발판을 만들었으면 더 좋았을 것이다. 〈코딩교육은 컴퓨팅적 사고를 기를 수 없다〉 〈코딩 교양 필수화가 교양교육환경을 더 악화시킨다〉는 단정적인 주장을 논증 전에 미리 내 보이는 것은 확인질문 단계에서는 맞지 않다고 할 것이다. 토론에서 자신의 주장을 펼쳐 설득적 효과를 얻기 위해서는 객관적인 근거가 함께 제시되어야 한다. 확인질문에서 중요한 것은, 단순히 상대의 주장을 공격하거나 자기주장을 내세우는 것이 아니라 상대의 취약점을 지적하거나 부각시키는 효과를 얻어내는 것이기 때문이다.

진행자(청) 반대측 입론 시작해 주십시오.

━ 반대측 입론(갑)

> **반대** 반대측 〈입론〉 시작하겠습니다.

코딩이란 코드라는 컴퓨터 언어를 사용하여 프로그램을 만드는 일을 의미합니다. 현재 정부 지원을 바탕으로, 소프트웨어 인재 양성을 위해 국내 일부 대학에서 코딩 교육을 교양 필수로 지정하기 시작하였고, 그 과정에서 드러난 문제를 바탕으로 도입 여부에 관한 논의가 뜨겁게 이루어지고 있습니다. 저희는 다음의 세 가지 논거에 따라 대학 교양 필수로서 코딩 교육 도입을 반대합니다.

첫째, <u>코딩 교육 필수화를 통해 사회가 필요로 하는 인재를 양성할 수 없습니다.</u> 4차 산업혁명 시대, 우리가 진정으로 필요로 하는 인재는 프로그램의 기반이 되는 실질적인 아이디어를 제공하는 창의적인 인재입니다. 모두가 전문적인 프로그램을 구현하는 기술자가 될 필요는 없습니다. 몇몇의 전문 기술자도 필요하지만, 인재 양성의 주된 목표는 기계가 하기 힘든 일, 기계보다 잘할 수 있는 일, 인간의 고유한 속성과 관련된 일인 문화예술적 감성이나 인문학적 상상력을 발휘하도록 하는 힘을 기르도록 하는 것입니다. 모두에게 교양 필수를 통해 코딩 교육을 의무화하는 것은 4차 산업혁명 시대 부족한 인재의 양성이라는 목적의 근본적 해결책이 될 수 없습니다.

※ 코딩 교육 의무화는 이미 대학 이전 교육에서 이루어진 바 있고, 반대측도 이를 앞에서 언급했는데, "코딩 교육 필수화로 사회가 요청하는 인재를 양성할 수 없다"라고 말을 시작한 것은 적절하지 않다. 이렇게 말하려면 초중고의 코딩 교육 의무화에 대해서도 해명해야 한다. 또한, 앞에서는 "코딩 교육 필수화를 통해 사회가 필요로 하는 인재를 양성할 수 없다"는 단정적인 발언을 하고 시작하는데, 뒤에는 "4차 산업혁명 시대 부족한 인재의 양성이라는 목적의 근

본적 해결책이 될 수 없다"고 하고 있다. 어떤 목적의 '근본적' 해결책이 되지 않는다고 해서 아예 목적을 달성하는 것이 불가능하다고 할 수는 없지 않을까? 인재 양성에 대한 부분적인 해결이라도 된다면 "인재를 양성할 수 없다"고 말할 수는 없다. 뒤에서 다시 전체 요약할 때는 "코딩 교육을 도입하는 것이 진정으로 사회가 요구하는 인재를 양성할 수 없다"라고 다시 말을 바꾸고 있다.

둘째, 대학에서 코딩 교육은 리터러시가 아닌 활용 능력을 중심으로 이루어져야 합니다. 4차 산업혁명시대, 이를 구성하는 소프트웨어, 그리고 대상에 대한 이해 능력을 가르치는 디지털 리터러시는 초·중·고의 코딩 교육 의무화를 통해 충분히 교육되고 있습니다. 따라서 대학에서의 교육은 필요로 하는 학생들에게, 고급 과정인 활용 능력과 융합 능력을 마련해주는 단계로 나아가야 합니다. 하지만 단기간이라는 특성을 가지는 교양 필수로서의 코딩교육을 통해서는 이러한 융합능력을 배양할 수 없습니다. 대학교육에서 디지털 리터러시를 위한 코딩 교육은 시간적, 재정적 낭비일 뿐입니다. 대학은 코딩 교육을 통한 실질적 질적 효율 및 목적을 달성시키기 위해 모든 학생들에게 코딩 교육을 강제함으로써 양적 측면에 집중할 것이 아니라, 진정으로 코딩 교육을 필요로 하는 학생들에게 양질의 교육을 제공해야 합니다.

※ 이 주장은 중요한 공격 포인트를 가지고 있다. 그러나 이 주장이 설득력을 가지려면 대학 이전의 교육에서 충분히 디지털 리터러시 교육이 이루어지고 있기 때문에 대학에서의 코딩 교육의 교양 필수 과목 지정이 불필요하다는 사실에 동의할 수 있는 좀 더 구체적인 설명과 자료가 필요하다. 현재는 그것이 누락되어 있기 때문에 주장을 뒷받침해주는 근거가 부실해 보인다.

셋째, 정부 주도의 재정 지원을 통한 코딩 교양 필수화는 대학 내의 교육 생태계를 파괴합니다. 현재 대학 내 실시되고 있는 교양

교육은 전반적으로 위축되고 있습니다. 등록금 동결, 입학금 폐지, 강사법 시행 등의 재정적 어려움으로 인해 교양 교과목은 줄고, 점점 대형 강의로 변해가며 학생들의 학습권을 저해하고 있는 실정입니다. 이러한 상황 속 급속으로 추진되는 코딩 교양 필수화는 기존에 존재하던 교양 교육을 더욱 위태롭게 하여 교양 교육 생태계의 불균형을 일으킵니다. 더불어 매년 소프트웨어 중점 대학으로 선정되어, 정부의 재정 지원을 받는 대학들은 가시화된 성과 지표를 내야 하는 부담감을 느끼고 있습니다. 결국, 코딩 교양 필수화는 본래의 목적을 달성하지 못한 채 학생들에게 득보다 실을 더 많이 안겨주게 될 것입니다.

저희는 교양 필수로서 코딩 교육을 도입하는 것이 진정으로 사회가 요구하는 인재를 양성할 수 없다는 점, 단기간, 그리고 의무화를 통한 교육 방법 자체가 적절하지 않다는 점, 정부 주도의 하향식으로 도입되어 교육의 목적을 실현시킬 수 없다는 점에서 대학에서 모든 학생들에게 교양 필수로서 코딩 교육을 의무화하는 것에 반대합니다. 이상 반대측 〈입론〉 마치겠습니다.

> 반대측이 제시하는 입론 중 이미 초·중·고등학교에서 코딩교육이 의무화되어 있으므로 대학에서 디지털 리터리시 교육이 아닌 활용능력을 중심으로 선택적으로 이루어져야 하고, 단시간의 대학 코딩 교육 필수화는 대학 내의 교육생태계를 파괴할 뿐이라는 것은 중요한 공격 포인트가 될 수 있다. 그러나 현재 상태에서는 반대측의 입론에 제시된 객관적 근거가 충분하지 않다. 대학 이전 코딩교육의 내용을 보다 충실히 소개, 인용하고 증거를 제시하는 등 좀 더 근거를 보충하면 큰 설득력을 실을 수 있을 것이다.

찬성측 확인질문 해 주시기 바랍니다.

— 찬성측 확인질문(을)

찬성 반대측 입론 잘 들었습니다. 찬성측 〈확인질문〉 시작하겠습니다. 먼저 코딩 교육을 통해 단기간 인재를 기를 수 없다고 주장하셨습니다. 맞습니까?

반대 컴퓨터적 사고력을 향상하기 어려울 것이라고 말씀 드렸습니다.

찬성 즉, 기간 내 코딩을 배우기 짧다는 것을 의미하시는 게 맞습니까?

반대 네, 맞습니다.

찬성 코딩 교육의 목표는 코딩을 자유자재로 다루는 것이 아니라, 컴퓨팅 사고와 함양, 문제해결력을 기르는 것입니다. 맞습니까?

반대 부분 인정합니다.

찬성 네, 부분 인정하시니, 자유 토론 때 근거 보충 부탁드립니다. 그리고 지금 과도기를 제외하고, 초등학교와 중학교에서는 소프트웨어 교육을 의무화 하고 있습니다. 맞습니까?

반대 네, 맞습니다.

찬성 이 또한 대학에서 연속적인 교육으로 이루어질 수 있습니다. 맞습니까?

반대 교양 필수로서 모두에게 필요한 능력은 초·중·고에서 충분히 학습되었다고 생각합니다.

찬성 네, 학습되었다고 하신 점, 불연속적인 부분이라 말씀하신 것이기 때문에 이에 대한 연결고리 분명하게 반박 때 말씀해 주시길 바랍니다. 다음 질문 드리겠습니다. 코딩 교육을 필수화하면, 인문학 교양이 경시될 수 있다고 주장하셨습니다. 맞습니까?

반대 그렇지 않습니다. 인과관계가 잘못되었다고 생각합니다.

찬성 그렇다면 추가 설명 부탁드립니다.

반대 코딩 교육을 실시하면 기본적 능력을 함양하는 것이 실패한다는 게 아니라, 코딩 교육은 필요로 하는 학생들에게만 제공해야 하지, 그 이상의 교육은 학생들의 선택권에 맡겨야 한다는 답변을 드렸습니다.

찬성 다시 질문 드리겠습니다. 코딩 교육으로 인해서, 토론 등의 인문학적인 교양 수업이 조금 줄어들 수 있다는 점, 이에 대해 주장하신 것 맞습니까?

반대 네, 인정합니다.

찬성 과거 영어가 급부상함에 따라 교양 필수로 지정되었고, 현재 대부분 영어가 교양 필수로 지정되어 있습니다. 맞습니까?

반대 맞습니다.

찬성 현재 대부분 영어 교양 필수임에도 불구하고, 우리 학교만 보아도 인문학적 소양을 기르는 교양 필수가 경시되고 있지 않습니다. 따라서 코딩 교육이 필수화 된다고 인문학적 소양이 경시되지 않을 것이라는 것을 말씀을 드리며 다음 질문 드리겠습니다. 선택적 수업으로 원하는 학생들에게만 교육을 제공하면 된다고 말씀하셨습니다. 맞습니까?

반대 맞습니다. 기존에 필요한 능력은 초·중·고 때 충분히 학습되었습니다.

찬성 네. 코딩 교육은 이제 전 세계적으로 중요해지고 있습니다. 맞습니까?

반대 인정합니다.

찬성 영어는 전 세계적으로 중요한 언어입니다. 맞습니까?

반대 맞습니다.

찬성 전 세계적으로 중요한 영어, 대부분 대학이 필수 교양 과목으로 지정하고 있음을 다시 한 번 말씀드립니다. 코딩은 선택적으로 가르치면 된다고 하시면서, 모순점을 드러내십니다. 즉, 영어는 필수 교양으로서 대부분의 대학이 가르침에도 불구하고, 코딩은 중요한데도 불구하고 선택적으로 한다, 이는 모순점을 나타내며 이에 대한 정확한 반박 또는 근거 보충을 자유 토론 때 부탁드리겠습니다.

컴퓨팅적 사고를 기를 수 있는 대체제가 있다고 주장하십니까?

※ 영어와 코딩 교육을 비교 사례로 설정할 수 있는 근거를 좀 더 설명해야 한다. "이는 모순점을 나타내며"라는 말은 찬성측의 주장이며 영어와 코딩 교육이 동일한 비교항이 된다는 전제 하에서만 가능한 논리이다. 지금 찬성측은 일방적으로 정한 전제 하에 자기주장을 굳히고 있는데, 이에 대한 설명도 부족하다. 그리고 반대측이 답변할 기회를 주지 않고 바로 다음 질문으로 넘어가 버렸다.

반대 컴퓨터적 사고력을 향상하는 다른 대체제가 있냐는 말씀이십니까?

찬성 네, 맞습니다. 이는 자유토론 때 말씀해 주시기 바랍니다. 이상 〈확인질문〉 마치겠습니다.

찬성의 확인질문은 상대방의 입론에 의거해서 입론에 관한 부분을 먼저 질문하고 연관성 있는 질문으로 확장시켜 나가고자 하는 태도가 긍정적이나, 뒤쪽으로 가면서 반대측이 제대로 답변할 수 있게 하지 않은 점이 있어 아쉽다. 찬성측은 반대측 입론에 대한 〈확인질문〉에서 영어를 초·중·고등학교에서 배웠는데도 대학에서 영어를 필수 교양과목으로 하고 있음을 들어 코딩 교육도 대학에서 연속적인 교육을 할 수 있다고 주장하는 방식으로 진행하고 있다. 청중들이 쉽게 납득할 수 있는 두 사례가 비교 사례라고 할 수는 있지만, 일치하는 것은 아니기 때문에 비교를 하려면 둘을 비교 대상으로 삼을 수 있는 이유와 구체적인 내용을 보다 설득력 있게 설명해야 한다.

만일 초중고에서의 코딩 교육이 심층적, 종합적이지 못한, 피상적이거나 단선적인 것이라는 사실을 제대로 논증할 수 있다면 대학에서 현실문제 해결책을 배양하는 코딩 교육이 반드시 필요하다는 주장이 더 설득력을 얻을 수 있을 것이다.

진행자(청) 찬성측 반론 시작해 주십시오.

찬성 숙의 시간 쓰겠습니다.

진행자(청) 숙의 시간 1분 드리겠습니다.

진행자(청) 숙의 시간을 마치겠습니다. 찬성측 반론 시작해 주십시오.

― 찬성측 반론(병)

찬성 찬성측 병 〈반론〉 시작하겠습니다.

일단 첫 번째로 반대측께서 어떤 근거를 내놓으셨는지 보겠습니다. 첫 번째로, 기술자가 될 필요는 없다. 창의적 인재를 원하고, 우리는 인문학적 상상력을 원한다고 말씀해 주셨습니다. 하지만 저희는 코딩 교육을 통해 전문가를 양성한다고 한 적, 단 한 번도 없습니다. 저희가 원하는 코딩 교육을 교양 필수로 하고자 하는 이유는, 그것을 통해서 컴퓨팅적 사고력을 기를 수 있고, 그것을 전공에 접목을 시켰을 때 융합적 인재를 기를 수 있기 때문입니다. 단순히 '전문가를 우리가 기르자'는 목적을 통해서, 코딩 교육을 교양 필수로 도입하자는 것이 아님을 다시 한번 강조 드립니다.

두 번째 근거에 대해서 말씀드리겠습니다. 두 번째 근거는 초중고에서 이미 충분히 학습되고 있다, 뭐 하러 해야 하냐고 말씀해 주셨습니다. 그렇다면 다시 한 번 묻겠습니다. 영어는 지금 초중고에서 안 하고 있습니까? 영어도 초중고에서 하고 있습니다. 그렇지만, 저희는 왜 〈영어 쓰기와 읽기〉와 〈영어 토론과 발표〉 수업을 교양필수로 배우고 있나요? 이것에 대해서 반대측은 충분히, 정말 대답을 꼭 해 주셔야 될 것이라고 말씀 드리겠습니다. 또한 단기간에 대해서 계속 말씀을 해 주시는데, 그렇다면 저희가 지금 하고 있는 〈비판적 사고와 토론〉과 〈융합적 사고와 글쓰기〉도 단기간 수업 아닙니까? 이것에 대해서는 그럼 학습성이 충분히 있다고, 그 증거를 충분히 대셔야 할 것입니다. 그렇다면 이 단기간에 대해서 말씀해 주시는 건, 과연 교양 필수 자체의, 교양 필수가 한 학기밖에 안 된다는 그 목적성 자체에 문제가 있는 것이지, 이것이 과연 코딩 교양 필수의 문제냐? 이것에 대해서 저희는 의문감이 듭니다.

※ 앞에서와 똑같은 문제가 발생하고 있다. 필수교양에서의 교양영어 과목들과 코딩교육을 비교해서 말할 수 있는 이유를 찬성측이 먼저 근거를 들어 더 구체적으로 설명하지 않으면 이 사례가 적절한 비교대상이라는 것을 납득하기 어렵다. 반론에서는 효과적 반박이라 생각되는 것을 일찍 사용하는 것이 유리하고 이를 통해 상대의 논거들의 효과를 무력화시킬 수 있다. 그런 이유에서 지금 찬성측은 확인질문과 반론에서 영어 필수 교양과목을 예를 들어 공격 카드로 사용하고 있지만 둘이 비교항이 될 수 있다는 것을 충분히 납득하게 해야만

이 카드가 찬성측이 기대한 효과를 발휘할 수 있게 된다. 지금 상태에서는 이 비교가 찬성측 입장을 정당화시켜주는 데 그리 효과적으로 작용하지 않는다.

또한 세 번째에 대해서, 대학 내 교육 생태계를 파괴할 수 있다고 말씀해 주셨습니다. 정부 주도식으로 실현이 되기 때문에 교육의 목적을 달성할 수 없다고 하셨습니다. 여러분, 그렇다면 정부가 원하는 인재랑 대학이 원하는 인재랑 정말 그렇게 다르다고 생각하십니까? 대학이 원하는 인재, 정부가 원하는 인재. 이것이 정말 다르다고 생각하시는지 한 번 더 생각을 해 보시기를 바랍니다. 대학의 목적은 사회와 국가에 이바지하기 위한 인재를 육성하기 위함입니다. 그런데 과연 저희가 국가와 정말 독립적으로 우리의 교육만을 하기 위해서, 우리는 대학만의 학습을 하기 위해서 이뤄진 공간이냐? 저희는 그렇지 않다고 생각하며, 대학은 물론 자신의 독립적인 영역을 지켜야 하지만 국가와, 정부와, 기업과 어느 정도 협력은 할 수 있고, 상생할 수 있다고 생각합니다. 또한 가시화된 성과 지표에 부담감을 느낄 수 있다고 하셨습니다. 하지만 이것은 당연한 말입니다. 당연히 저희도 지금 토론에 대해서, 숙대 학생들이 잘하고 있다는 것을 알리기 위해 토론대회를 열고 있지 않습니까? 그런데 이것에 대해서 부담을 느낄 수 있으니 할 수 없다고 하시는 것은 조금 모순이 있다는 생각이 듭니다. 또한 득보다 실을 안겨줄 것이라고 하셨는데, 저희의 말씀을 들어 보셨다면 지금 과연 득이 더 클지, 실이 더 클지 청중 분들께서 충분히 이해하셨을 것이라고 생각합니다.

※ 논리적인 설명보다는 근거가 충분하지 않은 자기주장을 하고 있고, 상대방에게 "한 번 더 생각을 해보시기를 바랍니다"라고 말하는 것은 적절하지 않다. 또한 정부의 재정 지원을 받는 소프트웨어 중점 대학들이 가시화된 성과 지표를

내야 하는 부담감을 느끼는 것에는 대학의 자립 기반, 정부의 대학 정책 등 여러 가지 배경과 맥락이 작용하며 보다 면밀하게 살펴야 하는 부분이다. 이것과 숙명토론대회에 나온 참가자들이 부담감을 갖는 것을 비교 대상이라고 보기는 좀 어렵다. "저희의 말씀을 들어 보셨다면 지금 과연 득이 더 클지 실이 더 클지 청중 분들께서 충분히 이해하셨을 것이라고 생각합니다"라는 말도 지나친 자신감으로, 청중들에게 좋은 인상을 주기 어려운 발언이다.

단 한 마디만 더 하고 끝내겠습니다. 컴퓨팅적 사고, 중요하다고 인정하셨습니다. 하지만 컴퓨팅적 사고 아까 확인질문 때 말씀하셨습니까? 그것에 대해서 충분히 말씀해 주시기를 바랍니다. 이상 마치겠습니다.

진행자(청) 반대측 확인질문 시작해 주십시오.

반대 숙의시간 사용하겠습니다.

진행자(청) 숙의 시간 1분 시작하겠습니다.

진행자(청) 숙의 시간을 마치겠습니다. 반대측 확인질문 시작해 주십시오.

━ 반대측 확인질문(갑)

반대 찬성측 반론 잘 들었습니다. 몇 가지 〈확인질문〉 드리겠습니다. 찬성측께서는 대학 필수로서의 코딩 교육을 통해, 목표를 컴퓨터적 사고력 향상 그리고 융합적 인재 양성 이 두 가지로 초점을 맞춰 주셨습니다. 맞습니까?

찬성 네, 맞습니다.

반대 한 가지씩 질문드리겠습니다. 먼저 컴퓨터적 사고력을 교양 필수로서의 코딩 교육을 통해 향상할 수 있다고 보시는 것입니까?

찬성 네, 맞습니다.

반대 사고력이라 함은, 장기간에 걸쳐 교육이 진행되어야 한다는 점도 인지하고 계십니까?

찬성 〈비판적 사고와 토론〉과 〈융합적 사고와 글쓰기〉 수업에 대해서도 말씀해 주십시오.

반대 나중에 자유 토론 때 그 부분 말씀드리면서 한 가지 질문 드리겠습니다. 코딩 교육을 통해 컴퓨터적 사고력을, 즉, 단기간의 교육을 통해 향상할 수 있다고 말씀해 주셨는데요. 찬성측께서 말씀하신 컴퓨터적 사고력이 과연 단기간에 어떻게 향상될 수 있는지도 나중에 자세히 말씀해 주시기를 바랍니다. 다음으로 질문 드리겠습니다. 융합적 인재 양성을 위해 교양 필수로서 코딩 교육을 시행해야 한다고 말씀해 주셨습니다. 맞습니까?

찬성 네, 맞습니다.

반대 혹시 융합적 인재가 어떤 것을 의미하는지 정확히 정의를 내려 주실 수 있습니까?

찬성 융합적 인재라 하면, 저희가 말씀드리는 것은, 전공에 대해서 IT적인 지식을 더해서 그것을 전공에 접목해서 자신이 훨씬 더 나아갈 수 있는 방향을 말씀드리는 것입니다. 단순히 전문가가 아닙니다.

※ 찬성측이 이미 입론에서 융합적 인재에 대해 정의를 내렸는데 확인질문에서 다시 용어의 정의를 설명하라는 요청을 할 필요가 없었다. 시간이 매우 빠듯한 확인질문에서 짧은 시간 동안 상대팀의 허점을 공략해야 하는데 오히려 상대팀에게 설명할 기회를 준 셈이다. 결국 반대팀이 그에 대한 답변으로 "네 그렇습니다"라고 인정하게 되면서 확인질문이 거둘 수 있는 효과가 감소되었다. 확

인질문의 소중한 시간만 낭비한 셈이다. 확인질문에서는 상대방이 시간을 들여 설명하도록 하지 말고, 가능한 예/아니오로 짧게 대답할 수 있는 닫힌 질문을 해야 한다.

반대 네, 그렇습니다. 융합적 인재라 함은 융합적인 사고가 실제 문제 해결에 적용되기 위해서는 기존에 자기가 가진 전공 지식에 대한 분야, 그 지식이 매우 필요합니다. 하지만 저희가 말씀 드리는 것은, 이러한 융합적 인재를 양성하는 데 있어서 코딩 교육이 모두에게 필요할까, 그것에 대해 의문 드리면서 다음 질문 드리겠습니다. 찬성측께서는 교육의 현실적 상황을 바탕으로 코딩 교육 필수화를 반대하는 것이 적절하지 않다고 말씀해 주셨습니다. 맞습니까?

찬성 한 번 더 말씀해 주시겠습니까?

반대 현실적 상황을 바탕으로 코딩 교육 의무화를 반대하는 것이 적절하지 않다고 말씀해 주셨습니다.

찬성 네, 저희는 충분히 인프라를 구축할 수 있다고 봅니다.

반대 그러면 현실 상황이 충분히 해결 가능하다는 전제를 말씀해 주셨습니다. 맞습니까?

찬성 네, 맞습니다.

반대 그러면 이에 대한 명확한 해결책 다시 말씀해 주시기를 바랍니다. 찬성측께서는 현실적 한계가 코딩 교육 필수화를 반대하는 이유가 없다고 주장하고 계신데, 하지만 대학에서 교육을 도입함에 있어서 이에 대한 고려가 존재하지 않을 수 있을까요?

찬성 하지만 이에 대해서 세 번째 근거에 정부에 대해서 말씀해 주시지 않으셨습니까? 그때 정부가 대학에 개입하면 안 된다고 말씀해 주셨으면서, 갑자기 왜 기업이 대학에 개입하는 것을….

반대 기업에 대해서 말씀드린 것이 아니라,

찬성 재원이 대학에 개입해도 된다고 말씀해 주시는 것입니까?

반대 재정적 한계만을 이유로 반대하는 것이 아니라고 말씀 드리면서, 재정적 한계가 극복될 수 있다고 말씀해 주셨는데, 그에 대한 명확한 해결책 부탁드리면서 재정적 한계 또한 고려해야 할 문제점, 교육을 함에 있어서 정해져 있는 범위 안에서 과연 어떻게 하면 교육을 효율적이게 할 것인가? 그 고민은 당연히 필요한 것입니다. 이 부분 인정하십니까?

찬성 네. 대신에 이에 대해선 자유 토론 때 말씀드리겠습니다.

반대 네. 우리가 새로운 교육을 도입함에 있어서 그 현실적 문제와 그 효과성은 분명 고려해야 함을 인정해 주셨다는 것 확인하면서 이상 반대측 〈확인질문〉 마치겠습니다.

진행자(청) 반대측 병 반론 시작해 주십시오.

── **반대측 반론(병)**

반대 반대측 병 〈반론〉 시작하겠습니다.

먼저 찬성측께서는 4차 산업혁명 시대의 코딩이 모든 소프트웨어의 기반이 됨을 강조하시며, 컴퓨팅적 사고력 향상에 가장 효율적인 도구임을 말씀하셨습니다. 저희 찬성측은 이러한 세계적 흐름을 부정하는 것이 아닙니다. 코딩 교육이 의무화라는 방식으로 단기간에 교양과목으로서 실시되는 것에 반대하는 바입니다. 컴퓨팅적 사고력은 초중고, 중등 교육 기관에서 12년간 의무적으로 실시되는 코딩 의무 교육을 통해 충분히 신장될 수 있습니다. 코딩 교육을 받았음에도 오히려 내재적 필요성을 충분히 느끼지 못 한 학생들에게까지 대학에서 의무화할 필요가 있을까요? 오히려 현재 코딩을 의무화하고 있는 일부 대학에서는 학생들이 코딩을 포기하는, '코포자'로 전락해 버리거나, 암암리에 코딩 과제 대행을 부탁하는 등의 교육적 부작용이 발생하고 있음을 말씀드립니다.

※ 이러한 부작용이 벌어지는 사태에 대해 신문기사라든지 객관적 자료를 제시하면 더 효과적이었을 것이다.

또한 찬성측께서는 미래의 중요한 문식력, 문해력을 위해 코딩도입이 필요하다고 말씀하셨는데요. 4차 산업혁명의 문식력, 문해력을 기르기 위해 코딩 교육이 대학 교양 필수로 도입되는 것, 그러나 현재 초중고 코딩 의무교육을 통해 학생들은 이 디지털 리터러시 역시 충분히 함양할 수 있습니다. 학생들의 중등 교육 기관에서 ICT(Information and Communication Technology) 사회에 필요한 디지털 리터러시와 기초적인 사고력 교육을 마친 뒤, 고등 교육 기관인 대학에서는 더 높은 수준의 사고력을 요하는 코딩 수업을 자발적 선택에 의해 수강할 수 있도록 대학은 선택의 장을 제공해야 함을 말씀드립니다.

또한, 찬성측께서는 코딩이 점점 간소화되고 있음을 말씀해 주셨는데요. 맞습니다. 간소화되고 있는 것을 넘어서 지금 자동화되고 있는 추세입니다. 사용자가 코드 한 줄 쓰지 않고도 이제 애플리케이션을 만들 수 있는 사회가 곧 머지않은 미래에 도래할 수 있다는 것입니다. 이러한 상황 속에서 진정한 인재를 키우는 것이 과연이 코딩 의무화 교육을 통해 달성될 수 있는지 다시 한 번 묻고 싶습니다.

마지막으로 찬성측께서는 코딩 교육을 통해 융합형 인재 개발,

이 목표를 달성할 수 있다고 말씀하셨는데요. 저희 반대측에서 정의하는 융합형 인재의 정의에 대해 말씀드리겠습니다. 저희 측에서 정의한 융합형 인재란, 기존의 요소들을 융합하고 조합하여 새로운 가치를 만들어내고, 문제해결의 새로운 방법을 제시할 수 있는 능력을 갖춘 인재를 말합니다. 그런데 이 창의 융합적인 사고가 실제 문제 해결에 적용되기 위해서는 문제가 포함된 도메인 지식, 즉, 한 특정 분야의 전문 지식이 매우 중요한데요. 대학생들은 졸속으로 추진되는 코딩 교육에 시간을 빼앗겨 본인의 전공 수업을 소홀히 하게 된다면 이 융합형 인재 달성은 불가능하다는 것을 말씀드리며 반대측 〈반론〉 마치겠습니다.

※ 필요한 주장이지만 다소 늦은 감이 있다. 코딩교육으로 전공수업에 소홀해진 다는 것은 다소 피상적이므로 코딩 교육에 시간을 빼앗겨 전문지식을 쌓는 데 문제가 발생한다는 논리가 설득력을 가지려면 구체적으로 논증해야 한다. 코 딩교육으로 인해 전공수업 성취도가 떨어졌다는 객관적인 지표나 납득할 수 있는 구체적인 사례 등을 신문기사 등에서 찾아 제시하면 좋을 것이다.

　　융합형 인재에 대한 정의를 분명히 하자는 주장은 늦었지만, 요긴 하다. 융합형 인재가 "기존의 요소를 융합하고 조합하여 새로운 가치 를 만들어내고 문제해결의 새로운 방법을 제시할 수 있는 능력을 갖 춘 인재"라고 보면 찬성측이 주장하는 코딩교육과 융합형 인재에 대 한 정의를 분명히 하자는 주장은 늦었지만, 요긴하다. 융합형 인재가 "기존의 요소를 융합하고 조합하여 새로운 가치를 만들어내고 문제 해결의 새로운 방법을 제시할 수 있는 능력을 갖춘 인재"라고 보면 찬 성측이 주장하는 코딩교육과 결합만으로 융합이 되는 것은 아니고 과학과 인문학의 결합 등 수많은 기존의 요소의 결합을 말하므로 코

딩교육이 중요하기는 하나 절대적 요소는 아니라는 점을 강조해야
한다. 코딩교육으로 전공수업에 소홀해진다는 논리는 다소 피상적이
며 이 논리가 완성되기 위해서는 다른 설득력 있는 근거로 보충해야
할 것이다.

진행자(청) 찬성측 확인질문 시작해 주십시오.

— 찬성측 확인질문(갑)

찬성 네, 반대측 병의 반론 잘 들었습니다. 그럼 지금부터 찬성측
〈확인질문〉 시작하겠습니다. 우선 반대측 병께서는 기회비용을 고
려하여 필요한 사람에게 선택적으로 코딩 교육을 제공해야 한다고
하셨습니다. 맞습니까?

반대 인정합니다.

찬성 그렇다면 현재 마이크로소프트나, SK 텔레콤 등의 기업이 코
딩의 필요성을 느끼고 회사 내에서도 자체 교육 프로그램을 마련하
고, 일반 시민에게도 교육 프로그램을 마련하여 코딩 인재 육성에
집중하고 있음을 아십니까?

반대 알고 있습니다.

찬성 그렇다면 기업의 목적은 이익의 극대화이며 대학의 목적은 인
재의 육성입니다. 이때, 대학에서 육성된 인재는 기업에 취직하여
이익을 가져다 줄 수 있는 존재입니다. 맞습니까?

반대 대학은 직업 양성소가 아닙니다.

찬성 저희는 직업 양성소라 말씀드린 적 없습니다. 다만 대학에서

양성된 인재가 기업에 들어가 취직을 하기 때문에 그러한 관점에서 인적 자원은 기업에 이익을 가져다 줄 수 있는 존재라고 말씀드린 것입니다. 맞습니까?

반대 인재와 인력은 분명히 다름을 말씀드립니다.

찬성 반대측께서 말씀하신 대로 정정하겠습니다. 그렇다면 맞습니까?

반대 지금 기업에서 요구하고 있는 것이 인재인지 아니면 인력인지, 저희는 명확히 해야 될 필요가 있다고 생각합니다.

찬성 저희는 인재와 인력이 결국 동일시 된다고 봅니다. 그렇다면 기업의 성장은 국가의 성장으로 이어집니다. 그렇다면 시대에 걸맞은 인재의 양성은 기업과 국가에 모두 긍정적인 영향을 미칩니다. 맞습니까?

반대 인정합니다.

찬성 저희는 기업들과의 교류를 통해 인프라를 구축한다면 개인 당사자와 대학과 기업, 나아가 국가까지 모두가 이익을 얻을 수 있음을 강조하며 다음 질문 드리겠습니다. 반대측 병께서는 코딩을 통해 컴퓨팅적 사고를 함양하기보다는 다른 방법이 있다고 하시며, 코딩의 컴퓨팅적 사고 함양 효과를 부정하신 게 맞습니까?

반대 다시 한번 질문해 주시기를 바랍니다.

찬성 반대측 병께서는 코딩을 통해 컴퓨팅적 사고 함양이 상대적으로 어렵다고 말씀하시는 것이 맞습니까?

반대 인정하지 않습니다. 컴퓨팅적 사고력에 도움이 됩니다. 다만, 12년간 중등 교육 과정에서 실시되는 코딩 교육으로 충분하다는 말씀을 드린 것입니다.

찬성 그렇다면 현재 반대측께서는 초·중등 교육과정에 이미 배우고 있기에, 대학에서는 자율적으로 해야 한다고 주장하셨습니다. 맞습니까?

[반대] 인정합니다.

[찬성] 그렇다면 대학교는 인재 양성 기관으로, 학생들에게 시대의 흐름에 맞는 교육을 제공할 의무가 있습니다. 맞습니까?

[반대] 인정합니다.

[찬성] 그렇다면 숙명여자대학교는 융합을 미래 가치로 내세우며 핵심 역량으로 컴퓨팅적 사고를 제시하고 있다는 사실 알고 계십니까?

[반대] 인정합니다.

[찬성] 이러한 비전에 의거하여, 숙명여자대학교는 미래 융합형 인재를 양성하기 위해 컴퓨팅적 사고를 교육할 것이라는 말씀을 드리겠습니다. 다음으로 본교 이외에도 성균관대학교, 건국대학교 등 코딩 교육을 필수화한 많은 대학들이 코딩 교육을 필수화로 내세우며 미래 융합적 인재 양성을 하겠다고 밝힌 사실 알고 계십니까?

[반대] 알고 있습니다.

[찬성] 그렇다면 컴퓨팅적 사고와 코딩이 실질적으로 대학 교육과정에 있어 불가분의 관계에 놓여 있음을 말씀드리며 이상 〈확인질문〉 종료하겠습니다.

찬성측이 반대측으로 하여금 컴퓨팅적 사고함양이 필요하다는 점을 인정토록 유도하고, 각 대학이 코딩교육을 필수화한 증거를 제시한 것은 찬성측의 논지를 강화하는 의미가 있다. 그러나, 인재와 인력에 대한 논쟁은 논의의 초점에서 다소 벗어난 것이며, 논점을 흐릴 수 있다. 이 논쟁에 확인질문을 소비한 점이 아쉽다. 반대측은 융합형 인

재의 필요성에는 동의하면서도 코딩교육의 필수화만이 융합인재를 기르는 유일한 해법인지를 다룬다는 점을 분명히 하여 논쟁의 초점을 자기 쪽으로 끌어 들이면 더 유리했을 것이다.

진행자(청) 지금부터 1분 동안 숙의 시간을 시작하겠습니다.

— 숙의 시간-

진행자(청) 숙의 시간을 마치겠습니다. 반대측부터 자유토론 시작해 주십시오.

— 반대측 자유토론

반대 〈자유토론〉 시작하겠습니다. 먼저 저희 반대측은 찬성측이 제시하는 코딩 교육의 긍정적 효과, 즉 컴퓨터적 사고력 향상과 문식력에 대한 교육은 초·중·고때 교육용 코딩을 통해 이루어질 수 있다는 점 말씀 드렸습니다. 즉, 대학에서는 그 교육은 그 이상이 되어야 한다는 것을 말씀드리고 싶은데요. 저희는 실제 프로그램을 말하는, 코딩을 통해 컴퓨터적 사고력을 향상하기 위해서는 교양 필수라는 과목을 통해 그 4개월이라는 시간의 단기간 동안 이뤄질 수 없다고 봅니다. 그에 대한 근거를 좀 말씀 드리겠습니다. 코딩을 통해 사고력을 향상하기 위해서는, 컴퓨터 세계가 어떻게 이뤄지는지, 그리고 어떤 명령을 어떻게 내려야 되는지에 대한 명확한 인식이 있을 때 그 다음 과정에서 사고력이 향상할 수 있는 것입니다. 찬성측께서 지속해서 교양 교육으로서 코딩 교육을 통해 컴퓨터적 사고력을 향상할 수 있다고 말씀해 주셨는데 그에 대한 명확한 증거와 입증 부탁드립니다.

찬성 첫 번째로, 컴퓨팅 사고를 함양할 수 있는 구체적 근거 자료를 제시해 달라고 말씀해 주셨고, 그리고 두 번째로 단기간 안에 그것을 해결할 수 없다고 말씀해 주셨습니다. 먼저 첫 번째는 그 관련 논문이 정말 많습니다. 먼저 2017년에 나온 한국 컴퓨터 정보 학회 논문에 따르면, 컴퓨팅 사고력이 미치는 영향에 대해서 메타 분석을 한 결과가 있습니다. 여기서 말하는 메타 분석이라 함은, 대부분의 논문을 전체적으로 조사를 한 것으로 다른 논문보다 훨씬 신빙성이 있다고 말하는데요. 여기서 말했다시피, 코딩 교육을 통한 학생들의 CT(Computer Technology) 향상에 많은 도움이 되었다고 나왔습니다. 구체적인 증거로, 향상에 있어서 그 과정에서 자료 분석, 추상화, 알고리즘과 절차 등의 부분에서 효과가 있었다고 했고요. 그리고 단기간에 할 수 없다고 말씀해 주셨는데, 반대로 저희 측에서 여쭙고 싶은 것은 초등학교와 중학교에서 계속적으로 사고력에 대한 함양이 되었고, 그를 통해 연속적으로 대학에서 사고력을 키워야 한다는 입장입니다. 그리고 이 부분에 대해서, 대학에서 전공에 대한 공부를 해야 한다. 교양 교육의 목적은 전공이나 전문 지식의 함양이 아니라 인간의 기본 소양, 기본적 역량, 문제해결 능력 등을 말씀 드리는 것입니다. 반대로 질문 드리겠습니다. 앞서 확인질문에서부터 계속 얘기했습니다. 영어 정말 중요한데, 이 부분 교양 필수로 되어 있는데 영어와 코딩, 이에 대한 차이점 제대로 말씀해 주시기를 바랍니다.

반대 영어 분야의 경우에는 우리가 모든 지식을 하는 데 있어서 기본적으로 전제되어 있습니다. 이과생의 경우에도 그 영어를 활용할 수 있고, 우리가 지금 학문을 하는 데 있어서, 대학에서 배우는 데 있어서 영어는 가장 기본적인 것입니다. 컴퓨터적 사고력, 즉, 이것을 향상하기 위해서 코딩을 배워야 한다고 말씀해 주셨는데 저희 측의 주장은 컴퓨터적 사고력에 대한 기본적 이해는 초·중·고를 통해 충분히 교육될 수 있고, 그 이상의 교육을 필요로 하는 학생들은 대학에서 선택해야 한다는 것을 정말 말씀드리고 싶습니다.

※ 컴퓨터적 사고력에 대해 대학 이전 교육에서 충분히 교육하고 있다는 사실을 근거를 들어 구체적으로 입증할 수 있어야 이 논의가 더욱 설득력을 가질 것이다.

영어와 코딩의 차이를 말씀해 달라고 하셨는데, 모든 사람들이 4차 산업혁명 시대에 그것을 이해하는 데 있어서 교육은 기본적으로 되어 있고, 코딩을 활용하고자 하는 학생들에게 질 높은 교육을 제공하는 것이 저희의 목적이라고 말씀드리는 것입니다. 즉, 영어와 코딩은 거기서 차이점이 있다고 말씀 드리는데, 영어와 코딩을 같은 것으로 보시는 겁니까?

※ 적절한 질문이다. 반대측은 답변에서 영어와 코딩은 다르기 때문에 비교대상이 아니라는 자신들의 입장을 분명히 하고 있다. 찬성측에게 영어와 코딩을 동일하게 보는 것인지 질문한 것은 찬성측이 두 항목이 비교 대상이라는 사실을 전제하고 있음에도 이를 구체적으로 설명하지는 않았으며, 일치할 수 없는 두 가지를 비교 사례로 삼고 논리를 진행하고 있음을 지적하는 효과도 있다.

찬성 저희 측에서는 영어와 코딩을 같은 것으로 보는 것이 아니라, 둘은 엄연히 분야가 다르지만 실질적으로는 미래에 모두 문식력이 될 것이라는 말씀을 드리고 싶습니다. 맞습니다. 현재 글로벌 언어 되어 있습니다. 하지만 코딩, 미래에 역시 문식력 될 것입니다.

※ 영어와 코딩이 엄연히 분야가 다르다고 인정함으로써 논리의 전제가 흔들리고 있다. 이렇게 인정하려면 분야가 다른데도 비교 대상으로 볼 수 있는 합당한 이유를 제시해야 하는데 코딩의 문식력과 영어의 문식력이 어떻게 같으며 '미래의 문식력'이 될 것인지에 대해 충분히 설명하고 있지 못하다. "실질적으로" 그렇게 될 것이라는 말도 모호하다. 영어와 코딩을 비교대상으로 삼는 것이 적절하고 정당하다는 것에 대해서 좀 더 설득력 있게 논증했어야 했다.

현재 4차 산업혁명 시대가 도래하면서 결과적으로 코딩이 관여하는 분야가 점차 넓어지고 있고, 실질적으로 이는 나중에 저희가 코딩과 관련이 없는 분야에 진출하더라도 현재 SQL(Structured Query Language)과 같은 비 전공자 분야에서도 마찬가지로 쓰일 것이라 생각을 합니다.

※ "~할 것이라고 생각을 합니다" 로는 아무것도 논증되지 않는다. 객관적인 근거가 없이 '저희는 그렇게 생각한다'라고 말하는 것은 자유토론의 발언 기회만 낭비하는 것이 된다.

그리고 또한, 반대측께서는 지속적으로 초·중·고 교육 과정에서 배웠기 때문에 대학교에서는 선택적으로 해야 한다고 말씀을 하시는데, 그렇다면 현재 초·중·고 교육 과정에서 배우지 않고 올라온 저희들은 이러한 과도기에 직면해 있는데요. 이러한 부분에 대해서 어떻게 하실지 답변 부탁드립니다. 또한, 확인질문 때 대형화 수업은 효과가 없다고 말씀을 하셨는데 저희가 조사한 바에 따르면 중앙대학교는 40명 단위의 분반을 만들어서 코딩 교육을 진행했음에도 불구하고 충분한 효과를 나타냈습니다. 그렇다면 이에 대해 어떻게 생각하십니까?

※ '충분한 효과'란 무엇이며 어느 정도가 '충분한' 것인가? 설득적 효과를 가지려

면 좀 더 설명이 필요했다.

[반대] 네, 일단 저희 반대측에서 말씀드리고 싶은 바는 지금 이 토론 논의의 핵심은 코딩 교육 자체의 효과성 여부를 따지는 것이 아닌 코딩 교육을 교양 필수 활동에서 모두에게 의무화할 필요성이 있는지 여부를 지금 따지는 것입니다. 이에 따라 영어와 코딩의 다른 점을 찬성측께서 인정하셨는데요. 영어는 감각 기관, 즉 입을 통해서 사용하는 아주 기본적인 습득을 필요로 하는 것입니다. 하지만 코딩 자체는 그렇게 모든 분야에 적용될 수 있는 부분이 아니기 때문에 이 둘 자체를 비교하는 것은 옳지 않다고 봅니다.

※ 다시 한 번 분명히 이유를 들어 영어와 코딩은 다르기 때문에 비교할 수 없다는 사실을 분명히 했다.

또한, 초·중·고등학교에서 코딩을 배우지 않은 학생들을 고려해야 합니다. 그렇다면 초·중·고등학교에서 배운 학생들이 올라올 경우, 이 대학에 대한 커리큘럼 자체를 바꿔야 된다는 것을 의미하시는 건지 의문이 드는 바이고요. 현재 한국 프로그래밍은 이미 거의 공급이 과잉된 상태입니다. 앞으로는 코딩 작업을 소프트웨어 자동화 기술이 대체하게 되면서, 코드어들의 입지는 더욱 좁아질 것입니다. 이렇게 단순한 코딩은 자동 코딩화라는 기술이 대체되고 있는 상황에서, 교양 필수로서 코딩 교육이 단순 코딩 기술을 넘어서 그 이상의 단계를 실현할 수 있음을 입증해 주십시오.

[찬성] 네, 일단 반대측께서 말씀하신 것 충분히 다 이해했고 저희가 이제 답변 드리겠습니다. 일단 계속 영어와 코딩이 다르다고 말씀을 해 주셨는데, 여러분, 지금 당장 식사하시고 가셨던 데, 키오스

크. 모든 부분이 다 4차 산업혁명에 맞닿아 있습니다. 4차 산업혁명이 그렇게 멀지 않습니다. 그런데 이제 반대측께서는 그렇게 말씀을 하시겠죠. 그것을 선택적으로 하면 되는데, 왜 필수로 해야 하느냐? 여러분, 코딩은 문식력입니다. 왜 문식력이라고 말씀을 드리냐면, 일단은 지금 데이터를 분석하고 있는 사람들이 굉장히 많습니다. 지금 빅데이터가 굉장히 화두가 되면서 코딩이 다시 열풍이 일고 있는 것인데요.

※ "데이터를 분석하고 있는 사람들이 굉장치 많다"고 했는데, 이에 대한 구체적인 수치를 들어 설명했다면 논의를 뒷받침하는 데 더 효과적이었을 것이다.

이것에 대해서 전문가가 아니라 비전문가가 SQL 언어를 사용해서 지금 하고 있습니다. 그 이유는 알고리즘 사고를 구현을 해내기 위해서는 직접 하는 것이 훨씬 더 편하기 때문입니다.

※ 이것도 객관적 근거로 뒷받침해주어야 한다.

아까도 말씀드렸듯이 코딩이 굉장히 쉬워지고 있기도 하지만 애초에 자신이 알고리즘 사고를 통해서 구현한 것을 그대로 직접 하는 것이 더 편하지, 상식적으로 누구한테, IT 전문가들한테 '나 이것 좀 해 줘' 이런 식으로 부탁을 하게 되면 적시에 정보를 받지 못할 가능성도 크고요. 그리고 내가 원하는 정보를 그대로 갖다 주지 않을 가능성도 큽니다. 그리고 지금 영어는 감각 기관으로 하는 거라고 말씀해 주셨는데, 여러분, 코딩도 뇌로 합니다. 뇌는 감각 기관 아닙니까?

※ 이는 논리적 비약이다. 영어는 입을 통해 하는 아주 기본적인 습득인데 반해 코딩은 그렇게 모든 분야에 적용될 수 있는 것은 아니라고 반대측이 주장했는

데 코딩도 모든 사람에게 있는 뇌로 하는 것이니 기본적인 습득이 가능하다는 논의는 전혀 설득적이지 않다. 눈이나 귀 등 감각기관에서 보낸 정보를 처리하는 것이 뇌이며, 뇌는 감각기관으로부터 받은 정보를 경험을 기반으로 재해석한다. 뇌에는 통각수용체가 없으며 뇌를 감각기관이라고 말하지는 않는다. 그리고 그렇게 따지면 모든 학습이 뇌를 사용한다.

코딩도 곧 저희의 미래 언어가 될 것이라는 것은 지금 자명한 사실인데, 반대측께서는 계속 코딩이 미래 언어가 되지 않을 것이다. 영어랑 다르다고 말씀을 해 주시고 계십니다.

※ 상대방의 의견을 정당한 근거를 들어 공략하지 못한 채로 "미래 언어가 될 것이라는 사실은 지금 자명한 사실"인데 반대측이 "코딩이 미래 언어가 되지 않을 것이다"라 하고 있다고 강조하고 있다. 코딩이 미래 언어가 된다는 것조차도 제대로 해명하지 않았는데 그것을 다른 객관적 근거의 제시도 없이 "자명한 사실"이라고 못박아두면 상대방을 무시하고 자기 의견을 우기는 것처럼 보일 우려가 있고, 상대방의 입지를 곤란하게 만드는 데 별반 도움이 되지 못한다.

그리고 저희가 세 번째 근거에 대해서 여쭙고 싶은데, 저희가 대학교는 정부에 휘둘리면 안 된다. 네, 이 점 인정합니다. 독립적으로 있어야 합니다. 다만, 정부가 아니면 그렇다면 어디서 대학이 수준 높은 질을 유지하기 위해선 어디서 재원을 끌어와야 합니까?

`반대` 그에 대해서 답변 드리겠습니다. 먼저 교육부에서 4월 대학 정보 공시 분석 결과를 공표를 했었는데요. 지금 현재 교양 교육이 위축되고 있는 실태를 제대로 직시하지 못 한 것 같아서 제가 수적 데이터를 말씀을 드리겠습니다. 2019년 196개의 4년제 일반 대학과 교육 대학에 개설된 총 강좌 수는 30만 5천 3백 53개 입니다. 지난해보다 6천 6백 55개의 강좌가 감소했고요. 수강생이 20명 이하인 소규모 강좌는 전체 강좌 대비 38퍼센트에서 35.9퍼센트, 즉 9천

8백 60개의 강좌가 소규모라는 이유로 폐지되고 있습니다. 또한 수 강생이 50명을 초과하는 대규모 강좌가 지난해보다 3만 9천 6백 69 개 증가하였는데요. 점차 교양 수업들이 이렇게 대형 강의화 되어 가고 있는 현 시점에서 코딩을 교양 필수로 포함시킨다면 기존 교 양 과목의 심각한 부식을 초래할 것으로 예상이 되는데요. 기존에 존재하던 인문학적인 어떤 교양 수업과 코딩 수업, 이 두 마리 토끼 를 모두 놓치게 될 것은 아닌지 우려가 매우 됩니다. 이에 대해 어 떻게 생각하시나요?

찬성 네, 그 부분 대답 드리겠습니다. 먼저 교양 교육이 위축이 되는 와중에, 코딩 교육 또한 들어가면 더 위축이 될 것이다고 문제점을 짚으셨는데 저희가 여기서 정확하게 말씀드리고 싶은 것은 이것은 코딩 교육만의 문제가 아니라 교양 교육의 문제임을 말씀드리고 싶 습니다. 당장 지금 교양 교육에서의 실효성에 대해서 따져볼 필요가 있는데, 중앙대학교 같은 경우는 지금 전산 회계가 교양 필수로 들 어가 있습니다. 이것에 대해서 학생들이 정말 교양의 의미에 맞는, 인문학적 소양 등을 기르고, 문제해결력 등을 기르는 정말 맞는 교 양이라고 생각하는지 그에 대해서 여쭙고 싶고요. 그리고 반대로 한 번 더 여쭙고 싶습니다. 반대측께서 컴퓨팅적 사고 능력 중요하다고 인정하셨는데 분명 확인질문 때 저희가 이것을 코딩 교육 없이 어 떻게 가르쳐야 하냐고 여쭈었습니다. 이에 대한 근거 자료 부탁드립 니다.

반대 먼저 중앙대학교에서 도입하고 있는 회계 교육과정, 잘못되었 다고 말씀하시는 겁니까?

※ 회계과정과 코딩교육에는 유사점이 있다. 그 사실을 빠르게 파악하여 핵심적

인 질문을 던져 찬성팀을 궁지에 몰고 있다.

찬성 잘못되었다고 제가 임의로 판단하는 것보다는 이제 학생들의 그런 여론, 또한 교양의 목적에 대해서 생각을 했을 때 과연 그것이 정말로 기본 역량을 기르는 학문인가에 대해서 얘기를 드린 것입니다.

※ 분명치 않은 대답이다. 학생들의 여론이라는 것이 무엇인지 그 실체도 명확하지 않다. 회계 교육과정에 대한 자기 입장을 분명히 밝히지 않고 여론이라는 모호한 말을 제시하며 대답을 회피하고 있다. 교양의 목적은 무엇이어야 하며 그에 부합하는 과목은 어떤 과목이어야 한다고 확실하게 자기 의견이 서 있어야 한다.

반대 그렇기 때문에 저희는 코딩 교육을 교양 필수로 도입하면 안 된다고 말씀드리는 것입니다.

※ 상대의 논의를 가져와 자기 논의를 강화하는 현명한 대답이다. 찬성측이 확실하게 자기 입장을 밝히지 않고 회피했기 때문에 반대측이 그것을 자신들에게 이로운 방향으로 이용할 수 있게 된 것이다. 이처럼 상대방이 대답을 회피할 경우 자기 팀에게 유리하도록 마무리 짓는 것도 좋은 방법이다.

　그렇게 말씀을 드리면서, 코딩에 대한 교육은 대학교에서 초중고 때 배우지 않은 더 높은 단계의 교육을 해야 하고, 그것들은 그렇기 때문에 학생들에게 선택을 줘야 한다고 말씀드린 것이고요. 저희 질문 드리고 싶은데요. 찬성측에서는 지속적으로 코딩에 대한 전반적인 이해를 바탕으로 컴퓨터적 사고력을 향상할 수 있는 것이라고 동의하셨죠? 그런데 과연 4개월만에 우리가 코딩에 대한 전반적 이해가 가능할까요? 일단 그 효과성 여부에 대해서, 아까 이전에 성균관대학교 자료를 바탕으로 말씀해 주셨는데, 아까 그에 따른 근거 자료를 말씀해 주셨지 않습니까? 효과성이 있었다는 자료를 메타 분석 논문 자료를 바탕으로 효과가 있었다고 말씀해 주셨는데, 창의력 향상이 지속적인 시간을 통해 향상되어야 한다는 것을 인정하시면서 과연 4개월이라는 시간 동안 컴퓨터적 사고를 어떻게 향상할 수 있는지 이에 대한 명확한 설명 아직 못 해 주셨고요.

※ 2017년에 나온 한국 컴퓨터 정보 학회 논문이 메타 분석 논문이었고 성균관 대학교 자료는 코딩 교육을 필수화한 다른 대학의 예로 제시한 것이었다. 토론을 제대로 듣지 않아 벌어진 현상으로 보이며, 토론 중 메모의 중요성을 보여준다. 그런데 찬성측이 자료를 제시했지만 사실 자료 제시가 부실했다. 논문의 내용을 들어 해당 논문이 어떻게 논의를 입증하는 근거에 부합하는 논문인지를 해명하여 설득하지 않으면 하나의 개별 논문에서 효과성을 확인했다는 것만으로 4개월 동안의 코딩 교육이 대학에서 충분히 효과성을 거둘 수 있음이 입증되는 것은 아니다. 그리고 논문의 저자도 밝혀야 했다. 2017년 컴퓨터 정보 학회 논문이라는 것만으로는 논문의 개수가 너무 많아 반대측이나 청중이 해당 논문을 찾아 실제 논거로서 타당한 자료인지 여부를 확인하기 어렵다. 반대측에서 찬성측에게 더 자세한 해명을 해달라고 요구하는 것은 타당하다.

문식력과 문해력은 저희가 충분히 초·중·고의 교육을 통해서 배울 수 있다고 말씀 드렸습니다. 이에 대한 답변 부탁드립니다.

찬성 네. 일단 첫 번째로, 계속 단기간, 단기간 하시는데 이것이 과연 코딩 교육만의 문제입니까? 여러분, 〈비판적 사고와 토론〉, 〈융합적 사고와 글쓰기〉 수업 모두 단기간으로 하고 있습니다. 이것은 장기간으로 합니까?

※ 이런 식으로 비아냥거리듯 반문하는 것은 토론 매너에 어긋난다. 찬성측은 토론에서 "여러분"을 거듭 호명하며 청중이 자기편이 되어 줄 것을 요청하는데 청중을 설득할만한 충분한 설명은 이루어지지 못한 상태에서 오히려 청중에게

좋은 인상을 주지 못할 수 있다. 여기서도 영어와 코딩을 비교사례로 놓았던 것과 같은 문제가 발생한다. <비판적 사고와 토론>, <융합적 사고와 글쓰기> 수업이 코딩 수업과 어떻게 비교 사례가 될 수 있는지를 설명하지 않으면 단기간 코딩 수업의 효과성에 대해 논증하는 지금 상황에 그리 도움이 되지 않는다.

그럼 그것에 대해서는 어떻게 창의성을 함양할 수 있는지에 대해 여쭙고 싶고요. 그리고 두 번째로 아까 인프라가 줄어들고 있다. 교양이 줄어들고 있다. 따라서 인프라 구축이 부족하다. 네, 저희 지금 현재는 인프라 구축 부족합니다. 다만 저희가 말씀드리는 것은 지금 기업이, 국가가 나서서 소프트웨어 교육을 양성하고자 하고 있습니다. 이 기회를 잡아야 합니다. 국가가 재원을 줄 수 있을 때, 기업이 재원을 줄 수 있을 때 그 기회를 잡아서 우리가 코딩 교육을 실제로 실효성 있게 해내는 것이 저희의 목표이고, 저희가 말씀드리는, 주장하는 바입니다.

진행자(청) 자유토론이 끝났습니다. 지금부터 1분 동안 숙의 시간을 가지겠습니다.

찬성측은 제안을 하는 입장이므로 자기 제안이 타당함을 입증할 의무가 있다. 그러므로 더 정밀한 입증과 구체적인 근거 제시가 필요한데 지금 이 토론에서는 전반적으로 주장에 대한 근거가 불확실한 경우가 많다. 비교 사례를 들어 공략할 수도 있으나 그럴 경우 그것이 비교 사례가 될 수 있음을 설득하고 이유를 들어 구체적인 설명과 함께 비교하지 않는다면 자의적인 해석을 통한 비교가 되어 논거로서의 힘을 발휘하지 못한다.

토론에서 어떤 주장을 하려면 뒷받침하는 정확한 수치가 있는 통계자료나 신문보도 등에 나타난 구체적 사례 등 사실에 기반한 논거를 들어 입증해야만 한다. 그리고 자료를 제시할 때는 완전한 상태의 출처를 밝히고 그 자료가 근거가 될 수 있는 이유와 자료의 내용을 제대로 설명할 필요가 있다. 답변을 분명하게 하지 않는 것은 입장이 명확하지 않아서이기도 하다. 자유토론에서는 팀의 입장이 명확해야 하고 자신의 주장을 확실하고 자신 있게 펼쳐야 한다. 또한 토론 매너를 지키지 않고 타인을 비꼬거나 무시하는 태도로 말을 하는 것은 토론에서 지켜야 할 의사소통의 원칙에 위배된다.

진행자(청) 숙의 시간을 마치겠습니다. 찬성측 반론 시작해 주십시오.

― 찬성측 재반론(을)

찬성 찬성측 〈재반론〉 시작하겠습니다.

　　먼저 자유 토론 때 반대측께서는 초등학교, 중학교 때 의무 교육으로 소프트웨어를 공부하기 때문에 이 부분에 대해서 문식력은 걱정할 필요가 없다고 주장하시면서, 이제 문해력, 사고력에 관해서는 대학교에서 4개월간 단기간으로 적용되기 때문에 함양시킬 수 없다고 말씀하셨습니다. 이에 관한 차이점에 대해서 정확하게 말씀을 해 주시지 못하셨습니다. 그리고 저희가 앞서 확인질문 때부터 가장 강조했던 점이 있습니다. 바로 컴퓨팅적 사고 함양 방법입니다. 저희가 첫 번째 논거로 분명히 컴퓨팅적 사고 함양은 코딩 교육이 가장 효과적이라고 그 구체적 근거 자료를 말씀드렸음에도 불구하고, 코딩 교육을 제외한, 컴퓨팅적 사고 능력을 함양시킬 수 있는 방법에 대해서 제대로 제시해 주시지 않으셨습니다. 여러분, 이번 논제는 4차 산업혁명이 배경입니다. 4차 산업혁명으로 인해서 소프트웨어가 도래하였고, 이 소프트웨어를 활용하고 이해하는 능력이 가장 기본적인 미래 기본 소양이 되었습니다. 따라서 저희는 소프트웨어를 단순 활용하는 능력뿐만 아니라, 이를 활용하고 재창조하고 만들 수 있는 코딩이 기본적인 문식력이 될 것이라고 제시하는 바입니다. 이에 대한 근거는 저희가 자유 토론 때 말씀드렸다시피, SQL(Structured Query Language)이 더 이상 전문가의 전유물이 아닌 비전문가도 사용한다, 또한 여러분, 아이폰이라는 앱 중에 숏컷(Shortcuts)이라는 앱이 있는데 이 숏컷이라는 앱은 여러분들 각자의 코딩을 통해서 여러분의 커스터마이징이 가능한 앱입니다. 이렇게 더 이상 코딩을 할 수 있는 능력이 여러분들이 더 이상 먼 미래의 능력이 아닐 뿐더러, 기본적으로 알고리즘에 대해서 이해할 수 있는 것 자체가 문식력임을 제가 말씀드리는 바입니다.

또한, 영어도 언어이고 코딩도 언어이다. 저희가 이렇게 말씀드렸을 때 반대측께서는 영어는 감각 기관이라고 말씀하셨는데, 정확히 그 언어의 차이점에 대해서 제시해 주시지 않으셨습니다. 저희는 다시 한 번 강조드립니다. 코딩은 영어와 같이 기본적인 언어가 될 것이라고 말씀드립니다. 따라서 반대측께서는 이에 대해 구체적인 근거를 말씀해 주시기를 바랍니다. 계속해서 초등 교육에서 배우고 대학에서는 전공을 공부하면 된다고 얘기를 하셨는데, 저희가 다시 한번 교양 교육의 의미에 대해서 말씀 드립니다. 교양 교육, 단순히 전문 지식을 얻거나 어떤 것을 아는 것에 그치는 것이 아닙니다. 대학은 인재 양성 기관이라는 것이 단순히 전공 지식 무언가를 아는 것이 아니라, 인간이 사회에 나아갔을 때 문제해결력 기본적인 비판적 사고력 등을 함양하는 것이 바로 대학의 목표입니다. 이는 결국 우리 미래 사회의 융합적 인재를 키우는 것의 목표와 같이 맞닿아서, 저희는 새로운 문제를 절차적 사고를 통해서 바라보는 것이 우리가 미래에 함양해야 하는 것을 말씀드리며 이상 〈재반론〉 마치겠습니다.

진행자(청) 반대측 을 재반론 시작해 주십시오.

─ 반대측 재반론(을)

반대 반대측 〈재반론〉 시작하겠습니다.

　　우선 다시 한번 말씀드리겠습니다. 현재 토론 논의의 핵심은 코딩 교육 자체의 효과성 여부를 따지는 것이 아닌, 코딩 교육을 교양 필수화로서 도입했을 때 모두에게 의무화할 필요성이 있는지 여부를 따지는 것입니다. 지금 코딩 리터러시를 배우지 않는 학생들 때문에 의무화를 해야 한다 라는 것을 논점으로 따져서는 안 되고, 이미 문식력을 갖추고 온 학생들에게 4차 산업혁명에 맞는 교육 방법 방향은 어느 것인가를 따져야 하는 것입니다. 찬성측께서는 우선 사회적 측면으로 'IoT(Internet of Things)사회는 세계적 흐름이다'를 언급하시며 코딩의 교양 필수화를 주장하셨습니다. 세계의 흐름 자체는 저희 반대측도 부정하는 것이 아닙니다. 하지만 제시하신 사회의 흐름 때문에 코딩 교육을 가르치는 데 있어서 대학 교양 필수로서 의무화 하는 것이 생산성이 없는 교육임을 말씀드리고 싶습니다. 또한 리터러시 측면에서는 코딩은 언어임을 강조하셨는데, 저희 반대측 역시 컴퓨터 언어로서 코딩을 읽고 쓸 줄 아는 능력, 즉 디지털 리터러시 중요성을 부정하는 것이 아닙니다. 이렇게 필수적으로 알아야 할 언어에 대한 기본 습득은 현재 초·중·고 과정에서 거쳐서 이뤄지고 있음에 따라, 대학에서는 코딩 교육이 그저 언어의 습득 단계를 넘어서야 한다는 점을 반대측은 강조하는 바입니다.

※ 이 토론에서는 디지털 리터러시에 대한 정의가 제대로 이루어지지 못한 점이 있다. 디지털 리터러시(digital literacy)는 디지털 소양, 디지털 문해력 등으로 번역되며 디지털 플랫폼의 멀티미디어를 접하며 조합, 평가, 활용할 수 있는 개인의 능력을 의미한다. 코딩을 하는 것이 곧 디지털 리터러시라고 말할 수는 없다.

또한, 찬성측께서는 코딩 교양 필수화로서 도입함의 주 목적이 4차 산업혁명 시대의 인재를 양성하고, 추가적으로 컴퓨터적 사고력을 향상하기 위함이라고 말씀해 주셨습니다. 하지만 반대측은 이두 가지 목표가 교양 필수로서의 코딩 교육 도입을 통해서는 달성될 수 없음을 말씀드리고 싶습니다. 먼저 코딩 교육은 우리 사회가필요로 하는 코드어를 양성할 수 없습니다. 현재 단순히 프로그래밍으로 구현하는 코딩을 할 수 있는 사람은 많습니다. 하지만 우리가 진정 필요로 하는 인재는 이 전반적인 과정에 대한 이해를 바탕으로 깊이 있는 프로그램을 구상할 수 있는 코드어입니다. 이는 단기간 교양 교육을 통해서는 양성할 수 없습니다. 따라서 저희는 코딩 교육을 교양 필수로서가 아닌, 필요로 하는 학생들에게 양질의교육을 제공하는 방향으로 나아가야 한다는 것을 말씀 드리고 싶습니다.

다음으로 컴퓨팅적 사고를 향상할 수 있다고 말씀해 주셨습니다. 하지만 컴퓨팅적 사고 향상은 확인질문에서 찬성측께서 인정하신바와 같이, 장기간을 통해 가능한 것입니다. 찬성측께서는 말씀하시는 두 가지 목표는 코딩 교육 교양 필수화를 통해서 달성할 수 없으며, 저희는 이러한 교육 방법이 학생들에게 효과를 가져올 수 없다는 측면에서 도입을 반대하는 바입니다. 대학교는 이 시대를 이끌어갈 미래 인재들이 기본 소양을 함양하고, 각 분야에 맞는 전공을 실현하기 위한 곳입니다. 이에 따라 대학은 현실 한계 속에서 선택과 집중을 통해 양질의 교육을 제공해야 하는 것에 최선을 다 해야 하는 것을 다시 한 번 말씀드리며 이상 반대측 〈재반론〉 마치겠습니다.

> 반대측이 코딩 교육만이 융합형 인재를 양성하는 절대적인 교육 방법이 아니라는 점을 논증하고, 초·중·고의 디지털 교육내용을 충분히 설명, 입증하여 대학교육에서 단기간 코딩교육을 의무화하고 필수화하는 것은 전문교육을 하는 대학의 사명과 어긋난다는 근본적인 문제를 강조하였다면, 청중들에게 더 설득력 있게 다가갈 수 있었을 것이다.

진행자(청) 찬성측 최종 발언 시작해 주십시오.

— 찬성측 최종 발언(병)

찬성 찬성측, 〈최종발언〉 시작하겠습니다.

일단 앞서 논의되지 못한 점이 있어서 그것에 대해 한 번 논의를 짚고 가도록 하겠습니다. 토론에 대해서 계속 쟁점을 짚어 주시고 계십니다. 의무화할 필요성이 있는지가 중요하다. 하지만 저희 찬성측은 분명히 말씀드렸습니다. 코딩은 미래의 문식력이며 그렇기 때문에 우리는 이것을 필수화해야 한다고 말씀드렸음에도 불구하고, 반대측께서는 못 들으신 것처럼 그런 식으로 말씀을 하시는데, 그것에 대해서는 조금 더 의문이 듭니다. 또한 다른 내용으로,

아까 〈을〉 분께서 코드어 양성을 우리는 해서는 안 된다. 융합적 인재가 필요하고 우리는 융합적 인재를 통해서 융합된 코드어를 만들어 내야 한다고 말씀을 해 주셨습니다. 하지만 아까 저희가 말씀드렸듯이 코드어를 만드는 것이 목적이 아닙니다. 이것에 대해서 한 번 더 검토해 주셨으면 좋겠습니다. 또한 영어와 코딩, 이것에 대해서 차이점, 반대측 절대 말하지 못 하셨습니다. 이것에 대해서 반박하지 못하셨습니다. 계속 저희는 영어와 코딩이 무엇이 다른 것이냐? 둘 다 미래의 문식력인데, 무엇이 다른 것이냐고 여쭙고 있는데 반대측께서 이것에 대해서 반박하지 못하셨음을 다시 한 번 말씀드립니다.

"프로그래밍을 못 하면 프로그래밍 당한다." 미디어 이론가이자 디지털 전문가인 러시코프(Douglas Rushkoff) 뉴욕대 학자가 말씀해 주셨습니다. 빠르게 발전하는 사회에서 미래 시민에게는 소프트웨어와 함께하는 삶이 일상화 될 것이며, 추상화된 생각을 구현하고 표현해내는 코딩의 능력이 요구될 것입니다. 이제 코딩은 몇 명에게 국한되는 선택적인 교육이 아닙니다. 코딩은 미래의 문식력으로 모두가 배워야 하는 필수 교양입니다. 4차 산업혁명 시대는 본격화된 지능 정보화 시대이며 이러한 디지털 사회에서 모든 분야에서 소프트웨어를 활용하여 문제를 해석하고 있습니다. 우리는 각 전문 분야의 문제를 풀기 위해 SW전문가와 효과적으로 협업할 수 있는 소통 능력이 필요하며, 전문가의 힘을 빌리더라도 사실상 개인 맞춤화에는 한계가 있어 코딩을 통한 커스머마이징이 더 보편화될 것으로 예상됩니다. 즉, 우리는 코딩을 통해 ICT와 융합하여 소프트 파워를 실현해야 하며, 소프트웨어적 문제 해결의 역량을 갖추어야 합니다.

또한 코딩 교육으로 알고리즘적 사고를 학습할 수 있으며 이를 각 전공 분야의 복잡하고 융합적인 문제에 적용하여 색다른 시각으로 문제를 해결할 수 있는 통찰력을 확대시킬 수 있습니다. 이는 숙명여대 교양 필수 교과목의 목적 중 하나인, '다양한 지적 자극과 경험을 통해 사물과 현상을 다각도로 바라볼 수 있는 창의적 융합적 인재 양성'이라는 내용과도 맞닿아 있습니다. 더불어, 대학은 시대의 흐름에 맞춰 요구되는 인재를 육성해야 하는 타당성을 갖고 있는 교육 기관입니다. 대학은 인류 사회 발전을 위한 사회가 요구하는 인재를 육성해야 하며, 교양 필수 교과목은 시대에 맞춰 확대되는 시민의 소양을 기르는 교과목으로서 문식력으로의 코딩을 가르쳐야 하는 타당성에 부합하는 교과목입니다. 세계화 시대에 영어가 필수 언어였다면, 이제 4차 산업혁명 시대에서는 코딩이 즉 언어가 될 것입니다. 이상 마치겠습니다.

진행자(청) 반대측 병, 최종 발언 시작해 주십시오.

― 반대측 최종 발언(병)

반대 반대측 〈최종 발언〉 시작하겠습니다.

발언에 앞서 몇 가지 짚고 넘어가야 할 부분이 있어, 짚고 넘어가겠습니다. 먼저 찬성측께서는 컴퓨터적 사고력, 즉 논리력을 키우는 데 있어 가장 효율적인 방법으로 코딩을 제시해 주셨는데요. 하지만 이 코딩은 효율적인 방법일 수는 있지만 절대적인 방법은 아님을 지적 드립니다. 논리를 글을 통하여 표현하면 논리학이 되는 것이고, 수를 통해 표현하면 수학이 되는 것이고, 컴퓨터 언어로 표현하면 코딩이 되는 것이죠. 그 다음에, 문식력과 문해력의 중요성을 계속 강조해 주셨는데요. 저희는 이 중등 교육 기관에서 충분히 충족될 수 있다는 근거와 더하여서, 코딩 자동화 시스템 개발이 본격화되어가고 있음을 근거로 제시하였습니다. 하지만 이에 대해 반박하지 못하셨는데요. 즉, 머지않은 미래에 컴퓨터 언어가 아닌, 자연어, 그러니까 음성 인식만으로도 코딩이 가능한 시대가 도래할 수도 있다는 것입니다. 그렇기 때문에 이러한 미래가 예측되는 상황 속에서도 과연 문식력, 문해력을 키우는 것에 코딩이 가장 절대적인 방법인지를 말씀 드릴 수 있는지 다시 한 번 묻고 싶습니다.

지금으로부터 30년 전, 컴퓨터를 모르면 시대적 경쟁에 뒤쳐질지도 모른다는 분위기가 만연했던 때가 있었습니다. 대학은 앞 다투어 전산학 수업을 개설하고, 학생들은 도스 명령어를 배웠지만 운영 체제가 윈도우로 바뀜에 따라 도스 명령어 대신 마우스 클릭 한 번으로 모든 걸 해결할 수 있게 되었습니다. 현재 로우 코드(Low Code), 노 코드(No Code)와 같은 자동 코딩화 기술이 본격화되는 상황 속 AI가 코딩을 대신하는 시대가 도래한다면, 어쩌면 코딩 교육도 80년대 컴퓨터 교육과 같은 수순을 밟게 되는 것은 아닐까요? 물론 4차 산업혁명의 시대적 흐름도 반대측도 충분히 인지하고 있습니다. 학생들이 소프트웨어와 코딩의 기본 개념을 이해하고 이와 친숙해지도록 하는 것은 사회의 발전 양식에 발맞춘 중요한 교육입니다. 하지만 이와 같은 교육적 목표는 초·중·고에 걸쳐 의무적으로 실시되는 코딩 교육을 통해 충분히 달성될 수 있습니다. 따라서 대학은 코딩 학습에 강한 의지가 있는 학생들을 대상으로 산학 협력 프로그램, 해커톤 개최, 코딩 캠프 등 다양하고 생동적인 기회의 장을 마련함으로써 학생들이 실습 위주의 내실 있는 경험을 할 수 있도록 교육에 있어 선택과 집중을 해야 할 것입니다.

더불어 우리는 현재 교양 교육이 처한 열악한 상황을 명확히 직시하고, 이를 정상화하려는 노력이 우선임을 알아야 합니다. 강좌 수는 감소하고, 대형 강의가 증가하여 학생들의 학습권이 심각하게 침해되고 있습니다. 졸업 전까지 필수로 이수해야 하는 수업이 폐강되어 추가학기를 다니는 학생, 200명 이상의 숨 막히는 콩나물 강의실을 해결해 달라고 목소리를 내는 학생들도 있습니다. 이렇듯, 현존 교양 과목 운영마저 위태로운 상황 속 졸속으로 추진되는 코딩 교양 의무화는 기존 교양의 부실을 초래함으로써 학문 생태계를 파괴하는 주원인이 될 것입니다. 4차 산업혁명에 맞춘 교육혁신의 요구가 주문서처럼 들이닥치고, 수치화 된 가시적 성과만이 중요시될수록 우리는 대학의 존재 이유와 역할에 대해 더욱 더 논의해야 할 때입니다. 이상으로 반대측 〈최종 발언〉 마치겠습니다.

진행자(청) 이상으로 결선 토론을 종료하겠습니다.

최종발언에서는 상대 논거나 증거의 허약점을 정리해서 지적하고 반론에서 다 말하지 못한 부분을 보강하며 청중의 마음에 호소력을 가질 수 있는 효과적인 표현을 동원하여 마무리하는 것이 필요하다.

토론의 전체 과정과 자기 측의 핵심 논리가 요약적으로 정리되어 제시될 필요가 있다. 찬성측은 최종발언에서도 계속 영어와 코딩의 비교를 반복하며 중요한 최종발언의 기회를 소비하고 있어 아쉽다. 어떤 두 가지를 비교하기 위해서는 그 둘이 비교 사례가 될 수 있는지 잘 생각해보고, 비교 사례로 들 수 있는 이유를 토론 중에 설득할 수 있어야 한다. 전혀 다른 두 사례를 대비할 수는 없기 때문이다. 잘못된 비교 사례를 들면서 그것에 기반해 논리를 전개하면 논리가 무너지거나 상대와의 소통이 원활히 이루어질 수 없다. 이러한 경우 토론에서 감점요소가 될 수 있다. 반대측은 영어와 코딩이 다르다는 사실을 여러 차례 분명히 말했고, 입장을 분명히 밝혔는데도 찬성측은 "영어와 코딩, 이것에 대해서 차이점, 반대측 절대 말하지 못하셨습니다. 이것에 대해서 반박하지 못하셨습니다."라고 최종발언에서 자꾸 거듭 강조하고 있다. 찬성측이 둘을 비교할 수 있는 이유를 조목조목 설명하여 그 하나하나에 대해 반대측이 반박할 근거를 충분히 마련해주지도 않았기 때문에, 애당초 비교 사례가 될 수 없다고 생각하는 상대방은 답변하기 어려운 것이 당연하다. 그런데 자기 논리에 반박하지 못했다는 것을 강조하는 방식으로 최종발언을 채우는 것은 효과적인 전략이 아니다. 오히려 자신의 논리를 근거와 함께 완결성 있게 잘 정리해서 효과적으로 전달하는 것이 최종발언에서는 더 좋은 방법이 된다.

반대측에서는 코딩의 교육적 목표는 초·중·고에 걸쳐 의무적으로 실시되는 코딩 교육을 통해 충분히 달성될 수 있다고 거듭 주장하는데 이에 대한 근거 제시나 구체적 해명이 부족했다. 학문 생태계 문제에 대해서도 논의되었던 부분에 대해 다 해명하지 못하고 대학 교양수업의 질 저하나 학습권 침해 등과 관련된 부분만 언급하고 있다. 반론에서 미진했던 부분을 보충하는 최종발언의 기회를 마지막까지 잘 살리려 노력한 점이 엿보이나 마무리를 해야 하는 최종발언 시간에 반론에 상당부분을 할애하고 있어 아쉬움이 있다.

필자 소개

김지윤 숙명여자대학교 교양교육연구소 연구교수

서정혁 숙명여자대학교 기초교양학부 부교수

신희선 숙명여자대학교 기초교양학부 부교수

황영미 숙명여자대학교 기초교양학부 부교수, 교양교육연구소 소장

숙명여자대학교 교양교육연구소 총서 02

아카데미토론 배틀: 숙명토론대회

초판 1쇄 인쇄 2021년 8월 23일
초판 1쇄 발행 2021년 8월 31일

엮 은 곳	숙명여자대학교 교양교육연구소
지 은 이	김지윤, 서정혁, 신희선, 황영미
펴 낸 이	이대현

편 집	이태곤 문선희 권분옥 임애정 강윤경
디 자 인	안혜진 최선주 이경진
기획/마케팅	박태훈 안현진

펴 낸 곳	도서출판 역락
주 소	서울시 서초구 동광로46길 6-6 문창빌딩 2층(우06589)
전 화	02-3409-2055(대표), 2058(영업), 2060(편집) FAX 02-3409-2059
이 메 일	youkrack@hanmail.net
홈페이지	www.youkrackbooks.com
등 록	1999년 4월 19일 제303-2002-000014호

ISBN 979-11-6742-196-8 04800
ISBN 979-11-6244-701-7 04080(세트)

*정가는 뒤표지에 있습니다.
*잘못된 책은 바꿔 드립니다.